"छतरी"

नेहा सिंह

Chennai • Bangalore

CLEVER FOX PUBLISHING
Chennai, India

Published by CLEVER FOX PUBLISHING 2024
Copyright © Neha Singh 2024

All Rights Reserved.
ISBN: 978-93-56484-30-6

"ॐ नमः शिवाय शुभम् शुभम्
कुरू कुरू शिवाय नमः ॐ॥"

"देवदेव। देवाधिदेव। देवेश। महादेव। कालजयी। कालयोगी।
भक्तवत्सल। शरणागतवत्सल। वृषभधव्ज। चंद्रमौली।
पिनाकधारी। जटाजुटधारी। कैलाशपति। शूलपाणि। नीलकंठ।
परमेश्वर। सर्वेश्वर। सुरेश्वर। देवेश्वर। जगदीश्वर। त्रिलोकेश्वर।
त्र्यंबकेश्वर। रुद्रेश्वर। महेश्वर। जगन्नाथ। विश्वनाथ। पशुपतिनाथ।
शंकर। शंभू। शिवशंभू। महाकाल। औघड़दानी। भोलेनाथ।
भोले। भूतनाथ। भूतेश्वर। आशुतोष। सांबशिव। सदाशिव।
आदिशिव। परब्रह्म परमपिता परमात्मा। पार्वती पति भगवान
शिव को मेरा बारंबार प्रणाम है, प्रणाम है।"

नेहा
गणभक्त

समर्पण

श्रीमती कमला देवी एवं श्री रघुराज सिंह राठौर (नानी-नानाजी)

श्रीमती पूनम चौहान एवं श्री रणवीर सिंह चौहान (माता-पिताजी)

अनुक्रम

अध्याय 1

कात्यायनी का जन्म

साल है 2001, स्थान है अस्पताल, चम्बा, हिमाचल प्रदेश

कात्यायनी की तबीयत बहुत खराब है, वह जीवन और मृत्यु के बीच अपनी साँसों को जाते देख रही है। वह मन ही मन पराशक्ति, पराअम्बा देवी माँ गौरी से प्रार्थना कर रही है कि वह उसकी इकलौती बेटी, गौरी का सदैव ख्याल रखें। वह जानती है कि यह उसका आखिरी समय है और इहलोक में उसकी यात्रा पूर्ण होने ही वाली है और वह परलोक की यात्रा पर जाने वाली है।

कात्यायनी भगवती माँ देवी गौरी की भक्त है, उसका समय पूरा हो गया है। उसके पास उसकी प्यारी, राजदुलारी बेटी और आँखों का तारा 'गौरी' है और उसके पति 'मृगेंद्र' हैं और उसकी माँ साहिबा 'चंद्रलेखा' और पिता साहब 'वीरभद्र' मौजूद हैं।

उसने अपनी आँखों को बंद किया और देवी माँ गौरी का स्मरण किया। और जहाँ से वह आयी थी, वह वहीं को लौट गयी।

साल है 1977, स्थान है 'चंद्रमहल', चम्बा, हिमाचल प्रदेश

महाराज वीरभद्र और उनकी पत्नी महारानी चंद्रलेखा के कोई संतान नहीं है। पूर्व जन्म के कुछ कर्मों के फलस्वरूप उन्हें इस जन्म में कोई संतान सुख प्राप्त नहीं है। परंतु कुछ दूसरे पुण्य कर्मों के प्रभाव से उनका मन ईश्वर की भक्ति में अवश्य लगा है। वीरभद्र साहब का चंद्रलेखा साहिबा से विवाह उन्नीस वर्ष की आयु में हुआ था और तब चंद्रलेखा साहिबा अठारह वर्ष की थीं। जब उन्हें विवाह के पाँच वर्ष पश्चात तक कोई संतान नहीं हुई तो परिवार, खानदान के लोग विचलित हो गए।

यह वह समय था जब नौ या दस संतान होना भी एक साधारण बात हुआ करती थी, परंतु वीरभद्र साहब के यहाँ ऐसा नहीं था। उन्होंने बहुत से अच्छे डॉक्टरों को दिखाया, परंतु परिणाम सकारात्मक नहीं मिले। इस बात से परेशान हो चंद्रलेखा साहिबा, वीरभद्र साहब से बोलीं, "आप किसी विद्वान पंडित से मदद माँगिए। हमें लगता है, अब पूजा-पाठ ही आखिरी मार्ग है। अब देवी-देवता ही हमारी मदद करने में सक्षम हैं और कोई नहीं।"

चंद्रलेखा साहिबा के ऐसा कहने पर वीरभद्र साहब को भी लगा कि महारानी साहिबा की बात में सत्यता है। तब, उन्होंने एक ज्ञानी पंडित के सुझाव पर देवी माँ पार्वती और भगवान शिव की पूजा प्रारंभ की और पूजा में लीन हो गए।

पंडित जी ने वीरभद्र साहब से साफ-साफ कह डाला, "महाराज साहब, संतान सुख तो है नहीं। सिर्फ महादेव-महादेवी के प्रसन्न होने पर ही यह मनोरथ आपका पूर्ण हो सकता है, वरना नहीं। क्योंकि वे ही सबकुछ देने में सक्षम हैं। परंतु वह कब प्रसन्न होंगे यह सिर्फ वे ही जानते हैं और कोई नहीं। इसी वजह से आप पूरे धैर्य से पूजा में लीन रहना,

आपकी दृढ़ता और सच्ची भक्ति ही उन भक्तवत्सल-भक्तवत्सला का हृदय द्रवित कर सकती है।"

उन दोनों, पति-पत्नी ने गौरीशंकर की पूरे मन से, भक्ति भाव से एक लंबे समय तक उपासना की और उन्हें इस तरह से, भक्ति भाव से पूजा करते हुए चौबीस वर्ष बीत गए हैं। आज, वीरभद्र साहब अड़तालीस वर्ष के हैं और उनकी पत्नी साहिबा सैंतालीस वर्ष की।

महारानी चंद्रलेखा गर्भवती हैं।

महाराज साहब बहुत खुश हैं। चारों ओर खुशी की लहर दौड़ गई है। आखिरकार, वीरभद्र साहब और चंद्रलेखा साहिबा के एक बहुत रूपवान और गुणवान पुत्री हुई। उन्होंने उसका नाम 'कात्यायनी' रखा।

महाराज वीरभद्र सिंह और उनकी पत्नी महारानी चंद्रलेखा देवी, चम्बा के पूर्व राजघराने से हैं। महारानी चंद्रलेखा जम्मू के पूर्व राजपरिवार से आतीं हैं।

दूर, सुदूर कैलास पर्वत पर देवी माँ गौरी और भगवान शंकर ध्यान में लीन हैं।

ध्यान से बाहर आ, देवी माँ गौरी ने भगवान शिव से कहा, "प्रभु, वीरभद्र और चंद्रलेखा पूरे भक्ति भाव से हमारी पूजा में लीन हैं। मुझे लगता है, हमें अब उन पर कृपा करनी चाहिए।"

भगवन बोले, "देवी, आप सही कह रही हैं। वह दंपति पूजा तो पूरी निष्ठा से कर रहे हैं। परंतु पूर्व जन्म में वीरभद्र ने अपने ही सगे भाई की संतान को मार डाला था और चंद्रलेखा ने उसका पूरा साथ दिया था, वह पाप कर्म अपना प्रभाव दिखा रहा है।"

देवी माँ पार्वती बोलीं, "प्रभु, जो आप कह रहे हैं, वह मैं भलीभाँति जानती हूँ। परंतु मुझसे एक माँ की पीड़ा नहीं देखी जाती। आप एक संतान दे ही दीजिए, चाहे बाद में वह जल्दी ही प्रस्थान कर ले। परंतु इस समय उनकी प्रार्थना और अगाध भक्ति के लिए हमें ऐसा करना चाहिए, वरना उनका विश्वास टूट जाएगा और फिर आप तो भक्तवत्सल हैं, आप तो सदैव ही भक्तों के अधीन हैं।"

देवी माँ पार्वती से ऐसी बात सुनकर भोलेनाथ बोले, "देवी, आपका कथन सत्य है। आप ऐसा करें, मेरे गणों को रहने दें। आप किसी अपने गण को भेज दें।"

वह बोलीं, "ठीक है, प्रभु। मैं अपने एक गण को भेज देती हूँ।" ऐसा कहकर जब देवी माँ पार्वती ने अपने गणों पर दृष्टि डाली तो वे सारे के सारे अपनी नजरें चुराने लगे। देवी माँ गौरी ने उनकी तरफ देखकर कहा, "कौन कुछ समय के लिए धरती पर जाने के लिए तत्पर है?"

देवी माँ पार्वती के गणों में एक गण बोले, "माँ...हम सभी तो आपकी भक्ति में पूर्ण रूप से लीन हैं। आपको छोड़ कर जाने का विचार मात्र हमें विचलित कर देता है। हम सभी को तो यहाँ कैलास पर आप और प्रभु की भक्ति ही सदा सुखद है और कुछ भी नहीं। अपितु हम आपके ही सदैव निकट रहना चाहते हैं, तथापि आपकी आज्ञा से कहीं भी जाने को तत्पर हैं। परंतु माँ, आप हम पर दया करें और हमें स्वयं से दूर न करें। एक क्षण भी आपसे दूर बिताना सहस्त्रों वर्षों के समान है।"

देवी माँ पार्वती हँसीं और बोलीं, "मैं जानती हूँ, प्रिय गणों। तुम सब भक्ति निष्ठ हो। परंतु किसी एक को तो जाना ही होगा।"

वह आगे बोलीं, "ठीक है, मैं स्वयं ही तुम सब में एक गण का चयन कर लेती हूँ।"

महादेव चुपचाप शांत भाव से आनंद ले रहे हैं और गौरीगण चुपचाप उदास से खड़े हैं। देवी माँ पार्वती ने सत्यरूपा की ओर देखा और कहा, "सत्यरूपा, तुम पृथ्वीलोक पर चली जाओ।"

सत्यरूपा बोली, "माँ, जैसी आपकी आज्ञा, मैं वैसा ही करूँगी। परंतु माँ, मुझे वहाँ कितना समय रहना होगा?"

देवी माँ पार्वती बोलीं, "सत्यरूपा, तुम निश्चिंत रहो, तुम अल्पकाल के लिए ही जा रही हो। तुम पृथ्वीलोक पर भी मेरी ही भक्त होगी और अल्पायु में मृत्यु को प्राप्त करोगी और मृत्यु के अंतिम समय में, तुम्हें इस पूरे वृतांत का स्मरण हो आएगा, जिससे तुम्हारे मनुष्य रूप की क्षुधा शांत हो जाएगी और तुम पूरे भक्ति भाव के साथ, यहाँ मेरे पास पुनः लौट आओगी।"

सत्यरूपा बोली, "माँ, जैसा आपको उचित हो, वैसा ही करें।"

महाराज वीरभद्र और महारानी चंद्रलेखा की पुत्री, राजकुमारी कात्यायनी 'सत्यरूपा' ही है। परंतु वह पूर्ण रूप से मनुष्य है और उसे पूर्व जन्म का कुछ भी स्मरण नहीं है।

वीरभद्र साहब ने एक विशाल दावत का आयोजन किया और अपने सभी रिश्तेदारों, मित्र, सहपाठियों, आदि को बुलाया। यह दावत उन्होंने अपनी पुत्री, राजकुमारी 'कात्यायनी देवी' के जन्म की खुशी में रखी है।

अध्याय 2

गौरी का जन्म

कात्यायनी अब अठारह वर्ष की हो गई है। वीरभद्र और चंद्रलेखा, उनका विवाह कराना चाहते हैं और इस प्रकार उन्होंने पूरे धुमधाम से अठारह वर्ष की आयु में राजकुमारी कात्यायनी का विवाह अट्ठाईस वर्षीय कुँवर मृगेंद्र सिंह से संपन्न करा दिया।

कुँवर मृगेंद्र जसपुर के पूर्व राजघराने के महाराज पृथ्वीराज सिंह एवं महारानी दुर्गेश्वरी देवी के चहेते बेटे हैं और छोटे युवराज हैं। महारानी दुर्गेश्वरी बामरा के पूर्व राजपरिवार से आतीं हैं।

कात्यायनी देवी माँ गौरी की भक्त है, और वह देवी माँ की भक्ति में लीन रहती है। कात्यायनी को विवाह के एक साल के उपरांत एक प्यारी सी पुत्री हुई, उन्होंने उसका नाम 'गौरी' रखा। कुँवर मृगेंद्र और राजकुमारी कात्यायनी की पुत्री, गौरी बहुत सुंदर है। वह रूप में अपनी माँ के समान ही रूपवान है।

आखिरकार, कात्यायनी के लौटने का समय निकट आ रहा है। गौरी छह वर्ष की हो गई है। कात्यायनी की अचानक से तबीयत खराब हुई।

वह अस्पताल के आपातकाल कक्ष में है। वहाँ, उसकी छह साल की बेटी गौरी, पति मृगेंद्र और माता-पिता मौजूद हैं।

डॉक्टर साहब ने हाथ खड़े कर दिए हैं।

उन्होंने वीरभद्र साहब से कहा, "राजा साहब, हमें राजकुमारी की बीमारी का पता ही नहीं चल पा रहा है। हमारे अनुसार सबकुछ ठीक है।"

अपने अंतिम क्षणों में जब कात्यायनी अपनी नन्ही गुड़िया के लिए अति व्याकुल हुई। तब उसे अपने पूर्व जन्म का स्मरण हो आया, देवी माँ गौरी की कृपा से। उसने देवी माँ गौरी को बारंबार प्रणाम किया। सभी की तरफ मुस्कुराकर देखा और अपनी आँखें मूँद लीं। इसी के साथ उसकी साँसें थम गयीं।

शोक का वातावरण छा गया।

गौरी को कुछ समझ नहीं आया, वह चुपचाप अपनी माँ के पास उनका हाथ पकड़े बैठी रही...। वीरभद्र साहब को अपनी एकमात्र पुत्री को जाता देख दिल का दौरा पड़ा और वह वहीं जमींन पर गिर पड़े। तुरंत, डॉक्टर और नर्स आए। उन्होंने कात्यायनी को देखा और उन्हें मृत घोषित कर दिया। और वीरभद्र साहब को तुरंत दूसरे कक्ष में भर्ती किया गया। भाग्यवश, वह हल्का दिल का दौरा था। वह अब ठीक हैं, परंतु पुत्री के इस तरह जाने का गम उन्हें अब लग गया है।

मृगेंद्र शोक के समुद्र में डूब गए हैं। वह कात्यायनी को बहुत चाहते हैं। चंद्रलेखा साहिबा ने जैसे तैसे स्वयं को संभाला ही है। वीरभद्र साहब की यह हालत देखकर वह अपने अंदर के उस गहन, असहनीय मातृत्व

शोक को रोके हुए हैं। एक माँ की सरलता, सहजता और सहनशीलता का मुकाबला इस ब्रह्मांड में कोई नहीं कर सकता। यही सत्य है।

अपनी एकमात्र पुत्री के जाने के बाद वीरभद्र साहब उदास से रहने लगे। वह मन ही मन सोचने लगे, "मैंने और चंदा ने पूरे भक्ति भाव से चौबीस वर्ष पूजा की और महज चौबीस वर्ष बाद हमारी संतान हमें छोड़ कर, हमारी ही आँखों के सामने चली गई।"

वह स्वयं से बोले, "भगवन, यह कैसा अन्याय है हमारे साथ? मैं और मेरी पत्नी, हम दोनों, आपकी भक्ति और सेवा में सदा तत्पर रहे। फिर आपने हमारे साथ ऐसा क्यों किया?" इस तरह से सोच कर वीरभद्र साहब उदासीनता और शोक के सागर में डूबने लगे।

कुछ माह पश्चात, एक रात उन्हें एक स्वप्न आया। उस स्वप्न में उन्होंने स्वयं को कैलास पर पाया। वहाँ बहुत सुंदर फूल खिले हैं। पीछे से किसी ने वीरभद्र को आवाज दी, "वीरभद्र, वीरभद्र।"

वीरभद्र पीछे मुड़े। जब वह पीछे मुड़े तो उन्होंने कुछ दूरी पर एक युवक को खड़ा पाया। उस युवक ने वीरभद्र से कहा, "वीरभद्र, आपको यहाँ इस लोक के राजा और रानी ने बुलाया है, चलिए।"

वीरभद्र चुपचाप उस युवक के पीछे चल पड़े और वह युवक उन्हें वहाँ ले गया, जहाँ एक बहुत सुंदर सिंहासन पर दो बहुत सुंदर अलौकिक तेज से दीप्तिमान, एक दंपति विराजमान हैं। उन्हें देखकर वीरभद्र ने सहसा ही उन्हें प्रणाम किया। सिंहासन पर विराजमान रानी बोलीं, "वीरभद्र, तूने हमसे संतान माँगी, परंतु तेरे और तेरी पत्नी के पूर्व कर्मों की वजह से संतान नहीं थी, किंतु हमने ही अपने एक गण को भेजा, तेरी और तेरी पत्नी की भक्ति और प्रेम से प्रसन्न हो। तू दुखी न हो, तेरा

वंश आगे बढ़ चुका है। तू अब निश्चिंत हो जा। अब जा।" और वीरभद्र साहब का स्वप्न टूट गया।

वह उठे और उन्होंने अपने पलंग के बगल में मेज पर रखी घड़ी पर नजर डाली तो समय सुबह के तीन बजकर नौ है। उन्होंने अपनी पत्नी पर नजर डाली, वह सो रही हैं।

वह सोचने लगे, "यह कैसा स्वप्न था और वे लोग कौन थे?"

फिर वह चुपचाप लेट गए और उन्होंने अपने मन को शांत कर अपनी आँखों को बंद कर लिया। फिर उन्हें नींद आ गई। सुबह होने पर उन्होंने सारा स्वप्न अपनी पत्नी को कह सुनाया। वह बोलीं, "आपके स्वप्न में वह दंपति कोई और नहीं, गौरीशंकर ही थे। उन्होंने आपके हृदय में शोक को देखकर, आपकी भक्ति, प्रेम से प्रसन्न हुए होने पर, अपनी ही कृपा से आपको सत्य स्वयं ही बतला दिया। आप अब ज्यादा दुखी न हो, अपना हृदय, मन कुंठित न करें। सब ईश्वर पर छोड़ दें।"

वीरभद्र साहब बोले, "ठीक है, चंदा।" परंतु वह अपने हृदय में अभी भी दुख में हैं।

वह सोचने लगे, "जहाँ चौबीस वर्ष, वहाँ कुछ और वर्ष अगर बेटी रह जाती तो क्या बुरा होता? अंत में तो हम सभी को जाना ही है।" वे मन ही मन यह सब सोच कर अंदर ही अंदर कुढ़ने लगे। परंतु वह पूजा-पाठ नित्य करते रहे। उनके मन में गुजरते दिनों के साथ जीने का भाव जाता रहा।

एक सुबह वह नहीं उठे...।

चंद्रलेखा साहिबा सुबह उठ अपने नित्य कार्यों में व्यस्त हो गयीं और उन्होंने वीरभद्र साहब को नहीं जगाया। जब काफी देर उन्हें वीरभद्र साहब नहीं दिखे तो उन्होंने सेवक को उन्हें जगाने भेजा। जब सेवक ने सुबह के सात बजे आकर उन्हें उठाना चाहा, तब उनकी साँसे थम चुकी थीं।

वह सुबह के तीन बजकर नौ पर इहलोक से परलोक सिधार गए। इस प्रकार कात्यायनी की मृत्यु के तीन वर्ष बाद वह भी इहलोक को अलविदा कह गए। जब वह नहीं उठे तो सेवक दौड़ता हुआ चंद्रलेखा साहिबा के पास जा पहुँचा और हाँफते हुए बोला, "रानी जी, राजा साहब, राजा साहब.....।"

"क्या हुआ, मुरली?", उन्होंने कहा।

सेवक के परेशान भावों को देखकर, वह तुरंत महाराज साहब के कक्ष की ओर बढ़ चलीं। वहाँ पहुँचकर उन्होंने वीरभद्र को देखा। उनके चेहरे के भावों से ऐसा लग रहा था कि जिस अनंत शांति की वह तलाश में थे, वह अंततः उन्हें मिल ही गई।

उन्होंने उनकी साँसें जाँची, नब्ज जाँची और फिर वह सेवक से बोलीं, "मुरली, जल्दी से डॉक्टर को बुलाओ।"

डॉक्टर साहब आए। उन्होंने वीरभद्र साहब को जाँचा और वह बोले, "रानी साहिबा, इनकी मृत्यु रात में ही तीन या चार के पास या बीच में हो गई थी। यह अब मृत हैं।"

महारानी साहिबा ने कुछ नहीं कहा। वह बस खामोश सी हो गयीं। डॉक्टर साहब चले गए। वे चुपचाप वहीं थोड़ी देर बैठी रहीं...गुमसुम, बेसुध सी। फिर, मुरली ने उनसे पूछा, "रानी साहिबा, अब क्या करें?"

वह धीरे से बोलीं, "आप, कुँवर मृगेंद्र को फ़ोन कर सूचित कर दीजिए।"

मुरली ने तुरंत मृगेंद्र को फ़ोन पर सूचित कर दिया। मृगेंद्र को जैसे ही वीरभद्र साहब की मृत्यु का पता चला, वह अपनी जगह पर जड़ हो गए। वह, तुरंत चम्बा आ पहुँचे। वीरभद्र साहब का दाह संस्कार मृगेंद्र के हाथों ही हुआ। तेरहवी कार्यक्रम के पश्चात सभी रिश्तेदार अपने अपने घरों को लौट गए और मृगेंद्र भी गौरी के साथ। मृगेंद्र के माता-पिता, बड़े भाई साहब व उनकी पत्नी, वे सब भी आए। जो जो आये वे सभी अपने अपने धामों को लौट गए।

महाराज वीरभद्र की सारी पैतृक संपत्ति चम्बा में ही है।

चंद्रलेखा साहिबा ने मृगेंद्र से कहा कि वह वीरभद्र साहब का व्यापार संभाल लें। चंद्रलेखा साहिबा के आग्रह पर उन्होंने हाँ कर दी और वह, वहीं चम्बा में आ रह गए।

वीरभद्र साहब की मृत्यु का गम उनकी पत्नी साहिबा को बहुत गहरा लगा। परंतु उन्होंने किसी से कुछ नहीं कहा।

वीरभद्र साहब के जाने के तीन साल बाद वह भी वैकुण्ठ सिधार गयीं। उनकी तबीयत एकदम ठीक थी, वह चलते फिरते ही परलोक चली गयीं। चंद्रलेखा साहिबा के जाने का दुख भी सभी को बहुत हुआ, और सबसे ज्यादा गौरी को। माँ को उसने देखा, परंतु उनकी याद धुँधली ही रह गई। उसकी नानी साहिबा ने उसे बड़ा लाड़ प्यार दिया और अब वह भी चली गयीं।

अध्याय 3

मृगेंद्र का पुनः विवाह

चंद्रलेखा साहिबा के जाने के बाद मृगेंद्र के परिवारजन उन पर एक और विवाह का जोर डालने लगे, परंतु वह मना करने लगे। उन्होंने कहा की वह विवाह नहीं करना चाहते। परंतु उनकी भाभी साहिबा और माँ साहिबा, दोनों ही उन पर दबाव बनाने लगे।

भाभी साहिबा का अपना उद्देश्य है। वह अपने चाचा जी की बेटी का विवाह मृगेंद्र से कराना चाह रही हैं। वह सोच रही हैं जो कुछ मृगेंद्र की पत्नी का था अब वह सब मृगेंद्र का ही है। ऐसी स्थिति में उनके चाचा जी की पुत्री 'कामिनी' तो रानी की तरह रहेगी। वह अपने पारिवारिक हित के उद्देश्य से इस विवाह पर जोर दे रही हैं।

परंतु वह मृगेंद्र की माँ साहिबा को यह कहकर मना रही हैं, "माँ सा, एक पुत्र तो होना ही चाहिए।"

मृगेंद्र की माँ साहिबा को भी लगने लगा है कि उनके बेटे के सिर्फ एक बेटी ही है, यदि एक पुत्र हो जाए तो बड़ा शुभ है। ऐसा सोचते हुए वह मृगेंद्र को समझाने लगीं। आखिरकार, मृगेंद्र ने हाँ कर ही दी। किंतु,

वह अपनी माँ से बोले, "माँ सा, मैं शादी कर लूँगा, पर आप संतान के लिए मत कहना।"

वह बोलीं, "बेटे, इस विवाह का उद्देश्य ही तो एक पुत्र होना है। यदि आप संतान नहीं चाहेंगे तो पुत्र कैसे होगा?" परंतु मृगेंद्र तैयार न हुए।

आखिरकार पोट पाटकर मृगेंद्र की कामिनी से शादी करा ही दी गई।

कामिनी की यह दूसरी शादी है। उनकी पहली शादी से उनके दो बेटियाँ हैं। कामिनी का चरित्र लोगों से खूब मिलना जुलना, घूमना फिरना, खूब रुपए खर्च करना, कुछ इस तरह का है। उनकी बेटियाँ भी उन्हीं पर गई हैं। कामिनी की अजीबोगरीब हरकतों से परेशान हो उनके पहले पति ने उन्हें तलाक दे दिया। उनके परिवार के लोग उन्हें घर से रफा दफा करना चाह रहे थे, वह भी सम्मान के साथ। विवाह एक अच्छा तरीका था।

कामिनी अब मृगेंद्र के साथ हैं। कामिनी को उनके माता-पिता ने काफी समझाकर भेजा है और उनसे इस शादी को बनाए रखने की प्रार्थना भी की है। और उन्होंने अपने माता-पिता को आश्वासन भी दिया है कि वह कुछ भी ऐसा नहीं करेंगी जिससे उनकी शादी प्रभावित हो।

मृगेंद्र ने कामिनी से शादी तो कर ली, परंतु उनका मन काम से निकलकर सदैव कात्यायनी के साथ बिताए हुए सुखद पलों में ही रहता, उनका ध्यान कामिनी पर जाता ही नहीं। कामिनी को सिर्फ ऐश्वर्यपूर्ण जीवन में दिलचस्पी है। सुख, सुविधाएँ, महँगे कपड़े, गहने इसी में उनका मन रमा रहता है। मृगेंद्र का उन पर ध्यान न देने का उन पर कोई असर नहीं पड़ता। वह जो मृगेंद्र उन्हें देते रहें वह है वैभवपूर्ण, सुविधाओं से भरा जीवन और कुछ नहीं।

उनका मन प्रेम जैसे गूढ़ भावों से परे है।

कामिनी से मृगेंद्र की शादी को दो वर्ष बीत गए हैं। मृगेंद्र की तबीयत कुछ खराब सी रहती है। डॉक्टर ने उनसे कहा है कि वह ज्यादा किसी भी बात की चिंता ना करें। परंतु मृगेंद्र मन से कुंठित सा जीवन जी रहे हैं। वह विरह के दुख से ओतप्रोत हैं।

मृगेंद्र की तबीयत अचानक से खराब हो गई है, उन्हें अस्पताल ले जाया गया। अस्पताल में तीन दिन तक वह वेंटिलेटर पर रहे और तीसरे दिन की रात और चौथे दिन की सुबह वह इहलोक से चले गए। जाने से पहले उन्होंने अपने सभी परिवारजनों को जी भर के देख लिया और अपनी प्यारी बेटी गौरी को भी गले से लगा लिया। उन्होंने गौरी से कहा कि वह अपना ख्याल रखे और उन्होंने उसे एक तोहफा दिया। तोहफे में उन्होंने कात्यायनी की वह डायरी दी जो उसने अपनी बेटी के लिए लिखी थी। मृत्यु से पूर्व, कात्यायनी को कुछ अजीब से स्वप्न आने लगे थे। जिनका अभिप्राय यही था कि उसका अंतिम समय निकट आ रहा है। कात्यायनी को स्वप्न शास्त्र में खासा विश्वास था।

हमारे स्वप्न हमारे ही हितैशी अवचेतन मस्तिष्क की उत्पत्ति हैं, हमें सजग करने के लिए।

वह समझने लगी थी कि वह जल्द ही इहलोक को अलविदा कह देगी। ऐसा सोचते हुए ही उसने एक डायरी अपनी बेटी के लिए लिखी, और मृगेंद्र को दे दी।

मृगेंद्र ने उससे कहा, "यह आप मुझे क्यों दे रही हैं? आप स्वयं ही हमारी बेटी को बड़े होने पर दे दीजिएगा।"

कात्यायनी बोली, "मृगेंद्र, अगर हम नहीं हुए तो आप दीजियेगा।"

मृगेंद्र ने भौहें तरेर कर कहा, "कात्यायनी, आप ऐसी बात मत करें। मुझे अच्छी नहीं लगती है।" कात्यायनी चुप हो गयी और हँसने लगी।

आज, अस्पताल में पलंग पर लेटे हुये मृगेंद्र उसी घटना को अपने मन में याद कर रहें हैं।

गौरी को डायरी देने के बाद उन्होंने चुपचाप शांत भाव से आँखें मूँद लीं और फिर अपनी सुंदर आँखों को कभी नहीं खोला। ई.सी.जी. मशीन पर एक सीधी रेखा बन गई, बीप-बीप की आवाज आई और उनकी साँसें थम गयीं। गौरी चुपचाप अपने पापा की अंगुली पकड़कर वहीं बैठ गई। कामिनी उस कक्ष के बाहर बैठी है, और मृगेंद्र के माता-पिता, बड़े भाई साहब और उनकी सौतेली बेटियाँ भी।

गौरी चौदह वर्ष की है। उसकी चौदह वर्ष की आयु में पिता चले गए और छह वर्ष की आयु में माँ। उसका हृदय अंदर से द्रवित है। अत्यंत उदासीन है। उसकी आँखों में कोई आँसू नहीं है। यह वह दुख है, जिसे रोकर आँसुओं से न तो दर्शाया जा सकता है और न महसूस किया जा सकता है। यह आत्मीय दुख है।

ऐसा तब होता है, जब हम किसी से सरल, सहज प्रेम करते हैं तो उनका जाना हमारे हृदय, मन, मस्तिष्क के लिए अस्वीकार्य होता है। हमारा मन उनकी मृत्यु के भाव को अपनाना ही नहीं चाहता। हमारा मन उन्हें जीवंत मानता है। उसे लगता है पापा सो रहें हैं, अभी थोड़ी देर में उठ जाएँगे। यह उसका मोह ही है, परंतु प्रेम के सरल, सहज, अनंत भाव से परिपूर्ण है जिसमें न कुछ पाने की लालसा है, अगर है तो बस सिर्फ देने की। ऐसे ही प्रेम का दुख अत्यंत गहरा और आत्मीय

होता है। इस आत्मीय प्रेम भाव को समझने के लिए उम्र का कोई महत्व नहीं है। यह भाव उम्र से परे है। यह सिर्फ हृदय के भावों से समझा और महसूस किया जाता है।

गौरी इसी प्रेम वश, गहरे दुख में है।

नर्स कमरे के अंदर आई और मृगेंद्र की उस हालत को देखकर तुरंत डॉक्टर को लाईं। डॉक्टर ने उन्हें मृत घोषित कर दिया। सभी लोग दुख के सागर में डूब गए।

मृगेंद्र को दाह उनके बड़े भाई साहब ने दिया और उनके दाह संस्कार के संपन्न होने पर तेरहवी कार्यक्रम हुआ। सभी नाते रिश्तेदार आए और मिल मिलाकर अपने अपने धामों को लौट गए। और मृगेंद्र के माता-पिता और सभी परिवारजन भी अपने धाम को लौट गए।

गौरी के नाना जी का घर अब कामिनी का है। उसमें कामिनी और उसकी तीनों बेटियाँ रह रहीं हैं।

मृगेंद्र से विवाह के बाद कामिनी ने गौरी पर बड़ा लाड़ प्यार दिखाया। वह सब दिखावटी था। उसकी वजह मृगेंद्र के हृदय में जगह बनाना था और यह दिखाना था कि वह बहुत ही अच्छी माँ है। परंतु वह कहते हैं ना कि दिखावा, दिखावा ही होता है और सच्चा प्रेम, सच्चा प्रेम ही। दिखावा ज्यादा दिन नहीं टिकता, सो ही हुआ।

मृगेंद्र के वैकुण्ठ सिधारते ही कामिनी का झूठा मातृत्व प्रेम अदृश्य हो गया, और उसका असल चेहरा सामने आने लगा।

कामिनी ने सारा व्यापार जो मृगेंद्र देख रहे थे, वह संभाल लिया।

कामिनी उच्च शिक्षित हैं। वह पेनसिल्वेनिया विश्वविद्यालय से व्यवसाय प्रबंधन में स्नातकोत्तर हैं। परंतु उनका कार्य करने का कोई मन नहीं था। किंतु अब समय की माँग है। इसी वजह से वह व्यापार प्रबंधन में उतर पड़ीं और मृगेंद्र द्वारा देखे जाने वाले व्यापार का प्रबंधन करने लगीं। उन्होंने मृगेंद्र की संपत्ति को अपने नाम पर कराने का विचार किया और इसी विचार से उन्होंने कागजों को खंगाला।

जब उन्होंने कागजों को खंगाला तब उन्हें पता चला कि मृगेंद्र संपत्ति के सिर्फ रखवाले हैं। वह उनके नाम नहीं है। वीरभद्र साहब ने अपनी संपत्ति के उत्तराधिकारी के तौर पर अपनी बेटी की बेटी, नँवाशी, गौरी को बनाया है। और मृगेंद्र को संपत्ति का संचालक और रखवाला बनाया है। यह देखकर, जानकर, समझकर कामिनी को बहुत बुरा लगा। वह सोचने लगी की उसे यह शादी ही नहीं करनी चाहिए थी। वह इसे एक घाटेवाली शादी के तौर पर देखने लगी। क्योंकि, यहाँ संपत्ति का वारिश न तो वह है और न ही उसकी बेटियाँ। क्योंकि यह संपत्ति तो मृगेंद्र की है ही नहीं। यह तो महाराज वीरभद्र की है।

कामिनी ने व्यापार का संचालक और प्रबंधक का अधिकार पा लिया है। वह जो मृगेंद्र के नाम था, वह स्वतः ही उनकी पत्नी, कामिनी को प्राप्त हो गया। परंतु कामिनी को तो संपत्ति के स्वामित्व में दिलचस्पी है, ना की सिर्फ रखवाला और प्रबंधक होने में।

कामिनी ने ये सारी बातें अपने माता-पिता को बतायीं और उनसे कहा, "आपने मेरी बहुत बुरी शादी की। मुझे पति का सबकुछ नहीं मिल पा रहा है। ऐसी शादी का क्या फायदा जिसमें पत्नी को कुछ न मिले?"

कामिनी ने अपनी पहली शादी में अपने पहले पति से निर्वाह-व्यय के तौर पर भारी रकम वसूली और उस शादी के टूटने के बाद उसने मन से शादी का विचार भगा दिया, और उन रुपयों से मजे करने लगी। और समय समय पर माता-पिता से भी माँगने लगी।

उसकी इसी खर्चीली जीवन शैली से उसके माता-पिता परेशान हो गए क्योंकि वे ऐसे नहीं थे। उन्होंने उसे पारिवारिक व्यवसाय से जुड़ने का सुझाव दिया। परंतु उसने मना कर दिया। उसे आराम तलब होना, और दूसरों के कमाए रुपयों पर ऐश और मजे करने की आदत पड़ गई थी। उसकी हरकतों से परेशान हो, उन्होंने उसे रुपए देना बंद कर दिया। और दूसरी शादी का प्रस्ताव रखा और उस पर दबाव बनाया।

कामिनी ने साफ साफ कह दिया कि वह किसी अमीर आदमी से ही शादी करेगी ताकि वह मजे में रह सके। उसके घरवालों ने उसकी हाँ पाते ही 'आई बला को टाल तू', अंदाज में उसकी जल्दी से शादी मृगेंद्र से करा दी। जबकि मृगेंद्र और कामिनी का वास्तव में कोई जोड़ नहीं था। उनकी प्रकृतियाँ पूर्णतया भिन्न थीं।

आज कामिनी अपने माता-पिता को इस विवाह के लिए कोस रही है और बुरा भला कह रही है। उन्होंने उससे साफ साफ कह दिया कि वह कुछ नहीं कर सकते। यह सुनकर कामिनी को बिल्कुल अच्छा नहीं लगा।

उन्होंने उससे कहा, "गौरी भी तुम्हारी ही बेटी है अब, उसे अलग मत समझना।"

कामिनी समझ गई, न तो उसके माता-पिता उसे उस संपत्ति की मलकियत दिलवाने में सहयोग देंगे और न ही एक और शादी को समर्थन देंगे।

कामिनी अब अपने काम में व्यस्त हो गई है। वह सोच ही रही है कि कैसे वह यह सारी संपत्ति अपने नाम कर दे ताकि उसके बाद यह उसकी बेटियों को प्राप्त हो जाए, उसकी दोनों बेटियाँ, काम्या और काव्या, न की गौरी। वह गौरी को अपने मन और हृदय में अपनी बेटी नहीं मानती है।

चौदह वर्ष की गौरी को देखकर उसे बहुत बुरा लगता है।

वह गौरी से अब घर के काम कराने लगी है। वह उससे घर के ज्यादा से ज्यादा काम कराने की कोशिश करती है। जबकि घर में कार्य करने के लिए सेवक हैं, फिर भी वह उससे भी सेवकों की तरह काम करवाती है।

वह उसे काम में खूब व्यस्त रखती है ताकि उसका पढ़ाई के लिए कम ही समय बच पाए। परंतु गौरी पर देवी माँ सरस्वती की असीम कृपा है। वह कम समय में ही सबकुछ याद कर लेती है और फिर भूलती नहीं है। लेकिन, यह बात सिर्फ गौरी को पता है।

गौरी के दादी-बाबा जी अपने ही घर (जसपुर) में रहते हैं वह यहाँ (चम्बा) कम ही आते हैं। गौरी की बहनें अपनी माँ पर गयीं हैं। वह गौरी के साथ सेवकों सा व्यवहार करती हैं। गौरी की बहनें, काम्या और काव्या की आयु में कुछ महीनों का ही अंतर है। वह एक ही कक्षा में हैं और साथ ही गौरी की लगभग हमउम्र भी। काम्या, गौरी से कुछ महीने ही बड़ी है और काव्या उससे कुछ महीने ही छोटी है।

काम्या थोड़ा बड़े होने की वजह से गौरी पर खूब हुकुम जमाती है, 'गौरी ये करो, गौरी वो करो...।'

उन्होंने गौरी को बहन कम, नौकरानी ज्यादा बना दिया है।

गौरी अपनी माँ 'कात्यायनी' की तरह माँ देवी गौरी की भक्त है, पूजा-पाठ में उसकी विशेष रुचि है। वह नियमित रूप से सुबह उठकर देवी माँ गौरी की पूजा करती है। जिस समय वह उठती है, उस समय घर के सभी लोग नींद के आगोश में होते हैं। वह अपने नानी-नाना और माता-पिता के समान ही पूजा करती है, किंतु जो भिज्ञ थे, वह सब चले गए और जो हैं, वह सब अनभिज्ञ से हैं। दरअसल, उसकी माँ 'कात्यायनी' प्रतिदिन सुबह जल्दी उठकर माँ देवी गौरी की पूजा किया करती थीं और वह भी माँ के बगल में बैठ जाती थी। इस तरह बहुत कम उम्र में ही उसका मन भक्ति में रम गया।

गौरी की कक्षा में बच्चे एक दूसरे से यह चर्चा कर रहे हैं कि वे आगे की शिक्षा में क्या करना चाहते हैं।

गौरी की सहेली 'शिक्षा' ने उससे पूछा, "गौरी, तू क्या करना चाहती है?"

गौरी ने कहा, "मैं फैशन डिज़ाइनर बनना चाहती हूँ।"

सारे दोस्त बहुत खुश हुए। उन्होंने उससे कहा कि हम सभी अपने माता-पिता को बताएँगे, तुम भी अपने माता-पिता को बताना।

गौरी बोली, "ठीक है।"

गौरी का स्वभाव अपनी माँ, कात्यायनी की तरह शांत और सौम्य है। उसने थोड़ी हिम्मत करके अपनी माँ, कामिनी से बात करना चाहा।

वह कामिनी के पास गई और बोली, "माँ, मुझे आपसे कुछ बात करनी है।"

कामिनी ने उस पर बिना नजर डाले ही बड़े बेरुखे अंदाज में कहा, "कहिए…।"

वह बोली, "माँ, आज कक्षा में अध्यापिका ने हम सबसे कहा कि आप सोचियेगा की आप क्या बनना चाहते हैं। तो कक्षा में हम सब चर्चा कर रहे थे। मैंने फैशन डिज़ाइनर बनने का मन बनाया है।"

कामिनी ने बड़ी ही बेरुखी से उसके चेहरे की तरफ देखा और कहा, "गौरी, रसोईघर में जाकर, भैरव जी की मदद करो जाकर…और फैशन डिज़ाइनर के सपने अपने मन से निकाल दो क्योंकि आपको पूरी जिंदगी यहाँ इस घर में रहकर बर्तन ही धोने हैं।"

यह सुन कर काम्या जोर जोर से हँसने लगी और उसने यह बात जाकर काव्या को भी बताई। वह दोनों अपने कमरे में ठहाके लगाकर हँस रहीं हैं। गौरी चुपचाप रसोईघर में चली गई और जाकर भैरव जी की मदद करने लगी।

जैसे ही गौरी गई, कामिनी ने हाथ में पकड़ी हुई फ़ाइल को मेज पर पटक दिया और क्रोधपूर्ण भावों से वह बोली, "फैशन डिज़ाइनर बनेगी…तू देख मैं तुझे फैशन डिज़ाइनर कैसे बनाती हूँ? तेरा बाप यहाँ मुझे कंगाल की तरह छोड़ गया। क्या सोचा उसने कि मैं उसकी बीवी की बेटी की नौकरानी बन कर रहूँगी और सारा काम करूँगी और फिर यह सबकुछ खुशी खुशी चुपचाप उसकी प्यारी गौरी को महारानी बनने के लिए थमा दूँगी। ऐसा बिल्कुल भी नहीं होगा। ये सब अब मेरा है।"

वीरभद्र साहब की संपत्ति में उनका निजनिवास 'चंद्रमहल', जहाँ आज कामिनी रह रही है और दो विरासत होटल शामिल हैं। ये विरासत होटल पहले उनके पूर्वजों की हवेलियाँ थीं, जो उन्हें अपने पिता जी से विरासत के तौर पर मिली थीं, जिन्हें उन्होंने विरासत होटल बना दिया।

वीरभद्र साहब ने अपनी एकमात्र पुत्री, कात्यायनी के गुजर जाने के बाद अपनी वसीयत में अपनी संपत्ति का उत्तराधिकारी गौरी को बना दिया और गौरी के पिता, मृगेंद्र को संपत्ति का रखवाला। मृगेंद्र को संपत्ति का कोई लालच नहीं था और न ही नाम का, इसी वजह से वह सब जानते हुए भी खुश रहे। परंतु कामिनी ऐसी नहीं है, वह लालची भावों से ओतप्रोत है।

कामिनी को भान हो गया है कि गौरी कुछ करने के सपने देख रही है।

गौरी की बहनें, काम्या और काव्या को कुछ करने या सपने देखने की आदत नहीं है। परंतु गौरी के मनोभावों को जानने के बाद कामिनी ने काम्या और काव्या को साफ साफ कह दिया कि अपनी पढ़ाई पर ध्यान दो और उच्च शिक्षा के लिए तैयारी करो।

कामिनी के दबाव में काम्या और काव्या को पढ़ाई में रुचि न होते हुए भी रुचि करनी पड़ी।

कामिनी ने मन ही मन ठान ली और वह खुद से बोली, "मैं इस लड़की को कुछ नहीं बनने दूँगी और यहीं इस घर में नौकरानी बना के रखूँगी। इसी लड़की की वजह से आज मेरे हाथ कुछ नहीं आया है, वरना यह सबकुछ मेरे नाम होता।"

वह अपनी बेटियों को अब खूब पढ़ा लिखाकर उनका विवाह अपने से बहुत ही ज्यादा संपन्न परिवारों में करना चाहती है।

विद्यालय शिक्षा समाप्त होने के नजदीक आने लगी है। आगे की शिक्षा की बात होने लगी है। कामिनी ने अपनी दोनों बेटियों को देश के बाहर के प्रतिष्ठित शिक्षण संस्थान में भेजने का मन बनाया है, अपनी तरह। परंतु कामिनी शिक्षा में रुचि लेने की वजह और साथ ही भाग्य योग से पेनसिल्वेनिया विश्वविद्यालय पहुँचीं। वह वहाँ से पढ़ने के लिये दृढ़ थीं। परंतु काम्या और काव्या का ऐसा नहीं है। वह तो सिर्फ कामिनी के धक्के से आगे बढ़ रहीं हैं। काव्या की पढ़ाई में थोड़ी बहुत रुचि है। परंतु काम्या की तो बिल्कुल नहीं है, उसका मन तो सिर्फ मटरगशती में ही लगा रहता है।

कामिनी ने तो बेटियों को विदेश भेजने का मन पूरी तरह बना लिया है। उसने अपनी बेटियों से उनकी अंक तालिकाएँ माँगी। काम्या और काव्या ने डरते हुए अपनी अंक तालिकाएँ दीं। काव्या कक्षा में छठवे स्थान पर आई है और काम्या पास हो गई है। काम्या की अंक तालिका देखकर कामिनी को काम्या पर बहुत जोर का गुस्सा आया। परंतु उन्होंने अपने गुस्से को शांत किया।

कामिनी की काम में व्यस्तता के चलते वह अपनी बेटियों की अंक तालिकाएँ देखना या अभिभावक शिक्षक बैठकों में जाना न के बराबर ही कर पाती है, और उससे पहले भी वह न के बराबर ही करती थी। वजह जो भी रही हो, वह अभिभावक शिक्षक बैठक में सदैव अनुपस्थित ही रही।

इधर उन्होंने मन ही मन सोचा, कि जरा गौरी की अंक तालिका भी जाँच लूँ। उन्होंने गौरी को बुलवाया। उन्होंने उससे कहा, "गौरी अपनी सारी अंक तालिकाएँ लेकर आइए।"

गौरी बोली, "माँ, पर आप अंक तालिकाएँ क्यों देखना चाहती हैं?"

काम्या तपाक से बोली, "जैसा मॉम कह रही हैं, वैसा करो। ज्यादा होशियार बनने की कोशिश मत करो।"

गौरी चुपचाप अपने कमरे में गई और अंक तालिकाएँ लेकर आ गई। उन्होंने उसकी दसवीं की अंक तालिका देखी तो निन्यानवे प्रतिशत एवं कक्षा में प्रथम, ग्यारहवीं की अंक तालिका देखी तो निन्यानवे प्रतिशत एवं कक्षा में प्रथम। उन्होंने उसकी सारी अंक तालिकाएँ देख डालीं। उसकी सभी कक्षाओं में अंक ऐसे ही थे। ये देखकर वह हैरान रह गई। वह बोली, "आप कक्षा में नकल करती हैं...। ये इतने अच्छे अंक कैसे आए हैं?"

गौरी बोली, "नहीं माँ, मैं नकल कभी नहीं करती हूँ। पापा कहते थे, नकल नहीं करनी चाहिए। मैंने अच्छे से पढ़ाई की है।"

कामिनी बोली, "आप जाएँ और जाकर भैरव जी की मदद करें।"

कामिनी की ऐसी बात सुनकर, गौरी ने उनसे कहा, "ठीक है, माँ। आप मुझे मेरी अंक तालिकाएँ लौटा दीजिए।"

कामिनी ने देने से मना कर दिया।

कामिनी के मना करने पर गौरी ने उनसे अनुरोध किया, "माँ, कृपा कर लौटा दें।"

इस बात पर वह क्रोधित हो गई और उसने दसवीं और ग्यारहवीं की अंक तालिका फाड़ दी और उसके टुकड़े गौरी के हाथ में रख दिए और कहा, "ये लो और यहाँ से जाओ।"

गौरी का चेहरा पूरी तरह से उतर गया और वह चुपचाप नीचे देखते हुए रसोईघर में चली गई। वहाँ जाकर भैरव जी की सहायता करने लगी।

कामिनी के अंक तालिकाओं को फाड़ते ही काम्या जोर जोर से हँसने लगी और गौरी के जाने के बाद भी वह ठहाका लगाकर हँसती रही। काव्या भी हँसी पर थोड़ा ही, उसे थोड़ा बुरा लगा।

अभी बारहवीं की परीक्षा का परिणाम बाकी है। उसका बेसब्री से कामिनी को इंतजार है।

भाग्यवश, गौरी ने अपनी सहेली, शिक्षा की सलाह पर अपनी सभी अंक तालिकाएँ और जरूरी कागजातों की इलैक्ट्रिक प्रति और कागजी प्रति बना रखी है, मूल प्रतिलिपि के अलावा।

शिक्षा, गौरी की बचपन की दोस्त है और उन दोनों की बातचीत भी होती रहती है। गौरी उसे अपनी माँ की हरकतों के बारे में कम ही बताती, परंतु उसे सब धीरे धीरे पता लग ही जाता।

गौरी ने कामिनी द्वारा अंक तालिकाओं को फाड़ने वाली बात शिक्षा को बताई।

शिक्षा को बहुत बुरा लगा, वह बोली, "तेरी माँ काम भी इतना कराती हैं और अब उन्हें तेरे पढ़ने और अच्छे अंकों से भी दिक्कत है, ये तो हद ही हो गई...। और अगर उनकी बेटियाँ ठस हैं तो कोई क्या करे?

चाबुक की मार से लोग विद्वान नहीं बनते। अच्छा सुन, तूने फोटोकॉपी तो सुरक्षित रखे हैं ना?"

"हाँ शिक्षा।", गौरी ने कहा।

"ठीक है, तू परेशान मत होना। हम आवेदन दे देंगे, स्कूल वाले नयी अंक तालिका दे देंगे और माँ को कुछ पता नहीं लगने देंगे।", शिक्षा ने गौरी से कहा।

"ठीक है, शिक्षा।", गौरी बोली।

कामिनी को जिसका इंतजार था वह आ ही गया, बारहवीं कक्षा का परिणाम। हर बार की तरह गौरी के कक्षा में प्रथम स्थान के साथ निन्यानवे प्रतिशत ही आए और काम्या बस पास ही हो गई, और काव्या कक्षा में तृतीय आई और अच्छे अंकों से पास हो गई।

कामिनी ने काम्या और काव्या के अंकों को देखने के बाद गौरी को बुलवाया और उससे कहा, "गौरी अपनी बारहवीं की अंक तालिका लेकर आओ।"

वह चुपचाप अंक तालिका लेकर कामिनी के पास गई। जैसे ही कामिनी ने अंक तालिका देखी उसका खून गर्म तेल सा खौलने लगा।

वह मन ही मन सोच रही है, "मैं इस लड़की को कोल्हू के बैल की तरह पीस रही हूँ, पर यह है कि कक्षा में उत्तीर्ण हो रही है।"

कामिनी ने गौरी से कुछ नहीं कहा और बिना एक क्षण गँवाए अंक तालिका को फाड़ दिया।

"माँ नहीं.....।", गौरी के मुख से एकाएक ही निकल पड़ा।

कामिनी ने अपने गुस्से पर नियंत्रण किया और वह बोली, "गौरी, आप ये अंक तालिका का क्या करेंगी? आपको तो पूरी जिंदगी इसी घर में खाना, झाड़ू पोछा करना है, अपने प्यारे नानी-नाना जी के घर में और हाँ, आपकी बहुत पढ़ाई लिखाई हो गयी। अब आप आराम से घर में रहिए और घर के कामों में ध्यान दीजिए। ज्यादा सपने देखने की आवश्यकता नहीं है।"

गौरी का चेहरा बाहर से उदासीन है और हृदय अंदर ही अंदर धीरे धीरे सिसकियाँ भर रहा है। अंक तालिका की तो फोटोकॉपी और सॉफ्टकॉपी उसने सुरक्षित रख रखी है। परंतु उसके सपने को वह तोड़ना नहीं चाहती है।

गौरी चुपचाप बुत बनी खड़ी है।

"अब यहाँ कब तक खड़ी रहोगी? जाओ यहाँ से और जाओ जाकर घर का काम करो। अब तक रसोई का ही काम किया है। अब घर की सफाई भी करनी है। अब पूरा दिन आप घर में रहिए और घर के सारे काम कीजिए। जाइए यहाँ से।", कामिनी ने बड़े ही तीखे स्वर और घृणित अंदाज में बोला।

गौरी चुपचाप चली गई, अपने कमरे में। वहाँ जाकर वह चुपचाप अपनी माँ 'कात्यायनी' और पिता 'मृगेंद्र' को याद करने लगी। उसने अपनी माँ की डायरी खोली और उसे पढ़ने लगी। माँ की डायरी पढ़कर उसे सांत्वना मिलती है।

अगले दिन, उसकी दोस्त शिक्षा उससे मिलने आई। उसने शिक्षा को सारी बात बताई।

शिक्षा ने उससे कहा, "तू निश्चिंत रह, सब ठीक होगा। ये तेरी माँ का तो दिमाग खराब हो गया है।"

सेट (एस.ए.टी) की परीक्षा के अंकों के आधार पर काम्या और काव्या ने अमेरिका और यूरोप के कई विश्वविद्यालयों में आवेदन किया। काव्या का कोलम्बिया विश्वविद्यालय में चयन हो गया है। काम्या का कहीं नहीं हुआ, उसके अंक काफी कम हैं। ऐसी स्थिति में कामिनी ने काम्या का रुपयों से न्यूयॉर्क विश्वविद्यालय में दाखिला करा दिया, ताकि दोनों बहनें एक ही शहर में रहें।

काम्या और काव्या के सामान को बाँधा जा रहा है, विदेश जाने के लिए। कामिनी स्वयं दोनों को छोड़ने के लिए न्यूयॉर्क गयीं और वहाँ से एक सप्ताह बाद लौट आईं।

जब काम्या और काव्या ने विदेश के विश्वविद्यालयों में प्रबंधन की पढ़ाई के लिए आवेदन किया। उसी समय गौरी ने भी फैशन डिज़ाइनिंग की पढ़ाई के लिए देश, विदेश के विश्वविद्यालयों में आवेदन किया।

गौरी को देश, विदेश के बहुत से विश्वविद्यालयों से चयन का प्रस्ताव आ गया। ऐसी स्थिति में उसने विदेश के विश्वविद्यालय से पढ़ने का मन बनाया। यह विश्वविद्यालय उसे पूर्णकालिक छात्रवृत्ति भी दे रहा है। इस बात से वह खासा खुश है। उसने यह बात शिक्षा को बताई। शिक्षा बहुत खुश हुई।

उसने गौरी से कहा, "तू फिक्र मत करना, सब ठीक हो जाएगा।"

गौरी ने मन ही मन सोचा, 'अब वह क्या करे?'

अगर वह कामिनी को बताएगी तो वह, तो उसका विरोध करेंगी। उसने अपनी दादी जी को फ़ोन लगाया। गौरी के बाबा जी को गुजरे एक वर्ष बीत गया है। बाबा जी के जाने के बाद दादी जी ज्यादा ही उदास रहती हैं। वह ज्यादा किसी से बात नहीं करती हैं। गौरी ने उन्हें जो फ़ोन कॉल किया वह नहीं उठा, दादी साहिबा सो रहीं थीं। दादी साहिबा के अलावा उसके पास उनके परिवार से किसी का भी नंबर नहीं है।

कामिनी ने बड़ी चतुराई से अपनी बेटियों को महँगे मोबाइल फ़ोन दिए हैं और गौरी को एक सस्ता सा फ़ोन सिर्फ बात करने भर के लिए ही।

उस समय, गौरी दसवीं कक्षा में थी। तब उसकी दादी साहिबा और बाबा साहब उससे मिलने आए थे। उन्होंने काम्या और काव्या के हाथों में मोबाइल देखे, पर गौरी के हाथ में नहीं, तो बाबा साहब ने गौरी को पास बुलाया और उससे उसके हालचाल पूछे और उससे पूछा, "गुड़िया, क्या आपके पास मोबाइल फ़ोन है?"

तो उसने कहा, "हाँ बाबा जी, फ़ोन है।"

वह बोले, "अच्छा गुड़िया, कौन सा फ़ोन है? जरा बाबा जी को भी दिखाओ।"

तब, उनके ऐसा कहने पर उसने उन्हें अपना फ़ोन दिखा दिया। वह बोले, "ये फ़ोन तो पुराने जमाने का है, गुड़िया। हम आपको नवीनतम मॉडल का फ़ोन देते हैं।" और उन्होंने उसे नवीनतम मॉडल का मोबाइल फ़ोन भेंट कर दिया।

कामिनी चुपचाप यह सब देखती रही। परंतु मन ही मन वह कुढ़ रही थी। बाबा साहब और दादी साहिबा एक सप्ताह रहे और फिर वे वापस अपने घर (जसपुर) को चले गए।

उनके जाने के दो सप्ताह बाद कामिनी ने गौरी से उसका फ़ोन माँगा। गौरी ने चुपचाप फ़ोन कामिनी को दे दिया और कामिनी ने फ़ोन को पटक दिया जमीन पर। यह देखते ही गौरी की आँखों में आँसू आ गए, पर वह कुछ नहीं बोली।

गौरी के चेहरे की तरफ देखकर कामिनी बोली, "इन महँगे मोबाइल के शौक आप गौरी छोड़ दीजिए, ये शौक आपके लिए नहीं बने हैं। आप तो ये सस्ते फ़ोन रखें, अपनी तरह के।" कामिनी ने यह कह गौरी को एक सरल फ़ोन सिर्फ बात करने भर के लिये थमा दिया।

गौरी चुपचाप अपनी जगह पर खड़ी रही।

गौरी के पिता, मृगेंद्र को गुजरे पूरा एक साल भी नहीं हुआ था। परंतु कामिनी का बुरा स्वभाव अपना परचम छूना चाह रहा था।

कामिनी चिल्लायी और चिल्लाते हुए बोली, "यहाँ से जाओ, जाकर घर का काम करो।"

गौरी चुपचाप चली गई।

इस घटना के एक साल बाद बाबा साहब का वैकुण्ड गमन हो गया। वह चलते फिरते, हँसते बोलते, एक रात नींद के आगोश में जाकर फिर अगली सुबह नहीं उठे और परलोक सिधार गए।

कहते हैं, हर यात्रा का अंत तो नियत ही है और एक यात्रा के बाद ही दूसरी यात्रा आरंभ होती है।

बाबा साहब की मृत्यु का दुख गौरी को बहुत हुआ था। कामिनी उसे लेकर जसपुर भी नहीं गई। जब दादी साहिबा ने कामिनी से गौरी के बारे में पूछा तो वह बोली, "गौरी की तबीयत खराब है। डॉक्टर ने उन्हें आराम बोला है।"

दादी साहिबा स्वभाव से बहुत सीधी हैं। उन्हें ये छल, कपट, बनावटी चेहरे न तो करना आता है और न समझना। बाबा साहब जो कि होशियार थे, वह अब इहलोक छोड़ वैकुण्ड चले गए हैं, सो कामिनी की चतुराई समझे कौन?

मृगेंद्र के बड़े भाई साहब 'गजेंद्र सिंह' को व्यापार में रिश्तों से ज्यादा दिलचस्पी है। उनके पास अपने दोनों बच्चों के लिए समय नहीं है और उनकी पत्नी साहिबा को सिर्फ अपने बच्चों और अपने मायके पक्ष में पूरी दिलचस्पी है, सो गौरी का हालचाल और पूछे कौन?

गौरी के बाबा साहब ने मरने से पहले अपने बड़े बेटे गजेंद्र से कहा जरूर था, कि आप गौरी का ख्याल रखिएगा। परंतु गजेंद्र को फुर्सत कहाँ है? उन्होंने एक कान से सुना और दूसरे से निकाल दिया और पिता जी को 'हाँ, हाँ...' कर दिया, ताकि उनका मन भी बना रहे।

आखिरकार बहुत सोच विचारने के बाद गौरी ने सोचा, 'वह माँ के पास ही जाये क्योंकि माँ के पास के अलावा वह किसके पास जाए?' वह जो उसे चाहते थे, वह सब चले गए, उसकी माँ, पिता, नानी-नाना जी, बाबा जी, और दादी जी जो हैं वह बहुत भोली हैं। ताऊ साहब और

ताई साहिबा को कोई मतलब नहीं है तो वह किस्से बात करे। अंततः वह कामिनी के पास गई।

उसने कामिनी से कहा, "माँ, मुझे आपसे कुछ बात करनी है।"

कामिनी ने गौरी की तरफ नहीं देखा, वह जो कर रही हैं उसी में व्यस्त रहीं। गौरी वहाँ चुपचाप खड़ी रही।

कुछ दस मिनट गुजरने के बाद कामिनी ने सहसा उस पर अपनी दृष्टि डाली और वह बोली, "आप यहाँ क्या कर रही हैं? जाकर घर का काम कीजिए।"

गौरी शांत भावों से बोली, "माँ, मुझे आपसे कुछ बात करनी है।"

झुँझलाते हुए, कामिनी बोली, "ठीक है, बोलो और बात को जल्दी खत्म करना। मैं व्यस्त हूँ।"

वह बोली, "ठीक है, माँ। माँ, आप कृपा कर मुझे डाँटिएगा मत। मुझे अपनी बात पूरी करने दीजिएगा...।"

कामिनी ने एक सरसरी नजर उस पर फिर डाली और पुनः कागजों वाली फ़ाइल को निहारने लगी।

गौरी ने कहना आरंभ किया और वह कहती गयी, "माँ, मुझे एक विश्वविद्यालय से पूर्णकालिक छात्रवृत्ति मिली है, पढ़ाई के लिए। आप कृपा कर मेरी मदद करें और मुझे मेरी पढ़ाई पूरी करने में मेरी सहायता करें। मैं फैशन डिज़ाइनर बनना चाहती हूँ और मैं अपने लिए एक अच्छी नौकरी ढूंढ़ लूँगी और मैं नौकरी करूँगी। मैं किसी को भी परेशान नहीं करूँगी।"

कामिनी ने फ़ाइल को तेजी से बंद किया और अब वह पूरी तरह से गौरी के चेहरे की तरफ देख रही है।

कामिनी बोली, "तुम बहुत ही ढीठ लड़की हो। मैंने तुमको साफ साफ कहा कि तुम्हें आगे कोई पढ़ाई नहीं करनी है। इसी घर में रहकर घर के काम करने हैं, सो चुपचाप जाओ और जाकर घर के कामों में लग जाओ। बार बार, मैं एक ही बात तुमसे नहीं कहूँगी, लड़की। अब यहाँ से जाओ और ये पढ़ाई-लिखाई का भूत अपने सिर से उतार दो।"

गौरी चुपचाप वहीं खड़ी रही। वह कामिनी के सामने हाथ जोड़कर कहने लगी, "माँ, कृपा कर आप मेरी मदद कीजिए। अगर आप नहीं मेरी मदद करेंगीं तो कौन करेगा?"

कामिनी बोली, "लड़की, मैं तुम्हारी माँ नहीं हूँ। तुम्हारी माँ तो तुम्हें बहुत पहले यहाँ अकेला छोड़ कर चली गई और फिर तुम्हारे पिता। अब तुम अनाथ हो, तुम्हारा यहाँ कोई नहीं है, सो चुपचाप जो मिल रहा है उसमें खुश रहो।"

गौरी की आँखों में आँसू आ गए और वह हाथ जोड़े जोड़े ही कामिनी के सामने जमीन पर बैठ गई और कहने लगी, "माँ, आप कृपा कर ऐसे मत कहिए।"

गौरी को रोता देख कामिनी बोली, "ये आँसू बाद के लिए बचाकर रखो, जाकर अपने कमरे में बहाओ। यहाँ मेरे सामने ड्रामा मत करो। मैं तुम्हारे इन आँसुओं से नहीं पिघलूँगी क्योंकि मैं तुम्हारी माँ नहीं हूँ। लड़की अब यहाँ से दफा हो जाओ, वरना इस घर से बाहर फेंक दूँगी तुम्हें।"

"जाओ यहाँ से.....।", फिर कामिनी जोर से चिल्लाई।

गौरी चुपचाप रोते हुए, सिसकियाँ भरते हुए वहाँ से चली गई। वह अपने कमरे में जाकर खूब रोई। आज उसे अपने माँ और पिता की बहुत याद आ रही है। वह माँ की डायरी को हाथ में पकड़े जोर जोर से रो रही है। वह तस्वीर की तरफ देख कर रो रही है। उसने माता-पिता, दोनों की तस्वीर वाले फोटो फ्रेम को अपनी गोद में रख लिया और वह और जोर जोर से रोने लगी। वह कभी कामिनी से कुछ नहीं माँगती है। आज भी उसने सिर्फ सहयोग ही माँगा और कामिनी ने वह भी मना कर दिया।

लगभग आधे घंटे तक वह अपने कमरे में अपने पलंग पर फोटो फ्रेम और डायरी के साथ रोती रही। तभी अचानक से दरवाजे पर किसी ने दस्तक दी। घर का ही एक सेवक दरवाजे पर दस्तक दे रहा है।

कामिनी ने उसे भेजा है यह कहकर, "उस लड़की को अपने साथ काम पर लगाओ।"

गौरी ने अपने आँसू पोछ धीरे से दरवाजा खोला और सेवक ने उससे बड़ी सौम्यता से कहा, "आपको कामिनी मैडम ने हमारे साथ काम करने के लिए कहा है, राजकुमारी। कृपा कर चलिए।"

ये सेवक वीरभद्र साहब के जमाने से यहाँ 'चंद्रमहल' में कार्यरत हैं। वह अपनी नौकरी की वजह से कुछ नहीं बोल पाते, परंतु वह सबकुछ अच्छे से समझते हैं। सभी सेवक आस पास के ही हैं। नौकरी जाने से थोड़ा डरते हैं।

गौरी बोली, "ठीक है, आप चलिए। मैं अभी आती हूँ।"

वह अपना चेहरा धोकर, पोंछकर रसोईघर में चली गई।

कामिनी के गौरी को उच्च शिक्षा के लिये मना करने के बाद, गौरी ने खुद को रसोईघर में लगा लिया। अब गौरी घर के कामकाज में अपना समय देती है और घर में ही खुद को व्यस्त रखती है। वह भैरव जी के साथ रसोईघर में खूब काम करती है। भैरव जी के साथ पाक कला में उसका मन लग गया और उसके मन की, हृदय की उदासीनता कुछ कम हो गई। अब वह हँसी मजाक भी करती है और कभी कभी ठहाके लगाकर भी हँसती है। वह यह सब घर के रसोईघर के लोगों के साथ ही करती है।

कामिनी के सामने वह हमेशा खामोश रहती है, सिर्फ कामिनी के आदेशों का चुपचाप पालन करती है।

भैरव जी चम्बा राजपरिवार के मुख्य बावर्ची हैं और बहुत अच्छे इंसान हैं। उनका पूरा नाम 'भैरव सिंह' है। वह वीरभद्र साहब के सदा हितैशी रहे हैं। उनकी कई पीढ़ियाँ राजपरिवार का रसोईघर संभालती आई हैं। और उन्हें राजपरिवार से प्रेम और सम्मान सदैव और बराबर मिला। सम्मान और प्रेम कभी एक तरफा नहीं होता। प्रेम के बदले प्रेम और सम्मान के बदले सम्मान मिलता है। भैरव जी की इतनी पीढ़ियाँ यहाँ 'चंद्रमहल' में सिर्फ रुपयों के लिए नहीं काम की हैं, यह बात प्रेम की और सम्मान की भी है। वीरभद्र साहब ने उन्हें अपना परिवार ही माना और हर वक्त में उनका सहयोग किया। यह जीवन जीने का उन्मुक्त तरीका है, और सही भी है।

भैरव जी से गौरी ने बहुत से व्यंजन बनाना सीख लिया है। और उसे खाना बनाने में मजा सा आने लगा है। भैरव जी पाक कला में पारंगत हैं। सत्य तो यह है कि वह बड़े बड़े ख्याति प्राप्त बावर्चियों को मात देते हैं। गौरी उनसे खूब नए नए व्यंजन और खाना बनाने के विज्ञान

को सीखती है। गौरी साधारण रूप से हुनरमंद और प्रखर बुद्धि की है। यह उसकी विशेषता ही है। भैरव जी भी उसके हाथ की खूब प्रशंसा करते हैं।

वह उससे बोले, "राजकुमारी, आप हमारी माने या ना माने पर आपके हाथ में एक अलग ही स्वाद है और ये बहुत अच्छा है। हर हाथ का अपना अलग स्वाद होता है। पर कुछ हाथों के स्वाद जादुई लगते हैं और उसकी वजह दिल से पकाना है, जो आपको आता है।"

भैरव जी की बात पर गौरी मुस्कुराते हुए मजाकिया अंदाज में बोली, "काका जी, यदि आप मेरी इतनी तारीफ करेंगे तो मैं गुब्बारा हो जाऊँगी। बस भी करिए।"

रसोईघर में मौजूद सभी ठहाका लगाकर हँस पड़े और गौरी भी।

भैरव जी उसके ठहाकों पर बहुत खुश होते हैं।

एक दिन, वह बोले, "राजकुमारी, आप ऐसे ही हँसती रहा करें। आपकी हँसी हमें आपकी माँ की याद कराती है।"

तभी भैरव जी को एक पुरानी याद, याद आ गई और वह सहज ही उसे गौरी से साझा करने लगे.....

(पुरानी स्मृति में जाते हुए.....

एक बार भैरव जी थोड़ा उदास थे, और कात्यायनी रसोईघर में कुछ लेने आईं। उन्होंने उनके चेहरे की मायूसी को भाँप लिया। वह उनसे बोली, "भैरव जी, ये उदासी कैसी? बताइए मुझे, मैं आपकी क्या मदद करूँ?"

उन्होंने सहसा बिना कुछ सोचे धीमी आवाज में कहा, "राजकुमारी जी, बेटी की शादी का खर्चा ज्यादा होने वाला है और रुपए कुछ कम पड़ रहे हैं। लड़का सही है, अच्छा है...बेटी को पसंद है। पर उसके माता-पिता कुछ रुपये ज्यादा माँग रहे हैं।"

कात्यायनी मुस्कुराई और बोली, "बस इतनी सी बात है, भैरव जी। वैसे तो भैरव जी मैं दहेज के विरुद्ध हूँ, परंतु यदि आपकी बेटी खुश हैं और आपके चेहरे की मुस्कान कुछ रुपये देकर आ सकती है, तो बताइए कितने रुपये चाहिए। बेझिझक बोलिए, आप इस घर के अपने हैं।"

भैरव जी दबी आवाज में बोले, "राजकुमारी जी, आप बहुत ही हँसमुख हैं। मुझे आप रुपये मत दीजिए, फिर आपको लौटाऊँगा कैसे?"

तब वह बोली, "भैरव जी, आपको हमें रुपए लौटाने नहीं हैं। आपकी बेटी, मेरी छोटी बहन की तरह है, आप निश्चिंत रहें।"

सौम्य भाव से भैरव जी बोले, "ठीक है, राजकुमारी जी।"

फिर उन्होंने धनराशि बता दी और बताई हुई धनराशि उन्हें प्राप्त हो गयी। उनकी बेटी का विवाह बहुत अच्छे से संपन्न हो गया।

.....पुरानी स्मृति से बाहर आते हुए)

भैरव जी बोले, "राजकुमारी गौरी, आपकी माँ बहुत अच्छी थीं। वे सबके लिए बहुत अच्छी थीं। सबको हमेशा अपना मानती थीं। उनका जाना सबको दुख देकर गया। परंतु महाराज साहब अंदर से बहुत टूट से गए थे और उनके जाने ने महारानी साहिबा को तोड़ दिया।"

वह आगे बोले, "किंतु आप खुद को कभी अकेला मत समझिएगा, हम अपनी क्षमता में आपके लिए हमेशा तत्पर हैं।"

गौरी ने चेहरे पर एक हल्की हृदयपूर्ण मुस्कान बिखेरी, भैरव जी की बातों को सुनकर।

विद्यालयी शिक्षा के पूर्ण हो, गौरी को घर पर रहते हुए एक साल हो गया है। उसने इस एक साल में भैरव जी से व्यंजनों को बनाने में महारत प्राप्त कर ली है। उसकी प्रखर बुद्धि इसमें वरदान साबित हुई है और भैरव जी ने भी उसकी खूब हौसला अफजाई की। उसका मन भी पुरानी, दुख देने वाली, उदासी देने वाली बातों से आगे बढ़ गया।

हर किसी को ऐसा ही करने का प्रयास करना चाहिए। विषम परिस्थितियों को अपार संभावना मान कर आगे बढ़ना चाहिए और सरल स्वभाव, उल्लास को आत्मसार करना चाहिए।

अब गौरी किसी भी विश्वविद्यालय में प्रपत्र नहीं भरती है, परंतु कहीं न कहीं उसके हृदय में कुछ करने की चाहत बरकरार है।

काम्या और काव्या, दोनों एक साल की पढ़ाई के बाद छुट्टियों में घर आई हैं। उनके आने की बड़ी तैयारियाँ की गयीं। खूब स्वागत, सत्कार हुआ। रसोईघर में तरह तरह के व्यंजन बने। कुछ व्यंजन गौरी ने भी बनाए हैं। काम्या और काव्या ने खाने की खूब प्रशंसा की।

काव्या बोली, "मॉम, ये कुछ डिशेस में कुछ अलग ही स्वाद है। ये बहुत अच्छी हैं।"

काव्या ने सेविका से पूछा, "ये सारी डिशेस भैरव जी ने बनाई हैं?"

वह बोली, "जी राजकुमारी, ये सारी भैरव जी ने बनाई हैं।"

सभी ने भैरव जी के खाने की खूब प्रशंसा की।

भैरव जी वास्तव में एक शानदार पाकशास्त्री हैं, इसमें कोई संशय नहीं है। और अब उन्हें एक शागिर्द भी मिल गया है, जो की गौरी है।

खाना बनाना एक विज्ञान की तरह है, इसमें बारीकी का अपना महत्व है। और यह हर किसी के बस की बात नहीं है। खाना बनाने में निपुणता आपकी हुनरमंदी को दिखाती है। यदि आप हर कार्य निपुणता से ही करते और प्रयत्नशील रहते हैं अपनी निपुणता से उसे करने में तो आप हुनरमंद होने के साथ साथ चहुँमुखी प्रतिभावान भी हैं।

काव्या ने गौरी के बारे में कामिनी से पूछा, "मॉम, गौरी कहाँ है?"

वह बोली, "रसोईघर में होगी। आप उनके बारे में न पूछें।"

कुछ दिन घर पर रहने के बाद दोनों बहनें, काम्या और काव्या वापस अपनी पढ़ाई के शुरू होने से पहले न्यूयॉर्क चली गयीं। उनके जाने के बाद गौरी की सहेली शिक्षा उससे मिलने आई।

शिक्षा एक शिक्षित मध्यमवर्गीय परिवार से है और वह पढ़ने में बहुत अच्छी है। उसे उच्च शिक्षा के लिए स्पेन के एक प्रतिष्ठित विश्वविद्यालय से पूर्णकालिक छात्रवृत्ति प्राप्त हो गई थी और वह उच्च शिक्षा के लिए स्पेन चली गयी थी। अभी छुट्टियों में वह घर आई हुई है। उसे गौरी की याद आई तो उसने सोचा, "चलो गौरी से मिलने चलती हूँ।"

शिक्षा, गौरी के घर आई हुई है। इस समय कामिनी घर पर नहीं हैं। शिक्षा को, गौरी को देखकर बहुत अच्छा लगा और गौरी को भी। दोनों

ने एक दूसरे के हालचाल पूछे और बाते करना आरंभ किया। शिक्षा को गौरी की छात्रवृत्ति वाली बात पता थी।

उसने गौरी से पूछा, "गौरी, तूने कहाँ प्रवेश लिया?"

गौरी ने सारा वृतांत, उसका और कामिनी का शिक्षा को बता दिया। वह सब सुनकर शिक्षा को बहुत बुरा लगा।

वह बोली, "गौरी, तेरी माँ तो सिंडरेला की सौतेली माँ की तरह है। ये तेरा एक प्रतिशत भी अच्छा नहीं चाहती है।" यह सुनकर गौरी हँसने लगी।

मित्रवत अंदाज में शिक्षा बोली, "तू हँस रही है। यहाँ इतना गंभीर मुद्दा है और तुझे हँसी की चढ़ी है। तेरी माँ ने अपनी दोनों बेटियों को तो विदेश भेज रखा है और तुझे यहाँ घर में कैद कर रखा है। क्या सोच रही हैं वो? प्रिंस तो सिंडरेला को ही मिलता है, प्रिंस तो तेरा ही है।"

गौरी बोली, "शिक्षा, तू भी ना, बस कर। माँ से तेरी सुई अब राजकुमार पर अटक गई।"

"तो...कहीं तो अटकी है। तू बता तेरी कहाँ अटकी है?", शिक्षा ने कहा।

गौरी बोली, "हे मातारानी, ये लड़की तो बाबली हो गई है।" यह कह गौरी हँसी और वह दोनों हँसने लगे।

फिर, गौरी बोली, "शिक्षा, तू रुक मैं तेरे लिए मेरे हाथों की बनाई मिठाई लेकर आती हूँ।"

"गौरी, तूने स्वीट्स बनाना सीख लिया।", उत्साहित हो शिक्षा बोली।

"हाँ...काका जी ने मुझे खाना खजाना सीखा दिया है और शिक्षा मुझे बड़ा मजा आने लगा है, खाना बनाने में।", गौरी बोली।

"अच्छा, ठीक है तो फिर जल्दी ला, मुझे भी खाना है।", उत्साह के साथ शिक्षा बोली। गौरी उसके लिये मिठाई लेकर आई।

शिक्षा ने मिठाई खाई और मुस्कान बिखेरते हुए बोली, "...गौरी, तू तो शेफ बन गयी है। दोस्त, ये तो जादू है तेरे हाथों में।"

गौरी, हँसने लगी और बोली, "शिक्षा जी, बस करो और चुपचाप खाओ।"

"अच्छा गौरी, तू ये बता अब करना क्या है?", शिक्षा ने कहा।

"मतलब, मैं समझी नहीं।", गौरी बोली।

"...कहीं तेरी योजना पूरी जिंदगी अपने ही घर में, अपनी सौतेली माँ का बावर्ची बने रहने का तो नहीं है। अगर है तो निकाल दे, वह औरत तेरी अच्छाई को खैरात में लेती है, और ये तेरे अच्छे खाने की प्रशंसा तो वो करने से रही। अगर खाना बनाना है तो उसके लिए बना जो तेरी सराहना करे।"

गौरी बोली, "माँ को नहीं पता है, कि मैं खाना स्वादिष्ट बनाती हूँ। काका जी और चंद्रमहल के लोग कभी भी मेरा नाम नहीं लेते हैं।"

शिक्षा बोली, "ऐसी बात है, ये तो अच्छा है। उस औरत को ना पता चलने में ही फायदा है।"

"बस कर...तू आंटी बोल।", गौरी ने शिक्षा से कहा।

"हाँ हाँ गौरी जी, अपमान करने वालों का सम्मान करना तो कोई आपसे सीखे...आंटी जी बोलूँगी, ठीक है।", शिक्षा बोली।

"हम्म...।", गौरी ने प्रतिक्रिया दी।

"अच्छा गौरी, मैं सोच रही हूँ कि तू शेफ भी तो बन सकती है। अगर फैशन डिज़ाइनर नहीं, तो शेफ सही। तू मेरी बात पर सोच कर देखना। गौरी...तू इतनी आसानी से हार नहीं मान सकती।", शिक्षा ने गौरी से कहा।

गौरी कुछ क्षण मौन रही और फिर वह बोली, "शिक्षा...हार मानना तो मेरी आदत भी नहीं है। और मैंने हार मानी भी नहीं है। पर समझ नहीं आ रहा कि क्या करूँ?"

शिक्षा बोली, "क्या मतलब है कि क्या करूँ? तू कुछ भी कर सकती है, तू इतनी होशियार है। पर मुझे लगता है गौरी, इस घर में रहकर तो तेरा भला होने से रहा। तेरी माँ तेरा अच्छा होने में रुकावट जरूर करेंगी।"

"तू कहना क्या चाह रही है...?", गौरी ने शिक्षा से कहा।

"दोस्त, मैं तो बस तेरी माँ को देखकर, और जो कुछ तूने बताया है उसके आधार पर बोल रही हूँ। तू बुरा मत मानना।", शिक्षा बोली।

गौरी ने कहा, "शिक्षा...कहीं तू मुझे घर छोड़ने के लिए तो नहीं बोल रही है।"

शिक्षा बोली, "नहीं दोस्त, ऐसी बात नहीं है। पर तू अगर कहीं फिर से आवेदन भी करती है और तेरा हो भी जाता है तो भी तू सबसे पहले माँ को बताएगी और माँ मना कर देंगी, फिर क्या? फिर तू क्या करेगी?

वह तुझे घर से बाहर ज्यादा जाने भी नहीं देती हैं। तो तू क्या करेगी? तू ऐसा कर सकती है कि तू अपनी दादी जी के पास चली जा। वहाँ तेरे साथ ऐसा व्यवहार नहीं होगा।"

गौरी बोली, "मैंने दादी माँ को फ़ोन किया था, पर फ़ोन नहीं उठा तो फिर मैंने दुबारा उनको फ़ोन नहीं किया...और उनके अलावा किसी का नंबर नहीं है मेरे पास।"

शिक्षा बोली, "फिर से कोशिश करना और तेरे को मेरे से जो भी मदद चाहिए हो, बताना। माना मैं यहाँ भारत में नहीं होंगी पर मेरे दोस्त, परिवार के लोग यहीं हैं।"

गौरी शांत भाव में बोली, "ठीक है।"

फिर, शिक्षा बोली, "गौरी...अब मैं घर जाती हूँ। तू अपना ख्याल रखना, और...योद्धा बन जा।"

गौरी हँसने लगी। वह दोनों हँसने लगीं।

गौरी और शिक्षा का वार्तालाप समाप्त हुआ। गौरी, शिक्षा को घर के बाहर तक छोड़ पुनः अपने काम में लग गयी।

कामिनी ने 'चंद्रमहल' के पुराने सेवकों को तो नहीं हटाया क्योंकि वह सभी काम बहुत अच्छा करते हैं। परंतु कुछ नए लोगों को भी रख लिया है। साथ ही अपनी गैरमौजूदगी में गौरी पर भी एक हल्की नजर रखने का कार्य एक सेविका को दिया है।

कामिनी के आते ही उस सेविका ने कामिनी को सूचित कर दिया कि गौरी की एक दोस्त आई थी और दोनों ने एक घंटे तक बातें कीं।

सेविका प्रीती को वार्तालाप का नहीं पता चला। वह दूर से नजर रख रही थी। जो वह समझ पायी उसने वह कामिनी को बता दिया।

कामिनी ने प्रीती से कहा, "गौरी को यहाँ भेजो।"

थोड़ी देर बाद गौरी आई। वह रसोईघर में भैरव जी के साथ व्यस्त थी। कामिनी अध्ययन कक्ष में बैठी फ़ाइलों को देख रही है। और गौरी उसके सामने प्रस्तुत हो चुपचाप खड़ी है। गौरी पर एक सरसरी नजर डालने के पश्चात, कामिनी ने गौरी से पूछा, "ये आपकी कौन सी दोस्त आई थी?"

गौरी बोली, "माँ, एक दोस्त है।"

"क्या नाम है उनका?", कामिनी बोली।

"माँ, शिक्षा है।", गौरी बोली।

"अच्छा...आप इन मध्यम वर्गीय दोस्तों से दूर रहें और अपना समय बातों में बर्बाद ना करके घर के कामों में लगाएँ। यहाँ घर में बहुत से काम हैं। जब एक पूरा हो जाए तो दूसरा पकड़ लें। ठीक है।", कामिनी ने शांत भाव में कहा।

"ठीक है, माँ।", गौरी बोली।

फिर गौरी वापस रसोईघर में चली गयी। कामिनी ने प्रीती को गौरी पर नजर रखने को कहा।

एक दिन, कामिनी ने गौरी को भैरव जी और दूसरे सेवकों के साथ हँसते हुए रसोईघर में देख लिया। तो वह रसोईघर के अंदर आ गई। जैसे ही वह अंदर घुसी रसोईघर में, सभी के सभी शांत हो गए।

गौरी खीर बना रही है और भैरव जी सब्ज़ी बनाने में लगे हैं। बाकी सेवक भी कार्य कर रहे हैं। कामिनी, गौरी के पास जाकर खड़ी हुई। फिर उन्होंने सबके चेहरों की तरफ देखा। तभी सौम्य भाव के साथ भैरव जी बोले, "रानी साहिबा, आप बताइए। मैं आपकी क्या सहायता करूँ?"

कामिनी बोली, "भैरव जी, मेरी सहायता करने के लिए आपको मेरे बराबर आना होगा। पर आप मुझसे बहुत नीचे हैं। और मैं खुद को नीचे करना नहीं चाहती हूँ।"

फिर वह आगे बोली, "गौरी, जरा ये खीर तो चखाइए मुझे।"

तब गौरी ने एक कटोरी में खीर कामिनी को परोस दी। कामिनी ने खीर को चखा। जैसे ही उसने खीर को चखा, वह दंग रह गई। वह बहुत स्वादिष्ट है और साथ ही उसका स्वाद जाना पहचाना भी है। वह स्वाद भैरव जी की खीर से अलग है। तब उसको शक हो गया कि खीर गौरी ही बना रही है, कुछ महीनों से। पर उसने खीर पर कोई प्रतिक्रिया नहीं की। वह चुपचाप चली गई।

गौरी को शिक्षा की बात याद आ रही है। वह मन ही मन सोच रही है, "शिक्षा ने कुछ भी गलत नहीं कहा।"

गौरी ने एक बार फिर दादी साहिबा को फ़ोन करने का सोचा और उन्हें फ़ोन किया। परंतु उनका फ़ोन नहीं उठा। उसका फ़ोन जिसमें सबके नंबर थे, वह कामिनी ने तो पहले ही तोड़ दिया और कामिनी उसे नंबर देने से रही। सिर्फ, दादी साहिबा का नंबर ही उसे याद रहा तो वह उसके पास है। परंतु गौरी यह बात शिक्षा को बताना भूल ही गई। और वह इस बात से अनभिज्ञ है कि दादी जी का नंबर बदल गया है।

दरअसल, कामिनी, गौरी को सभी से दूर कर 'चंद्रमहल' में ही कैद कर देना चाहती है, एक ऐसी कैद जो बिना जेल के हो। गौरी की हितैषी, उसकी दादी साहिबा से दूर रखना, कामिनी को अपने लिए हितकर लगा। क्योंकि वह मृगेंद्र के परिवार को अच्छे से समझती है। वह जानती है कि मृगेंद्र के बड़े भाई साहब और उनकी पत्नी तो दिलचस्पी लेंगे नहीं गौरी में, बस दादी साहिबा ही एकमात्र हैं जो कुछ कर सकती हैं। इसीलिए उसने अपने ससुर साहब के गुजरते ही उनके परिवार से दूरियाँ बना लीं।

अब गौरी के पास फ़ोन में सिर्फ कामिनी का नंबर ही है। बाकी गौरी ने भैरव जी और शिक्षा का नंबर भी डाला है।

गौरी सोच रही है, 'वह क्या करे?'

कामिनी की खबरी सेविका प्रीती ने उसको बताया, कि गौरी अपना ज्यादा समय रसोईघर में और रसोईघर के लोगों के साथ हँसकर बिताती है और वे उसके खाने की खूब प्रशंसा करते हैं और उसे राजकुमारी कहकर बुलाते हैं।

कामिनी बोली, "ठीक है।"

प्रीती से कामिनी ने गौरी को बुलवाया और उससे कहा, "गौरी, कल से आप रोज पुस्तकालय कक्ष की सफाई करेंगी और रसोईघर का काम और लोग करेंगे। आप रसोईघर के काम पर ध्यान नहीं देंगी।"

गौरी बोली, "ठीक है, माँ।"

अगले दिन से गौरी ने रसोईघर को छोड़, पुस्तकालय कक्ष को साफ करना आरंभ कर दिया। जब उसने उस कक्ष को साफ करना शुरू

किया तो उसका ध्यान उन पुस्तकों पर जाने लगा, जो उसके माता-पिता, नाना-नानी और उनसे पहले के लोगों ने अपनी पसंद और मेहनत से वहाँ सहेजकर रखी हुई हैं।

अब गौरी को प्रतिदिन पुस्तकालय कक्ष की सफाई का काम ही मिला है। वह वहाँ काम करते हुए पुस्तकों को भी देख लेती है और नित्य अपनी पसंद की पुस्तक लेकर अपने कक्ष में रख लेती है और पढ़ती है। मृगेंद्र के जाने के बाद कामिनी ने गौरी का जाना इस कक्ष में बंद करा दिया था। वह गौरी से बोली, "आप अपनी स्कूल की किताबों पर ध्यान दें।"

गौरी ने भी इस पर कोई प्रतिक्रिया नहीं की और अपनी कक्षा की पुस्तकों में रम गई।

वीरभद्र साहब को पुस्तकों का बड़ा शौक था और चंद्रलेखा साहिबा को स्वादिष्ट व्यंजन बनाने का। कात्यायनी में ये दोनों गुण थे, उन्हें स्वादिष्ट व्यंजन बनाने और पुस्तकें पढ़ने, दोनों का शौक था। गौरी को भी अपनी माँ की तरह किताबों का शौक बचपन से रहा है, और पाक कला में उसको अपनी रुचि और हुनरमंदी का एहसास बाद में हो गया।

गौरी को पुस्तकों के बीच बहुत मजा आ रहा है।

पुस्तकें आपकी अच्छी, सच्ची मित्र होती हैं। बशर्ते आपको मित्रता निभानी आती हो। लोग पुस्तकें तो बहुत सारी और अच्छी अच्छी पढ़ते हैं, पर उन्हें अपने जीवन में आत्मसार करना भी तो जरूरी है।

सिर्फ 'राम', 'राम' जपना ही महत्वपूर्ण नहीं है। 'राम' नाम जपने का मतलब ही 'राम' के चरित्र को स्वयं की आत्मा में उतारना है। पुस्तकें

भी वैसी ही हैं। उनमें गुण योग्य बातें तो अनंत हैं। आपको उन्हें, मुट्ठी भर ही सही, अपनी आत्मा में उतारना होगा। तब आपकी अच्छी, सच्ची मित्रता प्रकट होगी।

रसोईघर से पुस्तकालय कक्ष में भेजने का मंतव्य गौरी नहीं समझ पाई, कमिनी का। कहीं न कहीं कामिनी को गौरी की मुस्कुराहट भी ना गवारा है। वह उसकी खुशी से स्वयं खुशी का अनुभव नहीं करती है, अपितु गौरी की मुस्कान से उसके हृदय पर अनेकों सर्प से लोट जाते हैं।

पुस्तकालय कक्ष में सफाई करते हुए, शिक्षा की बात गौरी के कानों में बार बार गूँज रही है।

वह सोच रही है, 'आखिरकार वह क्या करे?'

उसने शिक्षा की बात को पुनः याद करके दादी साहिबा को फ़ोन लगाया, परंतु फ़ोन पुनः पहले की भाँति नहीं उठा। गौरी ने दादी जी के नंबर बदलने का अनुमान लगाया। उसने मन ही मन सोचा कि उसे कामिनी से जाकर दादी साहिबा का नंबर माँगना चाहिए। वह बहुत हिम्मत करके सफाई के बहाने कामिनी के कक्ष में गई।

इससे पहले वह कुछ कह पाती, कामिनी ने उसको देखते ही बोला, "आप यहाँ हमारे कमरे में क्या कर रही हैं?"

गौरी धीरे से बोली, "माँ, वो मैं सफाई करने आई हूँ और मुझे आपसे पूछना...।"

गौरी की बात को बीच में ही काट कर कामिनी ने कहा, "हमारे कमरे की सफाई कोई और कर देगा। आप जाकर पुस्तकालय की ही सफाई

करें, और हाँ...दुबारा इस कमरे में मत घुसिएगा।" कामिनी ने कुछ क्रोधपूर्ण आँखें भी गौरी को बनाकर दिखाईं।

यह सुनकर गौरी चुपचाप कमरे से चली गई।

कामिनी को गौरी के चेहरे की छलक भर देखने से चिढ़न सी है।

अध्याय 4

गौरी का शिवादित्य से टकराना

गौरी के दिमाग से शिक्षा की बात जा ही नहीं रही है। कहीं न कहीं गौरी को भी इस बात की अनुभूति है कि उसकी माँ उसे वह बनने में सहयोग नहीं करेंगी जो वह बनना चाहती है। उसके दिमाग में घर से जाने के विचार आने लगे हैं। वह घर से भागने के बारे में सोचने लगी है।

वह बार बार यह भी सोच रही है, 'वह जाएगी कहाँ और वह क्या करेगी और ऐसा करने से माँ को कैसा लगेगा? परिवार के और लोग क्या सोचेंगे?'

परंतु ये लोग, कामिनी, कोई भी उसे सहयोग नहीं कर रहा है। उसने चुपके से शिक्षा को फ़ोन किया। शिक्षा ने उसका फ़ोन काट कर उधर से उसे वापस फ़ोन किया। गौरी ने शिक्षा को अपनी मनः स्थिति के बारे में बताया।

शिक्षा बोली, "तू शांत हो जा, मैं तेरे साथ हूँ। अगर तुझे चुपके से घर छोड़ना है तो बता क्योंकि तेरी माँ जान बूझकर तो तुझे घर से बाहर जाने नहीं देंगी।"

गौरी बोली, "हाँ शिक्षा, ये तो सच है। माँ मुझे बाजार कुछ लेने को भी नहीं भेजती हैं तो घर छोड़ना, तो बताकर मुश्किल ही है।"

आखिरकार, गौरी को जब कोई रास्ता समझ नहीं आया तो उसने घर को छोड़ने का मन बना ही लिया। शिक्षा ने उसके बैंक खाते में रुपए डाल दिए, इतने कि वह एक महीने का किराया और राशन के लिए परेशान न हो।

गौरी ने रात में ही चुपके से अपना सामान बाँध लिया और भैरव जी से मदद माँगी। पहले तो भैरव जी परेशान हुए। फिर उन्होंने कहा, "राजकुमारी, मैं आपके साथ हूँ।"

उसने अपने सामान में माँ की डायरी, माँ और पापा की तस्वीर और दो जोड़ी कपड़े रख लिए।

उसने सोचा, "पुस्तकालय से कुछ पढ़ने के लिए किताबें भी ले लूँ।"

वह शाम को ही जाने से पहले पुस्तकालय कक्ष में गयी। वहाँ वह अपने लिए पुस्तकें ढूंढ़ने लगी। जब वह पुस्तकें देख रही थी, तभी उसकी दृष्टि एक पुस्तक पर गयी, बहुत ही पुरानी पुस्तक, पर उसने उसे उठाया नहीं। उसने उसको दूर से ही देखा। वह चुपचाप, दो छोटी छोटी पुस्तकों को लेकर चली गई, पुस्तकालय कक्ष से।

रात में जब सब सो गए। तब भैरव जी ने उसे चुपके से घर से निकाल दिया और जा रेलगाड़ी में बैठा दिया।

शिक्षा ने उससे कहा था, "तू इतनी दूर जा कि तेरी माँ तुझे ढूंढ़ ना पाएँ।"

ऐसा सोचते हुए वह हिमाचल से राजस्थान को चली गयी। उसने सोचा कि वह अपने मूल राज्य से दूसरे राज्य में चली जाएगी और वह जयपुर को पहुँच गई।

शिक्षा को इस बात का पता है कि गौरी जयपुर को जा रही है। उसने अपने एक दोस्त को पहले ही गौरी की मदद के लिए एक रहने के लिए कमरा ढूंढ़वा दिया है। जयपुर जाने का विचार शिक्षा का ही रहा है।

उसने ही मन ही मन सोचा था, "चम्बा से जयपुर खूब दूर है। गौरी की माँ वहाँ मुश्किल ही है कि जाएँगी।"

गौरी जिस रेलगाड़ी में सवार है, वह चम्बा से जयपुर को पहुँच गई है, सुबह के सात बजे। गौरी को लेने के लिए शिक्षा का दोस्त विराट आया है। वह स्टेशन पर रेलगाड़ी के आने से दस मिनट पहले ही पहुँच गया। शिक्षा ने उसे अच्छे से समझा दिया था। गौरी जैसे ही रेलगाड़ी से उतरी विराट ने उसे पहचान लिया, उस तस्वीर से जो शिक्षा ने उसे भेजी थी। उसने लपककर उसका सामान उठा लिया और अपना परिचय भी दे दिया।

गौरी ने भी विराट को अभिवादन किया और फिर उसके साथ चल दी। गौरी ने विराट को शिक्षा द्वारा बताए हुए हुलिए से पहचान लिया। विराट ने गौरी को पेइंग गेस्ट पर छोड़ दिया। वह फिर विश्वविद्यालय को चला गया।

गौरी ने अपना जो भी सामान है, वह लगा लिया। नहा-धोकर नाश्ता कर लिया। वह पेइंग गेस्ट के मकान मालिक से भी मिल ली। वे बहुत ही अच्छे लोग हैं।

विराट उसे मकान मालिक, अंकल-आंटी जी से मिलाकर ही गया था।

अब गौरी चुपचाप बैठी सोच रही है, 'वह क्या करे?'

उसने स्टेशन से पेइंग गेस्ट के लिए जाने से पहले एक समाचार पत्र खरीद लिया था। वह उसे ही बैठी पढ़ रही है।

अखबार पढ़ने से उसका मन कुछ शांत और स्थिर सा हो गया है। उसकी दृष्टि समाचार पत्र में बने हुए विज्ञापनों पर गयी। फिर वह उन विज्ञापनों को ध्यान से देखने लगी। और इस तरह से वह खाली होने की वजह से समाचार पत्र को बड़ी बारीकी से पढ़ रही है।

'चंद्रमहल' में भी वह प्रतिदिन समाचार पत्र पढ़ा करती थी। परंतु उसके पास समय कम ही होता था, सो वह जल्दी जल्दी कुछ एक मुख्य खबरों को पढ़कर ही दोबारा काम में जुट जाती थी। काम की चोरी करना उसकी आदत कभी नहीं रही। हर काम को हुनरमंद होकर ईमानदारी से करना उसकी आदत है। चाहे वह खाना बनाना रहा हो या सफाई करना या फिर कोई और काम।

ईमानदारी सदा सुखारी। ईमानदारी सदा सुख देती है। यह मनुष्य की आत्मा की गहराई तक जाकर परमसुख प्रदान करती है। झूठ सतही सुख देता है, और जो सतही है वह क्षय जल्दी होगा, और जो आत्मा की गहराई तक जाएगा वह अनंत को पायेगा।

समाचार पत्र को पढ़ते पढ़ते उसकी नजर एक नौकरी वाले विज्ञापन पर गयी। सहसा, वह उस विज्ञापन को मन ही मन ध्यान से पढ़ने लगी, "...रूम क्लीनिंग स्टाफ,...25,000 प्रतिमाहं, सोमवार से शनिवार,...नौ से पाँच समय,...हम्म...।"

"शायद ये ठीक है।", गौरी ने खुद से धीरे से कहा।

यह विज्ञापन एक होटल के द्वारा दी गई है। गौरी ने सोचा कि उसे जल्द से जल्द काम ढूंढ़ना ही होगा, वह पूरी तरह शिक्षा की मदद पर निर्भर नहीं रह सकती। यह सोच कर वह अगले दिन साक्षात्कार देने चली गई।

गौरी ने विराट को बताया कि उसने एक नौकरी के लिए साक्षात्कार दिया है। विराट ने उससे नौकरी और साक्षात्कार के बारे में पूछा। गौरी ने उसे बता दिया।

विराट ने उससे कहा, "तुमने अच्छा किया।"

शिक्षा ने विराट को गौरी के बारे में ज्यादा कुछ नहीं बताया। बस इतना ही कि उसकी दोस्त को रहने के लिए जगह और एक नौकरी चाहिए। विराट ने भी गौरी को कुछ एक नौकरी बतायीं। उसके विश्वविद्यालय की कैंटीन में कार्यकर्मी की आवश्यकता है। उसने गौरी को वहाँ पर साक्षात्कार देने को कहा। गौरी ने वहाँ पर भी साक्षात्कार दिया।

होटल वालों ने गौरी को फ़ोन कर जल्द से जल्द नौकरी पर आने को कहा। गौरी भी जल्द से जल्द नौकरी चाह ही रही है, सो उसने अगले सप्ताह से नौकरी करने को हाँ कर दिया।

उधर, 'चंद्रमहल' में, कामिनी को जब शाम को उसकी जासूस सेविका प्रीती ने बताया कि गौरी सुबह से नजर नहीं आ रही है तो उसने गौरी

को ढूंढ़ने को कहा। गौरी के कमरे को देखा गया। पुस्तकालय कक्ष को देखा गया। पूरे 'चंद्रमहल' को देखा गया। परंतु वह कहीं नहीं मिली। प्रीती ने कामिनी को बताया कि उन्होंने पूरा महल देख लिया पर वह कहीं नहीं है।

इस पर कामिनी ने स्वयं जाकर गौरी के कक्ष को देखा। उसका ध्यान मेंज पर गया। वहाँ, वह तस्वीर रखी हुआ करती थी, पर वह तस्वीर वहाँ नहीं थी। उसने धीरे से मेंज की दराज को खोला, वहाँ वह डायरी नहीं थी। कामिनी ने उस डायरी को कभी खोलकर नहीं देखा, पर उसे डायरी का पता पूरी तरह था। उसने कपड़ों की अलमारी देखी, कपड़े जैसे के तैसे हैं। चूंकि गौरी सिर्फ दो जोड़ी कपड़े ले गई है, सो बाकी सभी कपड़े वहीं हैं। कमरा बहुत साफ, और सुव्यवस्थित है।

कामिनी समझ गई कि गौरी घर छोड़कर चली गई है। मन ही मन तो कमिनी को बहुत अच्छा लगा। वह सोचने लगी, "मेरी आँखों में खटकने वाली चीज स्वयं ही निकल गई। वाह....इससे अच्छा और क्या हो सकता है?"

परंतु उसने फिर भी गौरी को ढूंढ़ने के बारे में सोचा। उसने सभी सेवकों को 'चंद्रमहल' के मुख्य विशाल कक्ष में एकत्रित होने को कहा। वह जान गई है कि किसी न किसी ने तो गौरी की मदद जरूर की है और वह महल का ही कोई सेवक या सेविका है।

कामिनी ने मुख्य विशाल कक्ष में एकत्रित हुए सभी सेवकों के चेहरों की तरफ ध्यान से देखा और फिर पूछा, "गौरी को इस घर से भागने में किसने मदद की है?"

सभी सेवकों ने चुप 'मौन व्रत' साध लिया, वह भी जिन्हें पता है और वह भी जिन्हें नहीं। कोई भी सेवक कुछ नहीं बोला।

कामिनी ने भैरव जी की तरफ देखा और उनसे कहा, "ये आपका काम है...?"

भैरव जी मौन रहे, कुछ नहीं बोले।

"मैं आपसे पूछ रही हूँ, भैरव जी। हाँ या ना में जवाब दीजिए।", कामिनी बोली।

भैरव जी सत्य वचन बोलने वाले आदमी हैं। वह बोले, "रानी साहिबा, मैंने जिसका नमक खाया, मैं उसी के साथ हूँ।"

कामिनी बोली, "अच्छा, और वह कौन है? जिसके नमक की आप बात कर रहे हैं।"

भैरव जी शांत भाव से बोले, "स्वर्गीय महाराज साहब वीरभद्र जी...।"

कामिनी बोली, "अच्छा...फिर आप ऐसा कीजिए की उन्हीं के पास जाकर काम कीजिए। यहाँ आपके लिए कोई काम नहीं है। आप जा सकते हैं 'चंद्रमहल' से, अभी इसी वक्त।"

भैरव जी चुपचाप महल से चले गए। उनको नौकरी से निकाला जाता देख बाकी सभी सेवक-सेविकाएँ डर गए।

कामिनी समझ गई कि यह भैरव जी का ही काम है। उसने सभी सेवकों को वापस काम पर जाने का आदेश दिया।

कामिनी मन ही मन सोचने लगीं, "वह अकेली लड़की...जो कभी घर से बाहर नहीं निकली। जिसे जमाने की आबो-हवा का कुछ नहीं पता है, या तो लौट कर वापस आ जाएगी या फिर वहीं गुम हो जाएगी।"

कामिनी ने गौरी को ढूंढ़ने और गौरी की दादी साहिबा के परिवार को सूचित करने का ख्याल अपने मन से निकाल दिया।

उधर, उन्नीस वर्ष की गौरी ने अपनी पहली नौकरी करना आरंभ कर दिया।

चूंकि गौरी प्रत्येक कार्य को बड़ी संजीदगी से लेती है। वह इस नौकरी के लिए बड़ी उत्साहित है। उसने 'चंद्रमहल' में रहते हुए बहुत सारा काम किया, जिसमें खाना बनाना, सफाई करना मुख्य रहा। उसके पिता के जाने के बाद कामिनी ने उसे रुपये सिर्फ और सिर्फ बहुत जरूरत होने पर ही दिए। उसके पास रुपए न के बराबर ही रहे।

उसका रेलगाड़ी में आरक्षण का कार्य शिक्षा ने कराया। भैरव जी ने स्टेशन छोड़ा और कुछ रुपये भी दिए। गौरी ने मना करना चाहा पर वह देकर ही रहे और गौरी ने फिर ले लिए। शिक्षा ने उसके बैंक खाते में रुपये तो डाल ही दिए थे।

गौरी का यह बैंक खाता उसके पिता साहब ने खुलवाया था, जब वह जीवित थे।

उसका अपना रुपया जैसा कुछ भी नहीं था। परंतु अब वह अपने काम और मेहनत के लिए तनख्वाह पाएगी। वह इसे एक नए रोमांचकारी सफर की तरह देख रही है। और वास्तव में यह एक रोमांचकारी सफर ही है।

वह देवी माँ गौरी की मूर्ति, जिसकी पूजा गौरी की माँ 'कात्यायनी' किया करती थीं, वह तो 'चंद्रमहल' में ही है। यहाँ गौरी ने एक छोटी सी देवी माँ गौरी की मूर्ति खरीद ली है। अब वह पूरे भक्ति भाव से उसकी पूजा करती है।

आज गौरी की नौकरी का पहला दिन है। उसकी वरिष्ठ होटल कार्यकर्मी 'संध्या' सभी नए कार्यकर्ताओं को उनका कार्य समझा रहीं हैं, साथ ही होटल के बारे में भी बता रहीं हैं।

वह बोलीं, "यह सबसे नामचीन होटल होने के साथ ही जयपुर राजपरिवार का अपना आवास भी है। यहाँ 'जय महल' होटल में हर काम को, आप सभी को बहुत सावधानी और समझदारी से करना है। वरना कभी भी निकाला जा सकता है।"

संध्या ने निकालने वाली बात सिर्फ और सिर्फ नए कार्यकर्ताओं को गंभीर करने के लिए बोली। परंतु गौरी डर गई। उसने मन ही मन सोचा, "मुझे तो नौकरी की बहुत जरूरत है। मुझे तो यहाँ और भी अच्छे से काम करना होगा।"

संध्या ने अच्छे से समझाने के बाद सभी नए सदस्यों को काम पर तेज गति से लग जाने को कहा, और सभी नए सदस्यों ने अपने अपने काम को संभाल लिया।

गौरी को 'जय महल' होटल में काम करते एक सप्ताह बीत गया है। उसे आज होटल के रॉयल सुइट कक्ष में सफाई का कार्य दिया गया है। वह अतिथि, जो इस कक्ष में रुका हुआ है, उसका नाम 'शिवादित्य' है।

शिवादित्य की वह अँगूठी जो उसके नाना जी ने उसे तोहफे में दी है, वह नहीं मिल रही है। उसने उसे काफी ढूंढ़ा पर उसे वह नहीं मिली। यह अँगूठी उससे दो दिन पूर्व यहीं इसी कक्ष में गुम हो गई है। आज होटल में शिवादित्य का आखिरी दिन है। गौरी चुपचाप कक्ष की सफाई करने में लगी है। उसकी एक सरसरी नजर शिवादित्य पर गई। शिवादित्य का ध्यान गौरी पर नहीं गया। वह चुपचाप अपनी जाने की तैयारी में लगा हुआ है।

वह मन ही मन सोच रहा है, "काश...वह अँगूठी मिल जाये।"

क्योंकि वह अँगूठी पारिवारिक धरोहर है जो उनके परिवार में पीढ़ियों से ही है। लेकिन फिर भी वह ज्यादा नहीं सोच रहा है। वह लाल रंग की सुंदर अँगूठी से जुड़ी एक कहानी उसके नाना जी ने उसे सुनाई थी, पर वह इस तरह की कहानियों में विश्वास कम ही रखता है। वह मन ही मन नाना जी वाले उस कहानी वृतांत में डूबा है.....

एक दिन उसके नाना जी ने उसे अपने पास बुलाया और कहा, "आओ शिव, हम आपको इस अँगूठी की एक दिलचस्प कहानी सुनाएँ।"

शिवादित्य बोला, "नानू सा कहानी, क्या कहानी है नानू सा, सुनाइए?"

उसके नाना जी ने बताना आरंभ किया और वह बोले, "एक बार... आपकी पर पर नानी साहिबा भगवान शिव और देवी माँ पार्वती के मंदिर में आभूषण और जेवरात अर्पित करने गयीं। वहाँ उन्होंने सारे हीरे, मोती, जेवरात, फूल, मिष्ठान, आदि आदि भगवन और भगवती पर चढ़ाए। तभी देवी माता के चरणों में अर्पित की गई एक लाल रंग की अँगूठी उछल कर उनके हाथों में जा गिरी। पंडित जी ने उन्हें वह अँगूठी अपने साथ ले जाने को कहा, उसे देवी माता का प्रसाद

समझकर। तो आपकी पर पर नानी साहिबा जो की उस समय उन्त्रीस वर्ष की थीं और उनके विवाह की बात चल रही थी। परंतु उनके ग्रहों की चाल कुछ अजीबोगरीब होने की वजह से उनका कहीं भी रिश्ता नहीं हो पा रहा था। कहते हैं, जब वह इक्कीस वर्ष की थीं। तब उनकी वह अँगूठी उनसे जंगल में गुम हो गई और जिस युवा नौजवान ने उन्हें वह अँगूठी लौटाई, वह मैसूर राजघराने के युवराज थे और फिर वह मैसूर की महारानी बनी। उसी के बाद से यह माना जाता है, जो अँगूठी आपको लौटाएगा वह आपका जीवनसाथी होगा जिसे स्वयं देवी माँ पार्वती द्वारा चुना गया है।"

फिर, वह आगे बोले, "बेटे, मैं यह अँगूठी आज आपको दे रहा हूँ। आप इसका ख्याल रखिएगा। वरना अगर ये खो गयी तो जो लौटाएगा इसे, वह ही आपका जीवनसंगी होगा।"

'जीवनसंगी...' वाला वाक्य सुनकर उन्त्रीस वर्ष का शिवादित्य खूब ठहाका लगाकर हँसा और बोला, "नानू सा, आप कैसी मजेदार कहानियाँ सुनाते हैं? भला किसी अँगूठी से, किसी की शादी भी होती है?"

नाना जी बोले, "बेटे शिव, आप मानें या ना मानें, सच तो यही है। चलिए...आपको हमारी बात अभी समझ में नहीं आ रही है, पर आगे आ जाएगी।"

आखिरकार, शिवादित्य ने सोचने का काम समाप्त किया। उसका बैग तैयार हो गया है, और अब वह जाने को तैयार है। वह तेज गति से अपने कक्ष से बाहर आ गया और लंबे डग धरते हुए बाहर को जाने लगा।

गौरी बड़ी मेहनत से, तल्लीन होकर कक्ष की सफाई कर रही है। उसे शिवादित्य का कक्ष से जाना नहीं पता चला। अचानक उसकी दृष्टि

पलंग के पीछे की जगह पर गयी। उसे ऐसा लगा, कि वहाँ कुछ है। उसने पलंग के पीछे ध्यान से देखा पर उसे कुछ समझ नहीं आया।

उसने सोचा, "...लगता पलंग खिसकाना पड़ेगा।"

वह धीरे धीरे पलंग को खिसकाने लगी। पलंग के थोड़ा ही खिसकने पर, वह चमकदार लाल रंग की अँगूठी उसे दिखने लगी। जब वह अँगूठी उसे दिखने लगी, तब वह उसे निकालने का प्रयत्न करने लगी। उसने धीरे से अपने बाजू को दराज में डाला और अँगूठी को निकाल लिया।

उसने उस सुंदर अँगूठी को ध्यान से देखा। उसने सोचा, "पक्का...ये उन अतिथि की होगी।"

उसने अँगूठी लौटाने के विचार से कमरे में नजर दौड़ाई तो वहाँ कोई नहीं था। वह सोचने लगी, "अभी तो वह अतिथि यहीं थे, अचानक कहाँ चले गए?"

उसने जल्दी से चारों तरफ कक्ष में देखा और फिर वह कक्ष से बाहर आई। उसने कक्ष से बाहर आ होटल के ही एक कार्यकर्मी, रमेश से पूछा, "क्या आपने इस कमरे से किसी को जाते देखा?"

तो रमेश ने कहा, "नहीं...पर इस कमरे में जो अतिथि थे, आज उनका यहाँ होटल में आखिरी दिन था। वह पक्का चले गए होंगे।"

गौरी सोचने लगी, "अगर वह चले गए हैं तो मैं अँगूठी किसको दूँगी? नहीं, नहीं...वह इतनी जल्दी कैसे जा सकते हैं? और अगर उन्होंने चोरी का इलजाम किसी पर लगा दिया तो, नहीं नहीं...मुझे जल्दी से अँगूठी वापस करनी होगी।"

उसने अनुमान लगाया कि वह होटल काउंटर पर होटल छोड़ने की प्रक्रिया कर रहे होंगे क्योंकि अभी तो उसने उन्हें यहीं देखा था। वह पूरी गति से दौड़ते हुए होटल के काउंटर पर पहुँची और उसने काउंटर पर मौजूद दिव्या से पूछा, "दिव्या, वो रॉयल सुइट के अतिथि ने क्या चेक आउट कर दिया है?"

वह बोली, "हाँ गौरी, उन्होंने बस अभी अभी चेक आउट किया है। वह अपनी गाड़ी का इंतजार कर रहे थे, कुछ सेकंड पहले पर शायद अब वह निकल गए हैं।"

यह सुनकर गौरी की नजर बाहर की ओर गई। बाहर रिमझिम बारिश हो रही है। उसने दिव्या से पूछा, "उनकी गाड़ी का नंबर क्या है?"

दिव्या मुस्कुराई और बोली, "मुझे क्या पता, गौरी?"

"अच्छा...गाड़ी का रंग बताओ।", गौरी ने कहा।

वह बोली, "शायद काला...पर...।"

गौरी बिना कुछ सोचे और कहे तेजी से होटल के बाहर की ओर दौड़ गई। जैसे ही उसने खुले में कदम रखा, बारिश बेतहाशा तेज हो गई पर वह नहीं रुकी। उसे काले रंग की गाड़ी नजर आ रही है। वह तेजी से सीधा रास्ता न लेकर, कूदती, फलांगती बगीचे से होते हुए, छोटे रास्ते को लेती हुई दौड़ गई। वह पूरी गति से बगीचे में दौड़ रही है।

जब वह गाड़ी जिसमें शिवादित्य बैठा है, मुड़ी तो उसकी नजर गाड़ी की खिड़की से बगीचे में गई। उसे लगा कि शायद कोई बगीचे में दौड़ रहा है। परंतु उसने कुछ खासा ध्यान नहीं दिया और वह चुपचाप अपने ईमेल देखने लगा।

अब जब उसकी गाड़ी आगे आगे और गौरी उसके पीछे पीछे दौड़ रही है कि अचानक उसकी नजर गाड़ी के उत्तल दर्पण (गाड़ी चालक के द्वारा पीछे आने वाले वाहनों को देखने के लिये लगा दर्पण) पर गई और उसे लगा कि कोई उसकी गाड़ी के पीछे दौड़ रहा है। उसने तेजी से पीछे देखा, तो पाया कि एक लड़की दौड़ रही है। उसने तुरंत, गाड़ी चालक को पूरी फुर्ती से गाड़ी रोकने को कहा।

गाड़ी चालक ने गाड़ी रोक दी। वह गाड़ी से छतरी के साथ बाहर आया, और चुपचाप गौरी को अपनी तरफ आते देखने लगा। कुछ क्षण बाद गौरी उसके सामने आकर खड़ी हो गई और हाँफते हुए बोली, "सर... आपकी अँगूठी।"

शिवादित्य ने गौरी के चेहरे की तरफ ध्यान से देखा और फिर उसने अपनी नजर उस अँगूठी पर डाली। यह वही अँगूठी है जिसे वह ढूंढ़ रहा था पर पूरे कमरे में उसे वह कहीं नहीं मिली। दो लोगों ने होटल के कार्यकर्मियों में से, उसके साथ मिलकर उसे ढूंढ़ा पर उन्हें भी वह अँगूठी नहीं मिली। वह मन ही मन सोचने लगा, "...यह इस लड़की को मिल गई, और इतना ढूंढ़ा पर मुझे नहीं मिली।"

वह यह सब सोच ही रहा है कि अचानक से गौरी बोली, "सर, ये आपकी अँगूठी मुझे पलंग के पीछे मिली। कृपा कर आप...इसे जल्दी से स्वीकार लें, ताकि मैं वापस जा सकूं।"

शिवादित्य मुस्कुराया और बोला, "आपको इस अँगूठी के लिए इस तेज बारिश में 'मिल्खा सिंह' बनने की जरूरत नहीं थी। आप इसे होटल की रिसेप्शन डेस्क पर दे देतीं। वह मुझे कॉल करते, और मुझे ये मिल

जाती। लेकिन ठीक है, ये आप मुझे दीजिए और ये मेरी छतरी...आप लीजिए।"

अँगूठी को जेब में रख, शांत भाव से गौरी की ओर अपनी छतरी बढ़ाते हुए, फिर वह बोला, "...और आगे से आप ऐसे मत दौड़ लगाइएगा। अपना ख्याल रखिए...धन्यवाद।"

यह कहकर वह तेजी से गाड़ी में बैठ गया और गाड़ी चालक ने गाड़ी को चालू किया और उसकी गाड़ी धीरे धीरे गौरी की आँखों के सामने से गुजरते हुए ओझल हो गई।

गौरी को शिवादित्य का इस तरह से बोलना मन ही मन काफी अच्छा लगा।

उसने सोचा, "यह शख्स बहुत ही अच्छा इंसान है।"

फिर वह चुपचाप धीरे धीरे छतरी लगाए हुए होटल को वापस आ गयी। उसके होटल के अंदर आने के नौ मिनट बाद बारिश रुक गई। चूंकि तेज बारिश की वजह से वह खूब भीग गयी है। वह सीधी होटल कार्यकत्रियों के लिए बने 'आराम और वस्त्र बदलने का कक्ष' में गई और उसने दूसरे वस्त्र पहन लिए।

शिक्षा ने गौरी को फ़ोन कर उसके हालचाल पूछे। गौरी को बहुत अच्छा लगा।

शिक्षा ने गौरी से पूछा, "गौरी, तू जयपुर में ठीक है?"

वह बोली, "हाँ शिक्षा, मैं एकदम ठीक हूँ।"

फिर शिक्षा ने पूछा, "और तेरी नौकरी...वह कैसी है?"

वह बोली, "वह भी ठीक है।"

आगे शिक्षा ने गौरी से कहा, "दोस्त...अब आगे की क्या योजना है? सुन...तू कहीं आवेदन जरूर करना, और रुपयों की चिंता मत करना।"

गौरी हँसने लगी और वह बोली, "अरे शिक्षा...तू निश्चिंत रह, मैं आवेदन जरूर करूँगी और सबकुछ अच्छा होगा। तूने ही तो कहा था, गौरी सब अच्छा होगा, सो सब अच्छा होगा।"

शिक्षा बोली, "अच्छा गौरी...तो तू किस में आवेदन करेगी? मेरा मतलब है, क्या तू फैशन डिज़ाइनिंग के लिए आवेदन करेगी?"

गौरी बोली, "दोस्त...मैं सोच रही हूँ, कि पाक कला में आवेदन कर दूँ।"

शिक्षा खुश होकर बोली, "गौरी...ये भी अच्छा विचार है। तू खाना तो लाजवाब बनाती ही है। ये सही है।"

फिर वह बोली, "ठीक है दोस्त, फिर मैं तुझे फ़ोन कर हालचाल लेती रहूँगी और तू मुझे अपने हालचाल बताती रहना।"

गौरी बोली, "ठीक है, शिक्षा।"

गौरी ने शिक्षा से बात करने के बाद मन ही मन सोचा, "अब मैं क्या करूँ...?"

उसने विराट को फ़ोन लगाया।

उसने विराट से कहा, "विराट...मुझे एक लैपटॉप चाहिए। क्या मुझे कोई पुराना लैपटॉप तुम दिला सकते हो?"

विराट बोला, "गौरी, तू निश्चिंत रह मेरे पास दो लैपटॉप हैं, मैं तुझे एक दे दूँगा।"

विराट ने गौरी को अपना एक लैपटॉप दे दिया।

अध्याय 5

गौरी का पाक अध्ययन

गौरी ने इंटरनेट पर सबसे पहले 'पाक कला' में अध्ययन से संबंधित विश्वविद्यालयों को ढूंढ़ना आरंभ किया, और बहुत सारे विश्वविद्यालयों को देखने और समझने के बाद उसने कुछ विश्वविद्यालयों में दाखिले के लिए आवेदन भरने के बारे में सोचा, और फिर आवेदन किया। कुछ ने उसे पचास प्रतिशत छात्रवृत्ति पेश की। परंतु उसे पूर्णकालिक छात्रवृत्ति की तलाश है।

वह जानती है कि पूर्णकालिक छात्रवृत्ति मिलने पर भी यदि वह देश महँगा है तो उस पर आर्थिक दबाव हो सकता है और वह किसी भी तरह के अनावश्यक आर्थिक दबाव को नहीं चाहती है। वह सोचती है, कि वह न तो खुद को परेशान कर सकती है और न ही अपनी वजह से किसी और को।

पिछले छह महीनों से गौरी विश्वविद्यालयों में आवेदन कर रही है। आखिरकार, उसे पेरू के एक विश्वविद्यालय से पूर्णकालिक छात्रवृत्ति का प्रस्ताव प्राप्त हुआ। यह देखकर गौरी को बहुत अच्छा लगा। जब गौरी ने शिक्षा को ईमेल कर बताया तो उसे बहुत अच्छा लगा।

शिक्षा, गौरी को फ़ोन कर बोली, "दोस्त...मैं तो तेरे लिए प्रार्थना कर ही रही थी, और अच्छी खबर पाकर मुझे मजा आ गया है। अच्छा सुन, तू निश्चिंत रह, मैं तेरी फ़्लाइट बुक कर दूँगी।"

गौरी हँसी और बोली, "नहीं शिक्षा...मैंने बचत की है, मेरा काम हो जाएगा। जब भी रुपयों की जरूरत होगी, मैं तुझसे माँग लूँगी। तू पूरी तरह निश्चिंत रह।"

शिक्षा बोली, "अच्छा गौरी जी...हमसे होशियारी, चलो अच्छा है। अगर तेरे पास अच्छी बचत है तो अच्छा है। मैं फिर तुझसे बात करती रहूँगी, ठीक है।"

"ठीक है, शिक्षा।", गौरी ने कहा। इसके साथ दोनों का फ़ोन पर वार्तालाप समाप्त हो गया।

गौरी ने अपने जाने के लिए उड़ान की बुकिंग की और अपना सामान बाँधने लगी। सामान तैयार कर वह पेरू के लिए निकल पड़ी। यह पढ़ाई तीन वर्ष की है और पाक कला में एक स्नातक उपाधि है। वह पेरू पहुँच गई है और पेरू पहुँचकर बहुत रोमांचित है।

उसके तीन साल पेरू में चुटकियों में गुजर गए। वह इन तीन सालों में अपने पाकशास्त्र के गुणों को सँवारने में पूरी तत्परता से लगी रही। उसने अपनी शिक्षा में विश्वविद्यालय स्तर पर स्वर्ण पदक भी प्राप्त किया। वहाँ रहते हुए, उसे भैरव जी के खाने की हमेशा याद आई और उसके पसंदीदा व्यंजनों की भी, जो उसे भैरव जी द्वारा ही सिखाये हुये हैं और वह उनमें निपुण भी है। परंतु वह अलग अलग तरह के खाने को सीखने में रुचि रखती है। यही वजह है कि उसने यहाँ पेरूवियन

व्यंजनों में महारत हासिल कर ली है, पेरूवियन विश्वविद्यालय से पढ़ाई कर।

वह अब बहुत खुश है और उसका विश्वास भी पहले से कहीं ज्यादा है, स्वयं पर। विश्वास उसने स्वयं पर तो कभी नहीं छोड़ा।

कहते हैं, स्वयं में विश्वास, धैर्य और दृढ़ता हमें अपने अंदर भर भर कर रखनी चाहिए.....विश्वास अनंत शक्ति में, दृढ़ता स्वयं में, और धैर्य प्रत्येक स्थिति और परिस्थिति में, यदि हम अपने सुंदर स्वप्नों को वास्तविकता के धरातल पर उतारना चाहते हैं। गौरी ने यह सब अपनी आत्मा में उतारा हुआ है।

शिक्षा से उसकी बातचीत होती रहती है। शिक्षा उससे मिलने भी पेरू एक बार आई, और दोनों ने जमकर बातें कीं और गौरी ने उसे पेरू घुमाया। दोस्ती ऐसी ही होनी चाहिए...'निश्चल', वरना दोस्त और दोस्ती के कोई मायने नहीं। गौरी और शिक्षा की दोस्ती ऐसी ही है...निश्चल, सरल, सहज।

पेरू के विश्वविद्यालय में पढ़ाई के दौरान ही गौरी ने पाक प्रशिक्षण का मन बना लिया था। तथा, अपने पाक कौशल को विविध करने के उद्देश्य से उसने अलग अलग देशों में प्रशिक्षण करने का मन बनाया।

गौरी को पेरूवियन विश्वविद्यालय में अध्ययन पूर्ण करते ही, तुरंत ही एक अच्छी पाक प्रशिक्षण प्राप्त हो गयी, स्विट्जरलैंड में। वह इस समय स्विट्जरलैंड में है। यह एक सशुल्क प्रशिक्षण है और तीन महीने की है। परंतु स्विट्जरलैंड की महँगाई के सामने मिलने वाला गुजारा भत्ता कम है। वह इससे मिलने वाले भत्ते को रहने भर में ही लगा पाएगी।

खाने के खर्च की पूर्ति के लिए उसे और कहीं भी काम करना होगा। उसने यह जानते हुए भी इस प्रशिक्षण को स्वीकार कर लिया।

यहाँ उसकी कमरा सहयोगी का नाम 'सनम' है, जो कि टर्की से है और बहुत प्यारी है। सनम भी यहाँ पाक प्रशिक्षण करने आई है। उसने पेरिस से पाक कला का अध्ययन पूर्णकालिक छात्रवृत्ति पर गौरी की ही तरह अभी अभी पूर्ण किया है। गौरी और सनम, दोनों पहली ही मुलाकात में अच्छे दोस्त बन गए हैं।

गौरी और सनम की खूब बनती है। दोनों प्रशिक्षण के बाद एक रेस्टोरेंट में शेफ के सहायक के तौर पर, वहाँ कार्य करते हैं जरूरत भर रुपए कमाने के लिए। गौरी को स्विट्जरलैंड में बहुत मजा आ रहा है। शिक्षा को भी वह सनम के बारे में बताती है और दोनों खूब खुश होते हैं।

शिक्षा की स्नातक की 'विपणन और विज्ञापन' में पढ़ाई पूरी हो गई है। अब वह स्पेन से अमेरिका को नौकरी के लिये रवाना हो गई है। वहाँ उसे बहुत ही अच्छी नौकरी मिली है।

सनम की एक मौसी जी स्विट्जरलैंड में रहती हैं, उनके पति स्विट्जरलैंड में टर्की से आए हुए राजनयिक हैं। उन्हें वहाँ रहने को सरकारी आवास मिला हुआ है और वे दोनों वहीं अपने बच्चों के साथ रहते हैं।

सनम उनसे मिलने जाती है और साथ में गौरी को भी ले जाती है। सनम की मौसी जी ने उससे कहा, "सनम, यहाँ एक नृत्य होने वाला है। तुम भी जाओ और गौरी को भी ले जाओ।"

सनम की मौसी जी को भारतीय भोजन, संस्कृति काफी पसंद है। वह भारत के ऊपर पुस्तकें पढ़ने के अलावा भारतीय व्यंजन और योग की कक्षाएँ भी लेती हैं। उनका रुझान उनकी बातों में झलकता है।

सनम बोली, "मौसी जी, मुझे तो यह डांस वांस में खासा रुचि है नहीं और गौरी को भी नहीं है।"

सनम की मौसी जी बोलीं, "बहाने मत मारो...और रुचि लाओ...और हमेशा खाना खाना से निकलकर कुछ और भी करो।"

सनम ने आनाकानी वाले भावों के साथ अपनी मौसी जी को हाँ बोल दी और गौरी को भी अपने साथ खींच लिया। सनम की मौसी जी ने दोनों के लिए दो सुंदर पोशाकों को तैयार कराया। दोनों की ही पोशाकें सफेद रंग की हैं, पर रचना में थोड़ा सा अंतर है।

आज, बॉलरूम नृत्य है। सनम और गौरी तैयार हो रहे हैं। जब गौरी तैयार हुई जाने के लिए, तभी उसे आकाश में कुछ गर्जन सा महसूस हुआ। उसे लगा कि शायद बारिश होगी। उसने अपनी छतरी को ले लिया। यह वही छतरी है जो किसी ने उसे दी थी...।

सनम बोली, "गौरी, छतरी किस लिए?"

गौरी बोली, "सनम, अगर बारिश हुई तो, हम भीगे ना।"

यह सुन सनम हँसने लगी, और फिर वह दोनों अपने बॉलरूम नृत्य वाले गंतव्य के लिए निकल पड़े पर सही समय से न पहुँचकर पंद्रह मिनट की देरी से पहुँचे। वहाँ पहुँचकर गौरी ने छतरी को एक स्थान पर...बाहर रख दिया और वह दोनों अंदर चले गए। रात के नौ बजे, नृत्य की शुरुआत का समय था।

सनम बोली, "मुझे तो कहीं, कुछ खाने का नजर आए तो बात बने।"

इतनी देर में गौरी की नजर कुछ उन जगहों पर गई जहाँ भारतीय भोजन रखा हुआ है। उसे भारतीय भोजन, भैरव जी के हाथों के स्वाद जैसा खाये वर्षों बीत गए हैं...उसके मनोभावों में।

उसने सोचा, 'उसे जाकर देखना चाहिए।'

इतने में सनम को एक लड़के ने नृत्य के लिए पूछ डाला। वह गौरी की तरफ मुड़ी और आँखों से इशारा करते हुए की 'मैं नृत्य करने जा रही हूँ', वह उस लड़के के साथ नृत्य करने चली गई। और गौरी उन भोजन के स्टॉल की तरफ बढ़ गई।

वहाँ, उस विशाल कक्ष में आए हुए आगंतुक, कुछ नृत्य में व्यस्त हैं, कुछ खाने में और कुछ बातों में।

गौरी ने एक थाली उठाई और खाना परोसने लगी। उसने खाना परोसा ही था, कि अचानक से किसी ने उससे पीछे से कहा, "आप यहाँ पर हैं।"

वह शांत रहते हुए पीछे मुड़ी। उसने देखा एक शख़्स खड़ा है, जो उसकी तरफ देख रहा है। इससे पहले वह कुछ बोल पाती, उसने खाने की थाली गौरी से लेकर रख दी, और गौरी की तरफ हाथ बढ़ाया। गौरी की कुछ समझ नहीं आया। वह चुपचाप उसकी तरफ देखने लगी। तभी उस शख़्स ने स्वयं ही गौरी का हाथ अपने हाथ में ले लिया और नृत्य के लिए उसे ले गया।

गौरी ने तुरंत कहा, "मेरा हाथ छोड़ें...।"

वह शख्स कुछ नहीं बोला और जहाँ सभी नृत्य कर रहे हैं, वहाँ गौरी के हाथ को थामे हुए...जाकर वहाँ खड़ा हो गया। फिर उसने गौरी का हाथ धीरे से छोड़ दिया।

गौरी ने बोला, "मुझे डांस नहीं करना है।"

उसने गौरी की बात को अनसुना कर, एक बार फिर गौरी के साथ नृत्य करने के लिए अपना हाथ बढ़ाया। गौरी ने चारों तरफ देखा, पर उसे सनम कहीं भी नजर नहीं आ रही है। वह चुपचाप मन ही मन नृत्य के लिए तैयार हो गई। और उसने उस शख्स की तरफ देखा और अपना हाथ उसके हाथ की ओर बढ़ा दिया। वह दोनों साधारण रूप से नृत्य करने लगे।

कुछ क्षण शांत रहने के बाद उस शख्स ने गौरी से पूछा, "आपने इस शादी के लिए हाँ क्यों किया है? क्या इसकी वजह यह है कि आप मुझे पसंद करतीं हैं?"

गौरी यह सुनकर चौंक गयी। वह मन ही मन सोचने लगी, "ये शख्स... ये कैसी बात पूछ रहा है?"

उस शख्स ने अपनी बात को कहते हुए गौरी के चेहरे पर देखा, उसने उसकी आँखों की तरफ देखा। एक क्षण के लिए उसे ऐसा लगा कि यह आँखें कुछ अलग हैं। गौरी की नजरें भी उसकी नजरों से उसी क्षण टकरायीं। उसे ऐसा लगा की शायद वह उससे पहले मिली है।

तभी, अचानक से एक लड़की उस शख्स के पीछे से आयी और उसने उस शख्स को जो गौरी के साथ नृत्य कर रहा है। उसके कंधे पर हाथ

रखा और वह बोली, "शिव...ये लड़की कौन है जिसके साथ आप डांस कर रहे हैं?"

वह शख्स जिसका नाम शिव है, उसने सहसा पलट कर देखा तो उसकी नजर उस लड़की पर गई जिसने उसके कंधे पर हाथ रखा। उस लड़की ने झट से अपना मुखौटा हटाया और शिव की तरफ अचरज भाव से देखा।

शिव ने भी उसके मुखौटे के हटते ही तुरंत ही कहा, "समयुक्ता...आप।" और यह कहते ही उसने गौरी की तरफ देखा और गौरी के हाथों को छोड़ दिया।

गौरी उस क्षण पूरी स्थिति को समझ गयी। गौरी और समयुक्ता के कपड़ों में काफी समानता थी जिसकी वजह से शिव भ्रमित हो गया, और मुखौटे की वजह से वह समझ नहीं पाया और गौरी को समयुक्ता समझकर नृत्य करने के लिए ले आया।

यह सब गौरी तुरंत ही समयुक्ता की तरफ देखते ही समझ गयी। शिव भी यह बात तुरंत ही समझ गया। इससे पहले की शिव, गौरी को कुछ कह पाता। गौरी तेजी से लंबे डग धरते हुए, उस विशालकाय नृत्य कक्ष की भीड़ को चीरते हुए बाहर की तरफ जाने लगी। तभी उसे सनम का ख्याल आया और उसने उन्हीं लंबे कदमों के साथ चारों तरफ एक पैनी नजर दौड़ाई। परंतु वह नहीं दिखी उसे।

समयुक्ता ने शिव से पूछा, "आप उस लड़की के साथ डांस क्यों कर रहे थे?"

शिव ने समयुक्ता की तरफ देखा और बोला, "वो मैं, कपड़ों में समानता की वजह से थोड़ा भ्रमित हो गया था। आप मुझे क्षमा करें, समयुक्ता...।"

समयुक्ता ने शिव की तरफ अजीबोगरीब भावों से देखते हुए कहा, "क्या? भ्रमित...?"

इससे पहले वह कुछ और बोल पाती। शिव सहसा यह जानने के लिए कि वह लड़की कौन है? गौरी के पीछे लंबे कदमों से चल पड़ा।

जब गौरी को सनम नहीं दिखी तो वह बिना रुके ही बाहर आ गई। बाहर रिमझिम बारिश हो रही थी। जैसे ही गौरी ने बाहर कदम रखा, वह बारिश तेज हो गई। गौरी ने अपनी छतरी उठायी और वह चुपचाप छतरी खोलकर सीढ़ियों से उतरकर जाने लगी।

तभी, शिव भी बाहर आ गया और उसने पीछे से गौरी को आवाज लगाई, "रुकिए...।"

पर गौरी न तो रुकी और न ही पलटी, वह अंदर ही अंदर डर सी गई थी। उसका दिल जोर जोर से धड़क रहा है। वह कुछ समझ नहीं पा रही है। वह बस उस जगह से जाना चाह रही है।

शिव ने पुनः तेज आवाज में कहा, "रुकिए...।"

बारिश तेज हो चुकी है, उसके पास छतरी नहीं है। उसने आसमान की ओर देखा तो उसे सहसा वह बारिश याद आ गई, जब एक लड़की उसे उसकी अँगूठी लौटाने को दौड़ी थी और उसने मन ही मन खुश होकर अपनी छतरी उसे दे दी थी। उन ख्यालों से बाहर निकलकर उसने सहसा उस छतरी पर नजर डाली और वह यह देखकर दंग रह

गया कि यह तो वही छतरी है जो उसने उस लड़की को दी थी। उसने मन ही मन सोचा, "मेरी छतरी...।"

जैसे ही उसे इस बात का भान हुआ की वह उसकी वाली छतरी ही है, वह समझ गया कि यह वही लड़की है। उस लड़की का चेहरा आज भी उसकी आँखों के सामने आना चाहता है। इससे पहले की वह फिर से आवाज देता। वह लड़की यानि गौरी, टैक्सी में बैठकर चली गई।

शिव...शिवादित्य ही है, जिसकी गौरी से मुलाकात तीन साल पहले 'जय महल' होटल, जयपुर में हुई थी और उसने गौरी से अपनी अँगूठी लेने के उपरांत खुश होकर, उसे धन्यवाद के रूप में अपनी छतरी दे दी थी।

वास्तव में वह छतरी उसे बहुत प्रिय है।

शिवादित्य चुपचाप अपनी जगह पर जमा सा खड़ा रहा और उस टैक्सी को अपनी आँखों से ओझल हो देखता रहा और वह टैक्सी धीरे धीरे ओझल हो गई।

फिर वह चुपचाप अंदर चला गया। वहाँ, वह लड़की जिसका नाम 'समयुक्ता' है, वह उससे सवाल करने लगी। पर उसने उनका कोई जवाब नहीं दिया, वह चुपचाप ही खड़ा रहा।

उसके दोस्त ने पूछा, "शिव...क्या हुआ?"

वह बस इतना बोला, "मैं ठीक हूँ...।" और यह कहकर वह कुछ क्षण के लिए उस पुरानी याद में खो गया।

उसने कभी नहीं सोचा था कि वह, उसे आज यहाँ फिर मिल जाएगी। वह अपने ही मनोभावों का आकलन नहीं कर पा रहा है। कुछ देर बाद वह भी वहाँ से चला गया।

गौरी ने टैक्सी में बैठते ही सनम को फ़ोन किया। पर वह उस लड़के के साथ नृत्य में व्यस्त थी, सो उसने फ़ोन नहीं उठा पाया।

गौरी ने कमरे पर पहुँचकर फिर सनम को फ़ोन किया और सनम ने उसका फ़ोन उठा लिया और गौरी ने उसे सूचित कर दिया कि वह कमरे पर है और सारी बात उसे घर पर आने पर बताएगी।

सनम ने कहा, "ठीक है।"

सनम के आने पर गौरी ने उसे सारी बात बताई।

सनम बोली, "गौरी, तुझे उससे बात करनी चाहिए थी, तू तो एकदम सिंडरेला की तरह भागी वहाँ से, वह तुझे खा थोड़े ही जाता।"

गौरी बोली, "सनम...अब मैं तुझे क्या ही बताऊँ? जैसे ही उसने मेरा हाथ पकड़ा, मेरा दिल जोर से धड़कने लगा, और...जब डांस करते वक्त उसने मेरी आँखों में आँखें डालकर देखा, तब मेरा दिल और जोर से धड़कने लगा।"

गौरी की बात पूरी भी नहीं हो पाई और सनम ठहाका लगाकर हँसने लगी। उसकी हँसी से सारा कमरा गूँज गया।

गौरी ने कहना जारी रखा और वह कहती गई, "उसे देखकर मुझे ऐसा लगा, जैसे उससे पहले भी मिली हूँ। पर सच में कुछ याद नहीं आ रहा।"

यह सुनकर सनम और जोर से हँसने लगी और बोली, "वाह गौरी...फिर भी तुम इतनी जोर से सिंडरेला की तरह भागीं।"

"अरे सनम...बस कर, रात में सबको जगाना है अपने इन तेज ठहाकों से, चल सो जाते हैं।", गौरी बोली, और वह दोनों सोने के लिए लेट गए, और हँसते हँसते दोनों सो गए।

गौरी ने शिक्षा को भी सारा किस्सा अगले दिन कह सुनाया, और शिक्षा तो सनम से भी ज्यादा हँसी और बोली, "वाह गौरी...लगता तेरे सपनों का राजकुमार तुझसे आखिरकार टकरा ही गया, बस...अब तो मुझे पता है, ये टकराता ही रहेगा। भगवान कृपाकर टकराता रहे, वरना मेरी बात गलत हो जाएगी।"

गौरी ने कहा, "बस कर...तू और सनम, मेरी टाँग खींचने में लगे हो। उसने रात में खींची, तू सुबह खींच रही है।"

शिक्षा जोर से हँसी और फिर वह बोली, "मैं और सनम, एकदम ठीक कह रहें हैं। तुझे उससे उसका नाम तो पूछना चाहिए था। कौन सा मंडप सजा था और तुझे फेरे लेने थे?"

"ओहो, शिक्षा, तू तो बस कर जा। अच्छा, तेरी जॉब कैसी है?", गौरी ने धीरे से बात बदलते हुए कहा।

शिक्षा ने कहा, "ठीक ही है। दोस्त...घर की याद आ रही है, और विशेष रूप से खाने की, पर अभी तो जाना मुश्किल है। सोच रहीं हूँ, मास्टर के लिए आवेदन कर दूँ और अगर कहीं हो जाए तो मैं मास्टर भी कर लूँ, फिर अंततः घर जाऊँ, और फिर भारत में ही रहूँ।"

गौरी बोली, "तू ठीक सोच रही है। जैसा तुझे अच्छा लगे, तू वैसा ही कर। ठीक है, तो फिर मैं फ़ोन रखती हूँ।"

"क्यों, फ़ोन क्यों रखती हूँ, कहीं उसके ख्यालों में खोने का इरादा तो नहीं है?", शिक्षा यह कहकर, ठहाका लगाकर हँसने लगी।

"अच्छा...बाय, अपना ध्यान रखना।", कहते हुए गौरी ने कॉल समाप्त कर दी।

अध्याय 6

गौरी-शिवादित्य का आमना-सामना

गौरी की स्विट्जरलैंड की पाक प्रशिक्षण पूरी हो गई है। उसने स्विट्जरलैंड की प्रशिक्षण के बाद इटली और पेरिस में भी कुछ तीन से छह महीने की प्रशिक्षण की और फिर वह भारत आने के ख्याल से भारत आ गई। उसने भारत आने से पहले, भारत के कई बड़े, छोटे होटलों में 'सहायक बावर्ची' के पद पर कार्य करने के लिए आवेदन किया। उसे सहायक बावर्ची के पद पर कार्य करने के लिए 'सिटी पैलेस' होटल, जोधपुर से प्रस्ताव आया है। उसने वहाँ कार्य करने का मन बना लिया है।

'सिटी पैलेस' होटल, जोधपुर देश, विदेश के नामचीन विरासत होटलों में से एक है और साथ ही जोधपुर के पूर्व राजपरिवार का अपना आवास भी है।

आज 'सिटी पैलेस' होटल में गौरी का पहला दिन है। वैसे ही जैसे उसका 'जय महल' होटल, जयपुर में पहला दिन था। उसे वह बारिश और छतरी वाली घटना याद आ गयी।

मुख्य बावर्ची 'वीर सिंह भाटी' के साथ गौरी को काम करना है। वह राजपरिवार की भोजनसूची पर भी नजर रखते हैं और राजपरिवार की पसंद के अनुरूप उसे स्वादिष्ट एवं पौष्टिक रूप देते रहते हैं। वीर साहब के साथ लगभग पाँच सहायक बावर्ची कार्य करते हैं। कुल मिलाकर लगभग पच्चीस सहायक बावर्ची हैं और पाँच मुख्य बावर्ची हैं। इस प्रकार प्रत्येक मुख्य बावर्ची के साथ पाँच सहायक बावर्ची कार्य करते हैं। जिनमें वीर साहब ही राजपरिवार की भोजनसूची को सुनिश्चित करने का कार्य करते हैं। बाकी मुख्य बावर्ची हैं, भौमी शर्मा, महोदर सिंह तोमर, सी रामचंद्र, तेजवीर सिंह मान। सभी मुख्य बावर्ची बहुत ही हुनरमंद और व्यवहार कुशल हैं।

गौरी जहाँ भी गयी, उसे वहाँ बहुत ही अच्छे लोग मिले। आज यहाँ भी उसे सब अच्छे लोग ही मिले हैं। गौरी इस बात से बड़ी खुश है।

स्विट्जरलैंड की प्रशिक्षण के साथ अब पूरा एक साल हो गया है, एक साल और कुछ दिन की अवधि के पश्चात गौरी ने इस नौकरी से स्वयं को जोड़ा है और वह भारत लौटी है पूरा चार साल के बाद।

उस दिन, स्विट्जरलैंड में शिवादित्य के साथ जो हुआ, उसके बाद उसने समयुक्ता से विवाह का विचार पूरी तरह बदल दिया। शिवादित्य के घर वाले उस पर पिछले तीन सालों से विवाह का जोर दे रहे हैं। जब वह इक्कीस वर्ष की आयु में गौरी से मिला, तब वह विवाह के विचार से दूर था। पर उससे मिलने के बाद उसे लगा कि उसे विवाह के विचार पर थोड़ा सोचना चाहिए। फिर भी वह तैयार नहीं था। घरवालों के बहुत समझाने की वजह से, वह कुछ महीनों से ही समयुक्ता के लिए हाँ बोलने की सोच रहा था, पर उसका मन बहुत अशांत था। वह एक ऊहापोह में था। समयुक्ता उसे वैसी लड़की नहीं लगी, जिसकी

उसके हृदय में छवि है। वह उस अनजान लड़की के बारे में पिछले चार सालों में कई बार सोच चुका है, और वह मन ही मन उससे मिलने के बाद, यह सोचता रहा कि कभी क्या उसकी मुलाकात उतनी सरल हृदय वाली लड़की या उस लड़की से होगी?

उस दिन, उस विशाल नृत्य कक्ष में, वही अनजान लड़की जिसके बारे में वह सोच रहा था। अचानक ही उसके सामने आ गई, पर वह इस बात से अनभिज्ञ था। उसने अनजाने में ही उसका हाथ थाम लिया और उससे शादी के बारे में पूछने लगा। यह सच था कि वह उसे समयुक्ता समझ रहा था, पर वह समयुक्ता नहीं थी। वह वही अनजान लड़की थी, जो उसके ख्यालों में बार बार दस्तक देकर चली जाती थी।

जब उसे इस बात का पूरी तरह एहसास हुआ कि जो लड़की उसके ख्यालों की दुनिया की मेहमान बन बार बार आती है, वही लड़की उसके साथ थी, तो वह विचारशून्य हो गया और उसने अपने हृदय की चाल को साधारण से तेज पाया। उसके हृदय से समयुक्ता को हाँ करने का विचार पूरी तरह ओझल हो गया।

उसने, उस दिन के बाद, घर आने पर अपने घरवालों को साफ साफ कह दिया कि वह समयुक्ता से विवाह नहीं करना चाहता। समयुक्ता से रिश्ता उसकी दादी जी को बहुत पसंद है, क्योंकि समयुक्ता उनकी चचेरी बहन साहिबा के बेटे की बेटी हैं और बड़ौदा के पूर्व राजपरिवार से हैं। उसके पिता जी को इस बात से खासा मतलब नहीं है। जब शिवादित्य ने विवाह के लिए मना किया तो दादी जी ने उसे समझाने की कोशिश की पर वह नहीं माना और अपनी बात पर डटा रहा। दादी साहिबा ने भी पोते के प्रेम में हार मान ली।

गौरी अपनी इस नौकरी के लिए खासा खुश है। सच तो यह है, वह बहुत ज्यादा खुश है। पिता के जाने के बाद, वह अंदर से उदास थी, बहुत उदास थी और फिर उसके बाबा साहब भी चले गए, और उसकी माँ, कामिनी का सौतेला जैसा व्यवहार। इस सबके बीच उम्मीद और सपने दोनों लड़खड़ा चुके थे, पर फिर भी कहीं न कहीं उसने स्वयं को संभाले रखा।

जब उसकी माँ ने पूरी तरह से उसे पढ़ने और घर से बाहर जाने को मना कर दिया। तब वह और भी उदास हो गई। परंतु 'वह उदासी', वह अपने चेहरे पर नहीं लाई। उसने अपने उदास मन में भी उम्मीद की लौ को जलाये रखा और वह निर्णय लिया जो वह नहीं लेना चाहती थी, 'चंद्रमहल' से उस तरह से, निकलने का निर्णय। अपने ही घर को छोड़कर जाना, और कहीं अपने सपनों के लिए उसके लिए एक कठिन निर्णय था, पर उसने लिया। उसकी माँ 'कात्यायनी' की डायरी में लिखी बातों से वह प्रेरित हुई और घर से जाने के निर्णय को मजबूती से ले पाई। घर से निकलने के बाद भी उसके हृदय में कुछ मायूसी बनी रही। परंतु अब वह सबकुछ जा चुका है।

वह अपनी माँ और पिता की बहादुर और हुनरमंद बेटी है, यह वह स्वयं को साबित कर पा रही है और करती रहेगी। यह उसके लिए सौभाग्य की बात है। वह पूरी तरह यह मानती है, यह सब होने में देवी माँ पार्वती की विशेष अनुकंपा उस पर रही है। वरना वह यह सबकुछ न कर पाती।

गौरी ने देवी माँ पार्वती को हमेशा की तरह स्मरण किया और उन्हें मन ही मन प्रणाम किया और धन्यवाद दिया।

"गौरी, आप मेरे साथ चलिये। हम राजपरिवार की भोजनसूची का भी ख्याल रखते हैं, होटल की भोजनसूची के अलावा।", वीर साहब ने गौरी से कहा।

"जी, सर।", गौरी ने कहा और यह कह वह चुपचाप उनके पीछे पीछे चल दी।

जोधपुर के पूर्व राजघराने के महाराज साहब 'विक्रमादित्य सिंह' सभी कार्यभार को पूरी तरह संभाले हुए हैं। उनकी पत्नी साहिबा 'शिवांगिनी देवी' का स्वर्गवास बहुत पहले हो गया। जब वह गयीं, तब उनकी एकमात्र संतान, उनके बेटे दस वर्ष के थे। पत्नी के जाने के दुख ने विक्रमादित्य को बड़ा आहत किया, परंतु उन्होंने स्वयं को संभाल लिया। उनके पिता साहब ने उन पर दूसरे विवाह का जोर डाला, पर वह विवाह के लिए तैयार नहीं हुए। विक्रमादित्य के पिता साहब स्वर्गीय महाराज साहब 'विजय सिंह' को गुजरे काफी समय बीत गया है। उनकी पत्नी साहिबा, राजमाता 'भुवनेश्वरी देवी', आज भी उनकी तस्वीर को फुर्सत के पलों में निहारा करती हैं।

वह प्रेम जो आत्मीय है, वह कभी समाप्त नहीं होता। इसका संबंध न तो काल से ही है, और न ही आयु से और न ही किसी और बात से। प्रेम का संबंध सिर्फ प्रेम से ही है।

विक्रमादित्य ने अपने एकमात्र पुत्र और जोधपुर राजघराने के युवराज 'शिवादित्य सिंह' को अठारह वर्ष की आयु से राज-काज के कार्यों के गुर सिखाना प्रारंभ कर दिया।

वीर साहब गौरी को राजपरिवार के पास ले गए, उसे सबसे मिलाने के लिए ताकि वह सबको अच्छे से पहचान ले और कोई भी गड़बड़ी न करे। गौरी और वीर साहब पहुँच गए हैं, जहाँ सब विराजमान हैं।

कक्ष में विक्रमादित्य साहब, उनकी माँ साहिबा और उनकी बड़ी बहन साहिबा और उनकी बहन के बेटे युवराज 'देवराज सिंह' विराजमान हैं।

कक्ष में वीर साहब और गौरी ने प्रवेश किया। दोनों ने सबको प्रणाम किया और वीर साहब ने गौरी का सभी से परिचय करा दिया। गौरी को सभी से मिलकर मन ही मन बहुत अच्छा लगा। राजमाता साहिबा को देखकर उसे अपनी दादी जी और नानी जी की याद आ गई। वह मन ही मन खासा खुश हुई।

शिवादित्य वहाँ पर नहीं था। वह किसी काम से दो दिन के लिए जोधपुर से बाहर गया है। इसी वजह से वीर साहब गौरी का शिवादित्य से परिचय नहीं करा पाए। परंतु उन्होंने कक्ष से बाहर आने के बाद गौरी को मौखिक रूप से बता दिया।

"गौरी, महाराज साहब के इकलौते बेटे युवराज शिवादित्य, अभी यहाँ पर नहीं थे। संभवतः वह कहीं और व्यस्त होंगे। परंतु आप अंजाने में भी उनसे या किसी से भी कुछ मत कहियेगा।", वीर साहब बोले।

गौरी ने वीर साहब को कहा, "जी, सर। जैसा आप कह रहें हैं, मैं वैसा ही करूँगी।"

गौरी को एक सप्ताह काम करते हो गया है। आज सुबह मौसम खुला था, पर अचानक ही दोपहर में कुछ बदली छा गई और गौरी छतरी

लाना भूल गई। होटल के उसके कार्य के घंटे पूरे हो गए हैं। अब उसे घर को रवाना होना है।

वह बाहर आई...तो उसने देखा बारिश तेज है। वह चुपचाप खड़ी हो गई और बारिश के धीमे होने का इंतजार करने लगी। बारिश की वजह से आसमान में और चारों तरफ कुछ अँधेरा सा लग रहा है।

तभी गौरी की दोस्त 'पिया' उसके बगल में आई और बोली, "यार गौरी... मेरा मन तो कर रहा है, मैं बारिश में मयूर की तरह नाचने लगूँ।"

गौरी यह सुनकर हँसने लगी और बोली, "अच्छा, तो देरी कैसी, फिर पिया जी बारिश के मजे लें।" गौरी के ऐसा कहते ही, पिया बारिश में झूमने लगी और गौरी उसे देखकर ठहाका लगाकर हँसने लगी।

पिया और गौरी, सहकर्मी हैं और दोनों की पहले दिन ही दोस्ती हो गई।

राजमहल में अपने कक्ष की बालकनी में शिवादित्य खड़ा है और बारिश को निहार रहा है। बारिश को देखकर वह अपने ख्यालों की दुनिया में खो सा गया है। वह मन ही मन सोच रहा है, "एक वह बारिश थी, जब मैं उस लड़की से पहली बार मिला। एक वह बारिश थी, जब मैं उससे स्विट्जरलैंड में दूसरी बार मिला, और फिर वह बारिश भी थी और आज ये बारिश है।"

तभी, कहीं से बहती हुई हवाओं ने आ बारिश की बूँदों को उसके चेहरे पर दे मारा और एकाएक उसके अंतर्मन में एक राग सा गूँज उठा और वह स्वतः ही उसे मन ही मन कलमबद्ध कर धीरे से गुनगुनाने लगा...

बारिशें जो यूँ आ आ गयीं, दिल दीवाना होता गया।

तू माने न माने सही, अब ये तेरा हो ही गया।

स्विट्जरलैंड के बाद शिवादित्य, गौरी से फिर मिला। परंतु वह एक अनकही मुलाकात सी थी।

स्विट्जरलैंड से शिवादित्य अपनी बुआ जी के बेटे देवराज से मिलने इटली गया। वहाँ, जब वह खरीदारी कर उस दुकान से निकला तो उसने देखा कि बारिश हो रही है, न बहुत तेज और न बहुत धीमी। जब वह घर से देवराज के कहने पर खरीदारी के लिए निकला था, उस समय मौसम साफ था। यह मौसम उसके दुकान में घुसने के बाद बारिश नुमा हुआ।

एकाएक बारिश तेज हो गई, तभी उसकी दृष्टि सड़क के दूसरी ओर जा रही एक लड़की पर गई। छतरी की वजह से उसका चेहरा नहीं दिख रहा था। कि अचानक उसका ध्यान उस छतरी पर गया और जैसे ही उसकी दृष्टि उस छतरी पर गई, उसका हृदय वहीं थम सा गया।

"यह तो...मेरी वाली छतरी है।", स्वतः ही शिवादित्य के मुख से निकला, और उसे तुरंत ही इस बात का भान हो गया कि यह वही लड़की है।

वह तेजी से सड़क पार करने के लिये हुआ कि तभी वह छतरी वाली लड़की एक टैक्सी में बैठ कर चली गयी। यह देखकर वह अपनी जगह पर उदास मन से खड़ा का खड़ा सा रह गया।

पीछे से देवराज आया और शिवादित्य से बोला, "शिव...छोटे भाई, क्या हुआ? आप ऐसे हैरान क्यों खड़े हैं?"

देवराज ने भी सड़क पर अपनी एक सरसरी नजर दौड़ाई और बोला, "शिव, किसी को आप...ढूंढ़ रहें हैं क्या?"

शिवादित्य बोला, "नहीं भाई साहब, वो बस यूँ ही...।", यह कहकर वह देवराज की तरफ देखकर मुस्कुराने लगा।

देवराज उम्र में शिवादित्य से सात साल बड़े हैं।

देवराज ने कहा, "ठीक है, शिव। चलो, फिर हम चलते हैं।" और वह दोनों वहाँ से चले गए।

वह लड़की वास्तव में गौरी ही थी। गौरी स्विट्जरलैंड के बाद इटली गयी थी, अपनी पाक प्रशिक्षण के लिए। उसे वहाँ रहते हुए दो माह बीत चुके थे। वह उस समय अपने कार्यस्थल से लौट रही थी कि अचानक बारिश आ गई, और सौभाग्यवश छतरी उसके पास ही थी।

वह बारिश में पैदल चलते हुए टैक्सी पकड़ने का ही सोच रही थी कि अचानक उसे टैक्सी मिल गई और वह अपने कमरे की तरफ तेजी से निकल गई। बारिश की वजह से गौरी का ध्यान शिवादित्य पर नहीं गया।

यह शिवादित्य की गौरी से तीसरी अनकही सी मुलाकात थी।

होटल प्रबंधन में स्नातक स्तर पर शिक्षा पूर्ण कर शिवादित्य ने एक वर्ष तक पारिवारिक व्यवसाय को देखा। जब वह गौरी से 'जय महल' होटल, जयपुर में मिला, तब वह स्नातक की शिक्षा पूर्ण कर भारत लौटा ही था।

तदुपरान्त, उसका मन व्यापार प्रबंधन में स्नातकोत्तर की पढ़ाई का किया। इसी विचार के फलस्वरूप वह स्विट्जरलैंड जा पहुँचा। जब वह गौरी से उस बॉलरूम नृत्य में मिला, तब वह अपनी स्नातकोत्तर

की पढ़ाई के आखिरी साल में था और शिक्षा पूर्ण करते ही उसने भारत वापसी की और पुनः पारिवारिक व्यवसाय को देखना आरंभ कर दिया।

आज शिवादित्य इस बारिश को देखकर उन्हीं यादों में डूबा है। कि अचानक उसके कानों में किसी के हँसने की आवाज गई। वह अपनी यादों के समंदर से स्वतः ही बाहर आ गया और बालकनी से हँसी की दिशा में देखने लगा। उसने देखा, दो लड़कियाँ खड़ी हैं।

पिया ने बारिश में झूमते हुए, बारिश की बूँदों को अंजुली में भर गौरी पर मारना आरंभ कर दिया और ठहाका लगाकर हँसने लगी।

"पिया...ये तू क्या कर रही है?", गौरी बोली।

"तुझे बारिश के मजे करा रही हूँ...।", पिया ने मुस्कुराते हुए कहा।

"पिया...बस कर, वरना मैं भी तुझे पानी मारूँगी।", गौरी ने मजाकिया अंदाज में आँखें बड़ी बड़ी कर कहा।

"पर गौरी...मैं तो पानी में ही हूँ, पानी में तो तू नहीं है।", मुस्कुराकर यह कहते हुए पिया ने गौरी को बारिश में खींच लिया।

गौरी ने भी बारिश से भागने का विचार त्याग दिया और पिया पर अंजुली में पानी भर भर कर मारने लगी। दोनों का यह खेल नन्हे बच्चों की तरह चल रहा है और शिवादित्य चुपचाप ऊपर खड़ा यह सबकुछ देख रहा है।

तभी पिया का बड़ा भाई, प्रियांश उसे लेने बाइक पर आ गया और पिया, गौरी को 'बाय' कहते हुए निकल गयी।

गौरी ने मन ही मन सोचा, "अब तो मैं बारिश में पिया के साथ मस्ती करने में खूब भीग ही गयी हूँ। अब भागने या हटने का कोई मतलब नहीं है, गौरी।" यह सोच कर, वह जोर जोर से छोटे बच्चों की तरह गाना गाने लगी और उछल उछल कर नाचने लगी।

सौभाग्य से उसका यह उछल कूद शिवादित्य के अलावा और कोई नहीं देख रहा है। उसी क्षण शिवादित्य ने एक सरसरी नजर चारों तरफ दौड़ाई। परंतु कोई और उस 'मयूर मन नृत्य' वाली बारिश में, गौरी को नाचते नहीं देख रहा था।

शिवादित्य का अंदर से मन किया कि वह भी जाकर, नीचे...उस लड़की के पास चुपचाप खड़ा हो। वह चुपचाप शांत भाव से अपने कमरे से बाहर निकलकर, वहाँ पर पहुँच गया, जहाँ गौरी है...कुछ मिनट पश्चात।

गौरी बारिश में नाचने में लगी है, और शिवादित्य चुपचाप खड़ा मेघों को निहार रहा है। अचानक, गौरी को लगा कोई खड़ा है तो उसने तेजी से पलटकर शिवादित्य की तरफ, उसके चेहरे पर ध्यान से देखा और वह नृत्य करना बंद कर चुपचाप बारिश से बाहर आ...उसी जगह जा खड़ी हो गयी, जहाँ वह पहले खड़ी थी।

जैसे ही गौरी ने नृत्य बंद कर शिवादित्य की तरफ देखा, और उन दोनों की नजरें मिलीं। शिवादित्य को कुछ अजीब सा महसूस हुआ। वह उस क्षण गौरी को नहीं पहचान पाया। परंतु उसे उसके हृदय में यह अनुभूति हुई कि वह उससे शायद पहले भी मिल चुका है। वह चुपचाप उसकी तरफ ही देख रहा है। गौरी को अंदर से कुछ अजीब सा लगा और वह शिवादित्य की तरफ पीठ कर खड़ी हो गई और खड़ी रही।

तभी बारिश कुछ धीमी हो...रिमझिम हो गई, और गौरी लंबे डग धरती हुई आगे बढ़ गई। वह जब अपने घर पहुँची तो उसे ऐसा लगा कि यह वही था जिसने उसे छतरी दी। परंतु उसका चेहरा गौरी के मस्तिष्क में कुछ धुँधला सा हो गया है। किंतु इसका मतलब यह नहीं कि वह उसे पहचान नहीं सकती। उसे लगता है कि वह यही शख्स है। परंतु उसमें उससे पूछने की हिम्मत नहीं है। वह उस छतरी को ध्यान से देख रही है।

"यह वास्तव में एक बहुत खूबसूरत छतरी है।", वह मन ही मन सोच रही है।

गौरी के जाने के बाद...शिवादित्य चुपचाप अपने कमरे में चला गया और जाकर कुर्सी पर बैठ गया। उसने अपनी आँखें बंद कर लीं, जैसे ही उसने अपनी आँखें बंद कीं, उसके सामने वह बारिश वाला दृश्य (...जब उसने गौरी को छतरी दी...) स्वतः ही दौड़ गया। और उस लड़की का चेहरा बिल्कुल वैसा ही था जैसा कि उसने अभी देखा। वह मन ही मन सोचने लगा, "शायद मैं ज्यादा ही उसके बारे में सोच रहा हूँ। मुझे इतना नहीं सोचना चाहिए।"

वह धीरे से उठा, उसने एक पुस्तक ली और पुनः कुर्सी पर बैठ गया और शांत मन से उसे पढ़ने लगा।

अगले दिन वीर साहब, गौरी को अपने साथ लेकर गए। राजमहल में राजपरिवार के कुछ मेहमान आए हुए हैं, और उनका स्वागत सत्कार किया जा रहा है। वीर साहब और उनके सभी सहयोगी खाना लेकर पहुँच चुके हैं। सभी लोग खाने की सुंदर, सुसज्जित मेंज के इर्द गिर्द मौजूद कुर्सियों पर विराजमान हैं। गौरी तेजी से अपना कार्य करने में

व्यस्त है। वह भी खाना परोस रही है। वीर साहब निर्देश देने का कार्य कर रहे हैं। गौरी ने शिवादित्य के सामने खाना परोसा। शिवादित्य की नजर गौरी के चेहरे पर गई और सहसा ही, वह कुछ असहज हुआ, किंतु शीघ्र ही वह संभल गया। गौरी ने जब शिवादित्य को वहाँ बैठा देखा तो वह भी थोड़ी असहज हुई। परंतु फिर वह अपने कार्य पर ध्यान केंद्रित कर तुरंत ही साधारण हो गई। गौरी ने भी उन परोसे गए व्यंजनों में से एक व्यंजन बनाया है। शिवादित्य ने वह ही सबसे पहले खाया। उसे खाते ही उसको मजा आ गया। उसने वीर साहब से कहा, "ये खीर आपने बहुत ही स्वादिष्ट बनाई है, भाटी जी।"

उन्होंने बड़ी सौम्यता से जवाब दिया और कहा, "युवराज, यह खीर हमारी नई सहयोगी, असिस्टेंट शेफ गौरी जी ने बनाई है।"

यह सुनकर शिवादित्य ने गौरी की तरफ देखा और कहा, "खीर आपने अच्छी बनाई है।"

वह धीरे से बोली, "धन्यवाद, सर।" और यह कहकर वह चुप हो गई।

वीर साहब हमेशा ही राजपरिवार का खाना स्वयं नहीं लाते हैं। कभी कभी वह स्वयं आते हैं और कभी वह अपनी टीम के कुछ लोगों को भेज देते हैं। उनकी टीम के लोग राजपरिवार के रसोईघर पर नजर रखते हैं और जरूरत पड़ने पर निर्देश का कार्य करते हैं।

वीर साहब ने गौरी की प्रशंसा सुन यह कार्य का जिम्मा गौरी को देने का मन ही मन निश्चय कर लिया है। गौरी ने मुख्य रूप से होटल में सहायक बावर्ची के लिए आवेदन किया था। परंतु, चूंकि वह वीर साहब के साथ कार्यरत है, इसी वजह से वह होटल के खाने और राजपरिवार के खाने, दोनों से जानकार कराई गई है।

आज गौरी छतरी लेकर आई है। आज भी बारिश हो रही है। उसने अपनी छतरी खोली और अपने कार्य की समाप्ति पर चुपचाप लंबे डग धरती हुई घर को जाने के लिए होटल से जाने लगी।

पीछे से पिया आई और बोली, "...गौरी, मैं तो कल वाली बारिश को याद कर रही हूँ।" इस बात पर गौरी हँसने लगी।

पिया अपने भाई के साथ बाइक पर सवार हो निकल गई। और गौरी चुपचाप पैदल पैदल जाते हुए होटल के प्रांगण से बाहर को बढ़ती गई।

वह बस स्टॉप पर खड़ी बस का इंतजार कर रही है कि अचानक बारिश कल की ही तरह तेज हो गई। गौरी ने आसमान की तरफ देखा, और मुस्कुराने लगी...। उसने आज न भीगने का निश्चय किया है। परंतु बारिश को देखकर उसे पिया की बात याद आ गई और उसका 'मन मयूर सा' नाचने को करने लगा, सो वह छतरी के साथ बारिश में नाचने लगी...।

शिवादित्य की गाड़ी, अचानक ही बस स्टॉप से सात-आठ कदम दूर रुक गई। वह किसी काम से लौट रहा है और घर को जा रहा है। शिवादित्य बार बार गाड़ी को चालू करने का प्रयत्न कर रहा है। परंतु गाड़ी चालू नहीं हो रही है।

आखिरकार, वह शांत होकर सामने बस स्टॉप पर देखने लगा। और उसकी नजर छतरी के साथ नाचती हुई लड़की पर गई। वह मन ही मन सोचने लगा, "लगता इस लड़की को भी बारिश में नाचना पसंद है।"

उसको कल का गौरी का बारिश में नाचना याद है।

तभी, अचानक उसका ध्यान फिर गौरी पर गया और उसने छतरी को ध्यान से देखा। वह तेजी से अपनी गाड़ी से उतरा और बारिश में भीगता हुआ, बस स्टॉप की छत के नीचे जा खड़ा हुआ। और चुपचाप उस नाचती हुई लड़की को देखने लगा।

गौरी वास्तव में बहुत धीमे धीमे उछल रही थी, छतरी के साथ ताकि वह पूरी तरह भीगे भी ना और उसे बारिश का आनंद भी मिलता रहे। वह अपनी छतरी को कभी गोल गोल घूमाती, तो कभी छतरी को खुद को दोनों को गोल गोल घूमाती और कभी छतरी तिरछी, तो कभी वह दोनों तिरछे। उसका यह खेल तमाशा बारिश में जारी है।

तभी गौरी की नजर सहसा ही शिवादित्य पर गई और वह अपना खेलकूद समाप्त कर चुपचाप अच्छे बच्चे की तरह, फिर एक बार बस स्टॉप की छत के नीचे आकर खड़ी हो गई। शिवादित्य और गौरी की नजरें जैसे ही मिलीं। उसको वह लड़की जो बारिश में अँगूठी लेकर दौड़ी थी, एक बार फिर याद आ गई।

शिवादित्य ने आगे बढ़कर गौरी से वह बात पूछनी चाही। वह आगे बढ़ा और उसने कहा, "क्या आप मुझसे पहले भी कहीं मिली हैं?"

गौरी चुपचाप मन ही मन सोच रही है, "क्या बोलूँ?"

फिर वह धीरे से बोली, "...शायद।"

शिवादित्य ने कहा, "आप वही हैं, जिसने बारिश में मेरी अँगूठी मुझे लौटाने के लिए दौड़ लगाई थी...।"

गौरी ने शिवादित्य के चेहरे की तरफ ध्यान से देखा और वह बोली, "हाँ...।"

फिर वह शिवादित्य की तरफ देखते हुए बोली, "यह आपकी छतरी, मैंने बहुत संभाल कर रखी और इसने भी मेरा बहुत ख्याल रखा। अब मुझे ये आपको लौटानी चाहिए। कृपा कर आप, अपनी छतरी ले लीजिये।" यह कहते हुए, उसने छतरी को बंद किया और शिवादित्य की ओर बढ़ा दिया।

शिवादित्य ने गौरी की तरफ ध्यान से देखा और कहा, "अब यह आपकी है। इसे आप ही रखें।"

फिर शिवादित्य से रहा नहीं गया, सो उसने अपने मन की संतुष्टि के लिए कह ही डाला। वह गौरी से बोला, "आप स्विट्जरलैंड में मुझसे मिली थीं...।"

यह सुनकर गौरी चौंक गई। वह मन ही मन सोच ही रही है, "मैं कहाँ मिली थी...? मुझे याद क्यों नहीं आ रहा है...?"

तभी, शिवादित्य बोला, "उस बॉलरूम डांस में, मैंने अपनी दोस्त समयुक्ता समझकर आपको डांस के लिए साथ लिया था...।"

यह सुनते ही गौरी का दिल जोर जोर से धड़कने लगा।

"वैसे, उस दिन बॉलरूम में मेरा आपके साथ व्यवहार सही नहीं था। मेरा मतलब जिस तरह से मैंने आपका हाथ थामा...पकड़ा, हाथ पकड़ा वो सही नहीं था। मैं आपसे अपने उस अजीबोगरीब बर्ताव के लिये क्षमा माँगता हूँ।", शिवादित्य ने गहन शांत भावों से कहा।

"सर, आप क्षमा मत माँगिये। मैं आपसे नाराज नहीं हूँ।", गौरी बोली।

उस दिन, उस तेज बारिश में, जब शिवादित्य ने गौरी को अपनी छतरी से पहचाना तो उसे उसका गौरी के साथ किया हुआ व्यवहार सही नहीं लगा। वास्तव में उसे अपने बर्ताव पर बुरा लगा। उसी दिन, उसने मन ही मन सोचा कि अगर वह छतरी वाली लड़की जो की गौरी थी, पुनः मिली तो वह क्षमा जरूर माँगेगा। आज, वह गौरी से क्षमा प्रार्थना कर मन ही मन काफी खुश है।

फिर वह बोला, "गौरी, वैसे उस दिन जिस तरह से आप भागीं..। मुझे कुछ समझ में नहीं आया। मैंने आपको इस छतरी से पहचाना...।"

गौरी की समझ में ही नहीं आ रहा, 'वह क्या बोले?' उसकी जीभ जम सी गई है।

शिवादित्य उसके चेहरे पर टकटकी बाँधे देख रहा है और उसके उत्तर का इंतजार कर रहा है। गौरी ने धीरे से खुद को हिम्मत देते हुए कहा, "...वो मैं...डर गई थी।"

शिवादित्य बोला, "अच्छा...आप मुझसे डर गयी थीं।"

गौरी ने धीरे से कहा, "...शायद।"

शिवादित्य को मन ही मन बहुत हँसी आ रही है। परंतु वह अपनी हँसी को रोके खड़ा है।

वह बोला, "चलिए, मैं आपको घर छोड़ देता हूँ।"

गौरी बोली, "नहीं सर, वो मैं बस से जाऊँगी।"

शिवादित्य चुपचाप बस स्टॉप पर बैठने वाले स्थान पर बैठ गया। परंतु अगले दस मिनट तक कोई बस नहीं आई। फिर वह गौरी से बोला,

"गौरी, यहाँ इंतजार करने से अच्छा है, मैं आपको घर छोड़ दूँ, चलिए।"
यह कहते हुए वह उठ खड़ा हुआ।

गौरी को समझ नहीं आया तो वह चुपचाप शिवादित्य के पीछे चल
दी। वह दोनों गाड़ी में बैठे हैं और शिवादित्य मन ही मन सोच रहा है,
"अभी गाड़ी चालू नहीं हो रही थी, अब देखता हूँ चालू होती है या नहीं।"

उसने चाबी घुमाई और गाड़ी चालू हो गई।

वह मन ही मन सोचने लगा, "लगता कुछ न कुछ शंभू का ही खेल है।"

वह हल्का मुस्कुराया, और गाड़ी को धीमी गति में ले जाते हुए आगे
बढ़ गया। उसने गौरी को उसके घर छोड़ा, और फिर वह अपने घर
को चला गया।

अध्याय 7

कामिनी का 'सिटी पैलेस' आगमन

कामिनी अपनी बड़ी बेटी 'काम्या' का रिश्ता लेकर जोधपुर राजपरिवार के पास आई हैं।

कामिनी की दोनों बेटियों की पढ़ाई पूरी हो गई है। बड़ी बेटी काम्या ने अपनी व्यापार प्रबंधन की पढ़ाई पूरी कर ली है और छोटी बेटी काव्या ने भी। अब कामिनी अपनी दोनों बेटियों का विवाह बहुत ही संपन्न परिवारों में करना चाहती हैं। जोधपुर का राजपरिवार, उनकी दृष्टि में उनकी बेटियों के लिए उत्तम है, और वह अपनी दोनों पुत्रियों में से एक का विवाह जोधपुर राजघराने में अवश्य ही करना चाहती हैं। शिक्षा, परिवार, उम्र, हर दृष्टिकोण से कामिनी अपनी बेटियों को जोधपुर के राजपरिवार के लिए उत्तम मानती हैं।

कामिनी अपनी दोनों बेटियों के साथ राजमहल में बैठी हैं और राजमाता साहिबा से बातचीत कर रहीं हैं। साथ ही विक्रमादित्य और उनकी बड़ी बहन भी वहीं हैं।

राजमाता साहिबा ने कामिनी से कहा, "हमें बहुत अच्छा लगा, आप रिश्ता लेकर आई हैं। वैसे, हमारे शिव के मन का पता लगाना तो मुश्किल है। क्योंकि हम उनको विवाह के लिए काफी समय से समझा रहे हैं, परंतु वह हैं कि मान ही नहीं रहे हैं। चूंकि आप हमारे यहाँ रिश्ता लेकर आयी हैं, तो हम अपने शिव की और आपकी काम्या की जन्म कुंडलियों का मिलान कर लेते हैं। इससे निर्णय लेना सरल हो जाएगा।"

कामिनी बोली, "राजमाता साहिबा, आपने उत्तम कहा है। मैं आपसे पूरी तरह सहमत हूँ।"

राजमहल से सूचना पाते ही पंडित जी आ पधारे। पंडित जी ने शिवादित्य और काम्या की कुंडलियों का मिलान किया। मिलान पूर्ण कर वह बोले, "राजमाता साहिबा, युवराज के और राजकुमारी के अठारह गुण मिल रहें हैं।"

यह सुनकर कामिनी बोली, "पंडित जी, आप पुनः देखिये, संभवतः कहीं और गुण मिलने की संभावना हो।"

पंडित जी बोले, "देवी, अठारह से ज्यादा गुण मिलने की कोई संभावना नहीं है।"

इस पर कामिनी बोली, "राजमाता साहिबा, आप हमें क्षमा करें। हमारा बहुत मन है कि हमारी एक बेटी की शादी आपके घर में हो। आप बुरा न माने तो काव्या की कुंडली का युवराज की कुंडली से मिलान कर लेते हैं। हो सकता है, काव्या और युवराज के अच्छे गुण मिलें।"

राजमाता साहिबा ने विक्रमादित्य की तरफ देखा। विक्रमादित्य ने अपनी माँ की तरफ शांत भाव में स्वीकृति दी। दरअसल, राजमाता

साहिबा का मन अभी भी बड़ौदा राजपरिवार से रिश्ता जोड़ने का ही है। परंतु शिवादित्य के मना करने की वजह से वह शांत हैं।

पंडित जी ने शिवादित्य और काव्या की कुंडलियों का मिलान किया और मिलान कर वह बोले, "राजमाता साहिबा, युवराज और राजकुमारी के अठाईस गुण मिल रहे हैं और विवाह संभव है।"

यह सुनकर कामिनी मन ही मन खुशी से झूम उठीं।

राजमाता साहिबा ने जब शिवादित्य और समयुक्ता की कुंडलियों का मिलान कराया था, तो पंडित जी ने पच्चीस गुणों के मिलने की बात कही थी और साथ ही अटकलों की बात भी कही थी। यहाँ गुण उससे ज्यादा मिले हैं और सब उत्तम सा प्रतीत हो रहा है।

कामिनी बोली, "राजमाता साहिबा, अब आपका क्या निर्णय है?"

वह बोलीं, "हम शिव से बात करते हैं और उनसे काव्या से मिलने को बोलते हैं। आप निश्चिंत रहें।"

इस बात पर कामिनी मन ही मन पुनः झूम उठी। उसकी दोनों ही बेटियाँ सुंदर हैं। वह सोच रही हैं, "काम्या से ज्यादा काव्या समझदार और होनहार रही है। युवराज मेरी बेटी को बिल्कुल भी मना नहीं कर पाएँगे और ये रिश्ता होकर रहेगा। और मेरी बेटी जोधपुर की युवरानी कहलाएगी।" यह सब सोचकर, वह मन ही मन आनंद के समंदर में गोते लगा रहीं हैं।

राजमाता साहिबा ने शिवादित्य को बुलावा भेजा।

शिवादित्य ने कक्ष में प्रवेश किया। उसका आए हुए अतिथियों से परिचय कराया गया और उसने उनका अभिवादन किया। राजमाता साहिबा ने उसे विवाह प्रस्ताव की बात बताई।

शिवादित्य ने साधारण नजरों से काव्या की तरफ देखा और फिर उसी समय अपनी दादी साहिबा की तरफ देखा और कहा, "दादी माँ, मैं अभी शादी करना नहीं चाहता हूँ। जब मैं शादी करने का निर्णय लूँगा तो सबसे पहले आपको बताऊँगा।"

राजमाता जी बोलीं, "शिव, जहाँ तक हमें याद है, आपने बहुत आनाकानी के बाद समयुक्ता से विवाह के लिए मन बना लिया था, परंतु स्विट्जरलैंड से आने के बाद आपने फिर से न विवाह की बात पकड़ ली है। और फिर से आप वही बात पकड़ कर बैठ गए हैं। आखिरकार ऐसी क्या वजह है? आप हम लोगों को अपने दिल का हाल क्यों नहीं बताना चाह रहे हैं?"

शिवादित्य मन ही मन सोच रहा है, "दादी माँ, मैं आपको कैसे बताऊँ? मुझे स्वयं ही समझ नहीं आ रहा है?"

फिर, विक्रमादित्य बोले, "शिव, क्या बात है, आप बताइए? क्या आप किसी को पसंद करते हैं? अगर ऐसी बात हो तो बता दें। हम सभी उस पर विचार करेंगे।"

शिवादित्य ने अपने पिता साहब की तरफ देखा, फिर दादी साहिबा की तरफ देखा और फिर वह बोला, "मैं आप लोगों को बस इतना कहना चाहता हूँ मुझे थोड़ा वक्त दीजिए, सोचने के लिए। जो भी होगा, जैसा भी होगा, मैं आप लोगों को सबकुछ बता दूँगा।"

सब शिवादित्य के चेहरे की तरफ देख रहें हैं।

राजमाता साहिबा बोलीं, "ठीक है। हमें आपके फैसले से कोई ऐतराज नहीं है। अगर आप चाहें तो काव्या से फिर भी बातचीत कर सकते हैं, मित्रता कर सकते हैं। और जैसा आपको पसंद हो वैसा करें।"

शिवादित्य ने कहा, "ठीक है, दादी माँ।"

फिर उसने सबकी तरफ देखा और कहा, "अभी मुझे काम है, मुझे जाना होगा।"

राजमाता साहिबा बोलीं, "ठीक है, आप जाइये।"

सबको प्रणाम कर शिवादित्य वहाँ से चला गया।

शिवादित्य की इस तरह की प्रतिक्रिया और राजमाता साहिबा का उन्हें समर्थन, कामिनी को बिल्कुल अच्छा नहीं लगा। उसने सामने से कोई प्रतिक्रिया नहीं दिखाई और चेहरे पर वह हल्की मुस्कान बिखेरती रही, परंतु वह मन ही मन कुंठित है। काम्या और काव्या को भी बुरा लग रहा है। काम्या को पहले यह बुरा लगा कि उसकी जन्म कुंडली नहीं मिली, फिर उसकी छोटी बहन की मिली तो शिवादित्य ने ना कर दिया। काव्या को थोड़ा बुरा लगा, ज्यादा नहीं। वह इन बातों को ज्यादा गंभीरता से नहीं लेती है।

राजमाता साहिबा ने कामिनी को भोजन के लिए पूछा और उन्होंने हामी भर दी। वे सब भोजन का आनंद ले रहे हैं। काम्या और काव्या ने खाने की खूब प्रशंसा की। भाग्यवश, आज वीर साहब ने गौरी को सहायक के तौर पर कार्य करने को नहीं भेजा। वरना कामिनी, गौरी की यहाँ मौजूदगी जान लेती।

कामिनी और उसकी बेटियाँ, वापस चम्बा आ गए हैं। काम्या ने कामिनी से बोला, "मॉम, मुझे लगता है। पक्का, युवराज को कोई लड़की पसंद है।"

काव्या बोली, "दीदी, ऐसा भी तो हो सकता है। कि युवराज का अभी सच में शादी का मन हो ही ना। हर किसी को जल्दी शादी करना पसंद नहीं है। कुछ जल्दी शादी करना चाहते हैं, कुछ देर से शादी करना चाहते हैं। सबकी अपनी पसंद है।"

कामिनी बोली, "जो भी हो, हमें तो बिल्कुल अच्छा नहीं लगा। युवराज ने जिस तरह से सीधे सीधे मना कर दिया। कम से कम काव्या से एक बार बात तो कर लेते। बात करने में क्या हो जाता?"

काम्या बोली, "हाँ, मॉम। मॉम, मुझे लगता है वह युवराज बड़ा ही घमंडी और अकड़ू है। तभी उसने झटपट ना कर दी।"

काव्या बोली, "दीदी, आप भी ना। यूँ ही बिना जाने किसी के बारे में ऐसा नहीं कहना चाहिए।"

काम्या आखिरकार चुप हो गई।

'सिटी पैलेस' होटल में एक भव्य विवाहोत्सव का आयोजन हो रहा है। इस विवाह समारोह में कामिनी को भी निमंत्रण आया है। उनको निमंत्रण लड़की वालों की तरफ से मिला है। वह अपनी दोनों बेटियों के साथ 'सिटी पैलेस' होटल पहुँच गयीं हैं।

होटल को शानदार सजाया गया है। विशाल, भव्य 'सिटी पैलेस' की शोभा आभा बहुचर्चित है, और अब वह और बढ़ गई है। विवाह का

माहौल ही पुष्पों की सुगंध से भरा होता है, और मन को तरो ताजा करता है।

होटल के कार्यकत्री अपने कार्य में पूरी तरह से व्यस्त हैं। गौरी भी बहुत व्यस्त है। होटल में सभी मेहमान एकत्रित हो चुके हैं। पूरे रीति-रिवाज से विवाह कार्यक्रम आरंभ हो चुका है। चारों तरफ एक अलग ही छटा नजर आ रही है।

शिवादित्य और उसका परिवार भी विवाह का हिस्सा है। लड़की वाले राजकोट के राजपरिवार से हैं और लड़के वाले जोधपुर के राजपरिवार से हैं। शिवादित्य के परिवार को विवाह का निमंत्रण लड़के के परिवार की तरफ से आया है।

कामिनी और उसकी बेटियों की नजर शिवादित्य पर है। कामिनी ने राजमाता साहिबा और विक्रमादित्य साहब को प्रणाम किया। सभी ने एक दूसरे का अभिवादन किया।

राजमाता जी ने कामिनी से पूछा कि उन्हें किसकी तरफ से आमंत्रण मिला है। तब कामिनी ने उनको बताया कि लड़की वालों की तरफ से, और लड़की के पिता जी और उनके पिता जी चचेरे भाई हैं।

"हम्म।", राजमाता जी ने मुस्कुराते हुए प्रतिक्रिया दी।

राजमाता साहिबा और उनके परिवार के लोगों ने कामिनी से उनके परिवार के संबंध में बहुत ज्यादा प्रश्न शुरू में नहीं किए। इसकी वजह विशेषकर शिवादित्य की विवाह में रुचि का न होना ही थी। कामिनी ने अपने बारे में उन्हें जो कुछ बताया उन्होंने वह चुपचाप सुन लिया। चम्बा राजपरिवार से उनका रिश्ता पहले कभी नहीं जुड़ा, सो उनकी वहाँ

कोई पुरानी रिश्तेदारी नहीं है। परंतु ऐसे मालूमात राजमाता साहिबा को अवश्य ही है।

यदि शिवादित्य विवाह का मन बनाए तो वह और कुछ जानने का मन बनाएँ। परंतु शिवादित्य की अभी ना है।

गौरी इस बात से पूरी तरह अनभिज्ञ है कि उसकी माँ और उसकी बहनें यहाँ 'सिटी पैलेस' होटल में मौजूद हैं। वह कई बार सरपट सामान लेकर निकल गई, परंतु कामिनी का ध्यान शिवादित्य और उसके परिवार पर है। और काम्या और काव्या का ध्यान शिवादित्य पर है। शिवादित्य का ध्यान इनमें से किसी पर नहीं है।

कामिनी ने अपनी नजर चारों ओर दौड़ाई और मन ही मन सोचा, "जल्दी से मेरी बेटी की इस घर में शादी हो जाये।"

तभी अचानक उसकी नजर गौरी पर गई। गौरी सीधा न खड़ी होकर तिरछी खड़ी है, उस कोण से वह साफ साफ नहीं दिख रही है। परंतु फिर भी कामिनी को लगा कि शायद वह उस लड़की को जानती है और उसका चेहरा देखा सा है। किंतु गौरी के तिरछे खड़े होने की वजह से वह बहुत निश्चित नहीं थी और वह लड़की गौरी हो भी सकती है। यह विचार उसके कपोल में आया ही नहीं।

कामिनी को विवाह समारोह में कुछ अपनी पुरानी सहेलियाँ मिल गईं। वह उनसे बातें करने में व्यस्त हो गयी। काम्या भी अपने समान उम्र के लड़के लड़कियों से बात करने लगी। काव्या ने शिवादित्य की नजरों को देखा। जब उसे लगा कि वह उसमें कदापि रुचि नहीं रखता है तो वह चारों तरफ देखने लगी और उसकी नजर एक लड़के पर गई।

उसे देख उसका मन उससे बात करने को किया तो वह चुपचाप धीमे कदमों से उसकी ओर बढ़ गई और उससे जाकर बात करने लगी।

शिवादित्य फ़ोन पर बात करते हुए, एकांत का सहारा लेने समूह वाले विवाह के माहौल से थोड़ा दूर हुआ और अपनी कॉल को चालू रखते हुए, बात करता रहा। तभी उसकी नजर गौरी पर गई।

गौरी के लिए इस तरह के विवाहोत्सव में काम करना नया अनुभव है। वह खासा चौकन्ना होकर काम कर रही है, और उत्साहित भी है।

विवाह समारोह में आए अतिथियों के बच्चे अपनी ही दुनिया के राजा, महाराजा हैं। उनके अपने ही खेल जारी हैं, साथ ही धमाचौकड़ी भी।

गौरी ने जाकर बच्चों को समझाने का प्रयत्न किया की वे पानी से दूर होकर खेलें। परंतु ये खिलाड़ी बच्चे हैं। ये अपने खेल में आनंद मग्न हैं। वे उसकी बात सुनी अनसुनी कर रहे हैं।

शिवादित्य रह रहकर गौरी पर नजर डाल लेता है। कभी उसकी नजर दौड़ती हुई गौरी पर जाती है, तो कभी विवाह में आए अतिथियों पर।

गौरी का समझाना जारी है, कि तभी खेलकूद के शौकीन प्यारे प्यारे बच्चों का हल्का सा धक्का गौरी को लगा। उसका पैर हल्की ग़ीली जमीन पर चला गया और वह लड़खड़ाने लगी। उसके शरीर का संतुलन बिगड़ा और छपाक से वह पानी में जा गिरी। अब वह पानी के अंदर है। अर्थात, स्विमिंग पूल के अंदर है।

यह पूरे खिलाड़ी और थोड़े शरारती बच्चे जो अब तक धमाचौकड़ी के महाराजाधिराज बने थे। अभी बहुत ही सीधे शरीफ बन खड़े हो गए और सभी स्विमिंग पूल के चारों तरफ खड़े हो पानी को निहारने

लगे और आपस में कहने लगे, "अरे...दीदी तो पानी में गिर गयी, अब क्या करें?"

उनमें से एक बालक बोला, "चलो किसी को बुलाकर लाते हैं।"

उधर...शिवादित्य ने फ़ोन पर बात पूरी की और गौरी की तरफ देखा, पर उसे गौरी नहीं दिखी। उसने देखा, बच्चे स्विमिंग पूल को घेरे खड़े हैं। शायद किसी किले की घेराबंदी करने में व्यस्त हैं और पानी की तरफ इशारा कर रहे हैं।

शिवादित्य की तेज बुद्धि ने अनुमान लगाया कि कहीं गौरी पानी में तो नहीं गिर गई। वह तेजी से दौड़ा और स्विमिंग पूल के पास आ खड़ा हुआ और उसकी नजर पानी पर गई। उसके आते ही यह खिलाड़ी बच्चे चिल्लाने लगे, "भईया, दीदी को बचाओ...।"

शिवादित्य एक भी क्षण बिना गंवाये, उन्हीं कपड़ों में पानी में कूद गया और उसने गौरी को पानी से बाहर निकाला। उसके बाद, वह स्विमिंग पूल से बाहर आ गया। वह गौरी से बोला, "आप पानी में कैसे गिर गईं?"

गौरी बोली, "पता नहीं, सर। अचानक से मेरा संतुलन बिगड़ा और मैंने खुद को पानी में पाया।"

तभी, बच्चे बोल पड़े, "भईया...दीदी को हमारा धक्का लगा। आप हमें डाटना मत, हम कहीं और जाकर खेलते हैं।" यह कहते हुए खिलाड़ी बच्चे मस्त हो पानी से दूर खेलने चल पड़े।

शिवादित्य ने गौरी की तरफ देखा और बोला, "आप अपना ख्याल रखिए। अगर आप ऐसे गिरेंगी तो कैसे काम होगा?"

गौरी ने शांत नजरों से शिवादित्य को उत्तर दिया, "जी, सर।" और यह कह वह चली गई।

शिवादित्य चुपचाप अपने वस्त्र बदलने चला गया।

जब शिवादित्य पानी में कूदा...तभी कामिनी की नजर उस पर गई और उन्होंने, उसके बाद के सारे माजरे को देखा। परंतु दूरी की वजह से और उन बच्चों की वजह से, वह गौरी का चेहरा ध्यान से नहीं देख पाई। किंतु फिर भी मन ही मन वह सोचने लगी, "क्या वह लड़की गौरी थी?"

फिर उन्होंने मन ही मन स्वयं से कहा, "नहीं नहीं, वह यहाँ कैसे हो सकती है?" यह सोचकर वह पुनः विवाह का आनंद लेने लगी।

शिवादित्य अपने वस्त्र बदल फिर विवाह कार्यक्रम का हिस्सा बन गया और गौरी भी वस्त्र बदल कार्य में लग गई। शिवादित्य की नजरें, यहीं कहीं गौरी को ढूंढ़ने का प्रयत्न कर ही लेती हैं।

शिवादित्य एक लड़की पर अपनी नजर टिकाए है। यह काम्या देख रही है। परंतु उस लड़की की पीठ है काम्या की तरफ और शिवादित्य उसे पीछे से भी पहचान पा रहा है।

काम्या मन ही मन सोच रही है, "यह युवराज, उस वेटर लड़की की तरफ क्यों देख रहे हैं?"

शिवादित्य अपनी नजरों को कभी एक जगह ज्यादा देर नहीं ठहराता ताकि कोई उसकी नजरों को ना पकड़ पाए। उसको इस बात का भान हो गया है कि वह गौरी को देखकर कुछ अलग ही महसूस कर रहा है।

"जब भीड़ में नजरें, किसी एक को ढूंढ़े, तो कोई तो बात है, वह मोहब्बत भी हो सकती है...।", यह कहते हुए शिवादित्य के बड़े भाई साहब देवराज उसके पीछे से आकर उसके बगल में खड़े हो गए।

फिर वह बोले, "छोटे भाई साहब, आप किसको ढूंढ़ रहें हैं? हमारा मतलब है, आपकी नजरें किसको ढूंढ़ रहीं हैं?"

शिवादित्य शांत रहा और उसने कोई प्रतिक्रिया नहीं की।

देवराज की कही बात, उनकी नानी साहिबा ने सुन ली। परंतु उस क्षण पर उन्होंने ऐसे जाहिर किया की उनका पूरा ध्यान विवाह में आए अतिथियों पर है। पर चुपके से उनका एक कान देवराज और शिवादित्य की बातों में लगा हुआ है।

देवराज ने शिवादित्य को परेशान करने का मन बना कहा, "हम्म...हमें क्यों लग रहा है, आपने इन्हीं नजरों से इटली में भी किसी को ढूंढ़ने का प्रयत्न किया था? सच सच बताएँ, बात क्या है?"

"भाई साहब...कोई बात नहीं है।", शिवादित्य ने कहा।

"कोई तो बात है। आप अपने बड़े भाई को नहीं बताएँगे, शिव।", देवराज बोला।

"भाई साहब, आप मुझे अभी परेशान मत कीजिए। यहाँ बहुत लोग हैं।", शिवादित्य ने कहा।

"तभी तो ज्यादा मजा है। आप निश्चिंत रहें। यहाँ किसी का भी ध्यान आप पर नहीं है, सिर्फ लड़कियों को छोड़कर।", यह कहकर देवराज

ठहाका लगाकर हँसने लगा और उसकी बात पर शिवादित्य भी हँसने लगा। दोनों भाई हँसने लगे।

"शिव, मैं आपसे गंभीर हो पूछ रहा हूँ। क्या कोई लड़की की बात है?", देवराज ने कहा।

"भाई साहब...मुझे सच में नहीं पता, मुझे क्या हो रहा है?", शिवादित्य बोला।

"आप परेशान क्यों हो रहें हैं? आपको मुझसे पूछना चाहिए था। अरे भाई...हम पृथ्वीराज चौहान प्रकार के लोग हैं...संयोगिता के प्रेम में अल्हड़ दीवाने। आप अपने भाई से पूछते, हम बताते आपको।", देवराज ने कहा।

फिर वह आगे बोला, "शिव...मेरे प्यारे छोटे भाई, मैं आपको बताता हूँ, आपको प्रेम हो गया है...हम्म।"

"भाई साहब, आप मुझे परेशान करने की नई नई तरकीबें सोचते रहते हैं, मैं जानता हूँ।", शिवादित्य ने देवराज की तरफ देख शांत भावों से बोला।

"अब मैं क्या करूँ? बाई सा, हमें परेशान करती हैं। अब हम से छोटे आप हैं, तो हम आपको परेशान करते हैं। अब आपको न सताएँ युवराज साहब तो किसको सताएँ, बताइए?", मुस्कुराते हुए देवराज ने कहा।

"भाई साहब, आपने अरेंज मैरिज की है...।", शिवादित्य बोला।

इससे पहले शिवादित्य आगे कुछ कह पाता, देवराज बोला, "छोटे भाई साहब, झूठ है, एकदम झूठ है। आपसे किसने कहा मैंने अरेंज मैरिज की है...मैंने लव मैरिज की है।"

शिवादित्य बोला, "भाई साहब...मैं जानता हूँ, आप सच नहीं बोल रहें हैं? बचपन की तरह आप कोई कहानी बनाकर मुझसे मेरी जाँच पड़ताल करना चाह रहें हैं।"

"नहीं शिव, मैं सच बोल रहा हूँ...।", देवराज बोला।

"आप सच बोल रहें हैं...?", शिवादित्य बोला।

"हाँ छोटे भाई। चलिए, मैं आपको अकेले में सारी बात बताता हूँ, तब आपको मुझ पर विश्वास होगा।", देवराज ने कहा।

दरअसल, देवराज जब विदेश में स्नातकोत्तर कर रहे थे। तब उन्हें एक लड़की पसंद आ गई। देवराज की माता जी और शिवादित्य की बुआ जी यह प्यार, मोहब्बत के खासा खिलाफ हैं। उन्हें राजघरानों की मर्यादा के साथ पारंपरिक विवाह ही पसंद है। उन्होंने अपने दोनों बच्चों को साफ साफ समझा दिया। देवराज की बड़ी बहन ने अपने माता-पिता की पसंद से ही विवाह किया। देवराज का भी यही विचार था, परंतु वह प्यार के चक्कर में पड़ गया। उसने खुद को समझाया की हमारे यहाँ यह सब नहीं होता है, देव खुद पर नियंत्रण करो। परंतु उसका मन नहीं माना तो वह उस लड़की का मित्र बन गया और उसे समझने लगा। जिस लड़की को वह समझने निकला, वह देवराज की तरह एक बड़े राजघराने से नहीं थी, परंतु उसे वह बहुत पसंद थी। ऐसी स्थिति में देवराज ने अपनी नानी जी और दादी जी को अपनी मनःस्थिति के बारे में बताया और उन्होंने उसे सुझाव दिया कि वह उस

लड़की को बोलें, कि वह हमारे यहाँ रिश्ता लेकर आयें और हम बात आगे बढ़ा देंगे। और इस तरह से देवराज की बात आगे बढ़ी। देवराज की माँ साहिबा को शुरू में रिश्ते से ऐतराज था। परंतु जब उन्होंने यह देखा कि कुंडलियाँ बहुत अच्छे से मिल रही हैं और सब शुभ है, तो फिर वह भी मान गयीं।

देवराज की पत्नी साहिबा शेखावत राजपूत परिवार से आती हैं।

शिवादित्य ने यह सब चुपचाप देवराज से सुना और फिर उसने कहा, "भाई साहब...आप सच बोल रहे हैं या फिर मुझे कोई कहानी सुना रहे हैं।"

देवराज बोला, "छोटे भाई साहब...एक एक बात मैंने आपको सच्ची बताई है और आप मुझ पर शक कर रहें हैं...।"

"पर मुझे तो बुआ जी से पता चला की भाभी सा राजघराने से ही हैं...।", शिवादित्य बोला।

देवराज ने कहा, "शिव...आप भी ना। अब बस करें, यह घराना घराना बहुत हो गया। आप तो यह बताएँ मुझे, लड़की कौन है?"

"भाई साहब, हम कुछ और बात करते हैं।", शिवादित्य बोला।

इतने में गौरी उसके सामने से गुजरी और वह उसे देखने लगा। देवराज ने उसकी आँखों को पढ़ लिया और वह कुछ नहीं बोला, खामोश रहा। उसने सोचा, "अभी नहीं, बाद में बोलूँगा...अब।"

विवाह का भव्य कार्यक्रम संपन्न हो गया और सभी मेहमान अपने अपने धाम को प्रस्थान कर गए। जाने से पहले कामिनी और उसकी

बेटियाँ राजमाता साहिबा और विक्रमादित्य से मिलने गए। वहाँ उन्होंने एक बार फिर शिवादित्य और काव्या के रिश्ते पर जोर डाला। परंतु शिवादित्य की प्रतिक्रिया पूर्व सी ही रही। अंत में, सबको प्रणाम कर कामिनी और उसकी बेटियाँ वहाँ से रवाना हो गए।

अब देवराज, शिवादित्य के दिल की गहराई को टटोलना चाहता है और उसमें खलबली मचाना चाहता है, और उसके दिल की बात को जुबां पर लाना चाहता है। देवराज जानता है कि शिवादित्य इतनी जल्दी उसकी तरह अपने हृदय की बात नहीं स्वीकारेगा। परंतु अगर स्वीकार कर गया तो पीछे नहीं हटेगा।

देवराज ने शिवादित्य को कहा, "शिव, मैं सोच रहा हूँ, यहाँ 'सिटी पैलेस' में एक भव्य बॉलरूम डांस का आयोजन कराऊँ। काफी दिन हो गए हैं पुराने दोस्तों से मिले हुए, और कुछ और नए दोस्त भी बनाये। छोटे भाई साहब...आपका क्या ख्याल है?"

"भाई साहब, आप चाहें तो उदयपुर में भी करा सकते हैं। वहाँ सब भी शानदार ही होगा। यहाँ जोधपुर से अच्छा है तो आप उदयपुर में कराएँ।", शिवादित्य बोला।

"छोटे भाई...हम तो यहाँ जोधपुर में कराएँगे, अपने मामा सा के घर में। आपको क्या समस्या है?", देवराज ने शिवादित्य को छेड़ते हुए कहा।

"नहीं, मैं बस यूँ ही कह रहा हूँ...।", शिवादित्य बोला।

उसकी बात को बीच में ही काटकर और सुना अनसुना कर देवराज बोला, "अच्छा...मैं तो यहीं कराऊँगा। जा रहा हूँ, मैं मामा सा से बात करने।" यह कहते हुए देवराज अपने मामा साहब के पास चला गया।

शिवादित्य मन ही मन सोच रहा है, "ये भाई साहब के दिमाग में क्या खिचड़ी पक रही है? आज से पहले तो भाई साहब ने ये बॉलरूम डांस की बात तो कभी नहीं की। हमेशा मुझसे कहते रहें हैं, 'मैं राजपूत परंपराओं में विश्वास करता हूँ, इन्हीं का पालन करना मुझे पसंद है'। और यह क्या करने की कोशिश कर रहे हैं?" यह सब सोचता हुआ शिवादित्य धीमे कदमों से अपने ऑफिस की तरफ चला गया।

देवराज अपने मामा साहब के पास जा पहुँचा और उसने उनको बॉलरूम नृत्य वाली बात बताई और उसके आयोजन के लिए उनसे सहमति माँगी।

विक्रमादित्य ने देवराज से कहा, "देव, इसके लिए आपको हमसे इजाजत लेने की क्या आवश्यकता है? आप शिव से बात कर लेते और फिर यह आपका घर है।"

"मामा सा, अब मैं आपको क्या बताऊँ? ये शिव दिन प्रतिदिन भिक्षु प्रवृत्ति की ओर बढ़ रहा है। आपको याद है जब छोटा था तो मुझसे हमेशा कहता था, 'भाई साहब चलो कहीं घूमने चलते हैं'। और अब, जब मैं बोलता हूँ तो मना करने लगता है। कहता है, 'भाई साहब घर पर रहते हैं'। मामा सा, मुझे लगता है कोई न कोई तो बात है...।", देवराज बोला।

"अच्छा, ठीक है। जैसा आपको ठीक लगे, आप वैसा करें।", विक्रमादित्य ने मुस्कुराते हुए कहा।

देवराज के कक्ष से जाते ही उन्होंने एक गहरी साँस ली। और उन्हें वह दृश्य तुरंत ही याद हो आया। उस दिन, जिस दिन गौरी छतरी के साथ बस स्टॉप पर उछल कूद कर रही थी बारिश में, उसी दिन विक्रमादित्य

की गाड़ी भी उसी मार्ग से गुजरी थी, शिवादित्य की गाड़ी के गुजरने से पूर्व, और वह एक ही दृष्टि में उस छतरी को पहचान गए। और वह उसे क्यों न पहचान पाते?

उनकी गाड़ी बिना रुके ही आगे बढ़ गई।

उस दिन का स्मरण कर वह चुपचाप शांत मन से धीरे से उठे और चुपचाप जा खड़े हो गये।

वह शांत खड़े उस तस्वीर को, जो बड़ी सी तस्वीर दीवार पर लगी है, उसे निहार रहे हैं। एकाएक उनके हृदय की चाप साधारण से तेज हो गई, और वह बिल्कुल वैसी है जैसी की वह उस दिन थी, जब उनकी नजर पहली बार शिवांगिनी पर पड़ी थी। उन्होंने धीरे से अपने सीधे हाथ को अपने हृदय पर रखा और आँख बंद कर उस चाप को महसूस किया...और कुछ क्षणों के लिये वह एक पुरानी स्मृति में चले गए...

शिवांगिनी अपनी प्यारी छतरी के साथ खड़ी है और आसमान को निहार रही है। ऐसा लगता है मानो किसी की प्रतीक्षा में हो।

"वैसे मैं देख रहा हूँ, जब से आप यहाँ आयीं हैं, बारिश कुछ साधारण से ज्यादा ही हो रही है।", विक्रमादित्य ने कहा। वह आहिस्ता से आ शिवांगिनी के बगल में खड़ा हो गया, पर शिवांगिनी मेघों को निहारने में यूँ मशगूल थी कि वह जान ही नहीं पाई।

उसने एकाएक विक्रमादित्य के चेहरे पर दृष्टि डाली। वह मुस्कुराते हुये बोली, "सच में...।"

"हम्म...। कहीं इसमें आपका हाथ तो नहीं...?", विक्रमादित्य ने मुस्कान के साथ कहा।

"...हो भी सकता है।", मुस्कुराते हुये वह बोली। और वह दोनों हँसने लगे।

"लगता है, इन बरसते हुये मेघों से आप मुझसे भी ज्यादा प्रेम करती हैं।", विक्रमादित्य बोला।

"नहीं...मैं सबसे प्रेम करती हूँ। आपसे भी, इन मेघों से भी।", शिवांगिनी ने कहा।

"हम्म...।", विक्रमादित्य की प्रतिक्रिया।

तभी, एकाएक बारिश प्रारंभ हो गई।

"लगता है, आज आपने फिर महादेव से प्रार्थना की है, और महादेव ने पुनः आपकी प्रार्थना स्वीकार कर ली है...।", मुस्कान के साथ विक्रमादित्य ने कहा।

"...महादेव तो ऐसे ही हैं। वह सबको बहुत चाहते हैं और सब उन्हें बहुत चाहते हैं, और सहज ही प्रार्थनाएँ स्वीकार कर लेते हैं। ऐसा कोई कहाँ ही है, अगर है तो शिव ही है।", मुस्कान के साथ शिवांगिनी बोली।

"हम्म...चलिये, अब हम अंदर चलें।", विक्रमादित्य ने कहा।

"हाँ...।", शिवांगिनी बोली।

(...स्मृति से बाहर आते हुये)

विक्रमादित्य ने धीरे से आँखें खोलीं, उनकी आँखें खुलते ही अश्रु तेजी से बह चले। उनके हृदय की चाप अपने वेग में है, उन्होंने शिवांगिनी

की तस्वीर को कुछ क्षण निहारा फिर चुपचाप हाथ को हृदय से हटा, अश्रु पोंछ वह अपनी जगह पर जा बैठे...।

कहते हैं, कहीं कोई प्रेम के लिये मौन हो बैठा और कहीं कोई प्रेम के लिये मौन तोड़ बैठा, प्रेम ऐसा ही है।

बॉलरूम नृत्य की पूरी तैयारी हो गई है। आज बॉलरूम नृत्य का आयोजन होने वाला है। देवराज की पत्नी 'शर्वरी' भी यहीं, जोधपुर, उदयपुर से आ गई है।

देवराज ने गौरी के बारे में जानकारी होटल के मानव संसाधन विभाग से प्राप्त कर ली। अब देवराज मन ही मन गौरी को बॉलरूम नृत्य में लाना चाहता है, पर सोच रहा है, "कैसे लाऊँ?"

वह गौरी के पास गया। अब गौरी इस बात से भलीभाँति परिचित है कि देवराज, शिवादित्य के बड़े भाई साहब हैं और साथ ही उदयपुर के पूर्व राजघराने के युवराज भी हैं।

देवराज ने गौरी से कहा, "गौरी, रुकिए मुझे आपसे कुछ बात करनी है।"

गौरी रुक गई और बोली, "जी सर, बताइए।"

"गौरी, आज यहाँ 'सिटी पैलेस' में बॉलरूम नृत्य होने वाला है, आपको इसकी पूरी मालूमात है।", देवराज बोला।

"जी सर, मुझे पूरी जानकारी है।", गौरी ने कहा।

"हम्म...ठीक है। ये ड्रैस शिवादित्य ने आपके लिए भेजी है। उन्होंने मुझसे कहा, कि आपको दे दूँ और उन्होंने मुझसे ये भी कहा कि आपको जरूर आना है...और कुछ ऐसा भी कह रहे थे कि उन्हें आपसे

कुछ जरूरी बात करनी है। अब मुझे ज्यादा कुछ नहीं पता, बस इतना ही।", यह कहते हुए देवराज ने कपड़े वाला थैला गौरी की तरफ बढ़ा दिया।

गौरी, देवराज की बात को सुनकर मन ही मन अचंभित है और सोच रही है, "ये आखिरकार हो क्या रहा है? शिव सर मुझे क्यों आमंत्रित कर रहें हैं?"

गौरी को सोच में पड़ा देख देवराज बोला, "आप इतना मत सोचिए गौरी, ये कैरी बैग ले लीजिए।"

गौरी ने चुपचाप देवराज से वह थैला ले लिया। उसने सोचा, 'वह शिवादित्य से ही पूछ लेगी।'

देवराज, गौरी को कपड़े वाला थैला देते ही मन ही मन मुस्कुराता हुआ अपनी पत्नी के पास जा पहुँचा।

उसने देवराज से पूछा, "देव, आप बहुत खुश लग रहें हैं, कोई बात? मुझे भी बताइए ना।"

"मेरी हृदय प्रिया, अब मैं आपको क्या ही बताऊँ? सोच रहा हूँ सारी कहानी बाद में ही बताऊँ।", देवराज ने धीरे से मुस्कुराते हुए कहा।

"बाद में...क्या बाद में? नहीं, मुझे तो अभी सुनना है, सुनाओ।", देवराज की पत्नी शर्वरी ने कहा।

"अरे मेरी हृदय प्रिया...अच्छा ठीक है संक्षेप में सुनो। शिव को ना... प्रेम हो गया है और वह है कि मानना ही नहीं चाह रहा है, सो मैंने ये

बॉलरूम डांस सिर्फ और सिर्फ हमारे छोटे भाई साहब के लिए कराया है।", मुस्कुराते हुए देवराज ने आहिस्ता से शर्वरी को बताया।

"देव, मुझे पता नहीं था, आप जोड़ी बनाने वाले भी हैं...।", यह कहकर शर्वरी हँसने लगी और देवराज भी हँसने लगा। उसने हँसते हुए धीरे से शर्वरी को अपने गले से लगा लिया।

गौरी ने घर पहुँच कर उस थैले को जाँचा तो उसमें एक बहुत सुंदर सफेद रंग की पोशाक और उससे मिलते हुए बहुत सुंदर जूते पाए। उन्हें देखकर गौरी मन ही मन सोचने लगी, "शिव सर ने कुछ ज्यादा ही महँगे कपड़े भेजे हैं। पर उन्होंने मुझे क्यों बुलाया है? चलो छोड़ो।"

फिर उसने निमंत्रण पत्र देखा, उस पर रात के नौ बजे का समय लिखा है।

गौरी स्वयं से कह रही है, "ये तो मेरे सोने का समय है और ये शिव सर मुझे बॉलरूम डांस में बुलाना चाहते हैं। चलो ठीक है। दस से पंद्रह मिनट में वापस आ जाऊँगी, कोई बात नहीं। अगर नहीं गयी और सर नाराज हो गए तो मैं ये नौकरी इतनी जल्दी नहीं छोड़ना चाहती हूँ।"

जब गौरी 'चंद्रमहल' से चुपचाप निकल गयी थी, तो एक दिन गौरी की दादी साहिबा ने कामिनी को फ़ोन कर गौरी के हालचाल पूछे। उस समय, कामिनी ने अपनी सासू माँ साहिबा से कहा, "आप परेशान न हों, वह एकदम ठीक हैं और इस समय वह इटली में हैं, पढ़ाई के लिए हमने भेजा है।" यह सुनकर दादी साहिबा मन ही मन खुश हुईं।

उन्हें लगा गौरी एकदम ठीक है। उन्होंने कामिनी से कहा, "जब वह घर आयें तो हमारी उनसे बात कराइयेगा। हम उनसे बात करना चाहते हैं, हमें उनकी बहुत याद आ रही है।"

कामिनी ने उनसे कहा, "ठीक है, आप निश्चिंत रहिये। हम आपकी उनसे बात करा देंगे।"

गौरी को घर से गए पूरा एक साल हो चुका था, उस समय। कामिनी ने मन ही मन सोचा, "वह लड़की कहाँ है मुझे नहीं पता है और न ही मैं जानना चाहती हूँ। वह कभी यहाँ लौट कर ना आए, मैं तो यही चाहती हूँ।"

गौरी ने वह पोशाक पहन ली। अब वह तैयार है, जाने के लिए। वह बहुत खूबसूरत लग रही है। उसकी खूबसूरती उस खूबसूरत पोशाक के साथ और निखर रही है। तभी गौरी पूरी तरह तैयार हो बाहर निकली। जैसे ही वह बाहर आई उसकी नजर आसमान पर गई और कुछ क्षण में ही रिमझिम बारिश शुरू हो गई।

गौरी उलटे कदमों से कमरे में गई और छतरी ले आई, और छतरी के साथ निकल पड़ी। उसने ऑटो लिया और वह 'सिटी पैलेस' पहुँच गई। अभी भी रिमझिम बारिश हो रही है।

गौरी ऑटो से उतरी, उसने छतरी को बंद किया...और अंदर चली गई। उस विशाल कक्ष में घुसते हुए उसे स्विट्जरलैंड वाला विशाल कक्ष याद आ गया। उसे एक मुखौटा दिया गया। उसने वह चुपचाप लगा लिया।

उस नृत्य कक्ष में, बहुत से नृत्य कर रहे हैं। गौरी चुपचाप खड़ी है, और उसकी नजरें शिवादित्य को ढूंढ़ रही हैं पर वह उसे नजर नहीं

आ रहा है। आखिरकार शिवादित्य भी आ गया। वह गौरी के आने के बाद आया और चुपचाप एक तरफ खड़ा हो गया।

देवराज उसके पास गए और बोले, "आप यहाँ अकेले खड़ें हैं? सच सच बताएँ, किसी खास को कहीं ढूंढ़ तो नहीं रहें हैं।"

शिवादित्य ने देवराज की तरफ खामोश नजर से देखा।

देवराज ने झट से कहा, "अच्छा...हाँ, वो सफेद ड्रेस वाली लड़की, हाँ वो रही, आपकी सिंडरेला। जाइए, आप उसके पास जाइए।"

"भाई साहब, आप कभी नहीं सुधरेंगे। मेरी कोई सिंडरेला नहीं है और मैं कोई प्रिंस नहीं हूँ। मैं शिवादित्य हूँ।", शिवादित्य बोला।

"हम्म, छोटे भाई साहब, जरा उधर देखिए।", देवराज ने कहा।

इतने में गौरी खुद शिवादित्य के पास आ गई और उसकी तरफ देखने लगी। शिवादित्य ने गौरी की तरफ देखा, वह उसे उसकी नजरों से ही पहचान गया। उसने तेजी से अपने भाई देवराज की तरफ देखा और फिर गौरी की तरफ।

"छोटे भाई साहब, आप देख क्या रहें हैं? जाइए, जाकर डांस कीजिए।" यह कहकर देवराज ने शिवादित्य के हाथ में गौरी का हाथ थमा दिया और स्वयं शर्वरी के साथ नृत्य करने चला गया।

शिवादित्य और गौरी चुपचाप नृत्य करने लगे। कुछ क्षण बाद गौरी ने शिवादित्य से कहा, "सर, आपको मुझसे कुछ बात करनी थी।"

शिवादित्य ने गौरी की तरफ देखा और कहा, "बात? कैसी बात? मुझे आपसे बात करनी है, ऐसा किसने कहा आपसे?"

"देवराज सर ने। उन्होंने मुझे आज शाम को ये पोशाक दी और कहा कि आपने उन्हें मुझे देने को दी, और आप मुझसे कुछ बात करना चाहते हैं।", गौरी शांत भाव में बोली।

शिवादित्य ने गौरी की तरफ ऐसे देखा जैसे कि वह सब समझ गया है। वह सोचने लगा, "...तो यह सब खेल भाई साहब का है। हम्म।"

पर उसने कुछ नहीं कहा, गौरी से। वह मौन रहा।

जब शिवादित्य, गौरी के पूछने पर कुछ नहीं बोला, तब गौरी को थोड़ा अजीब लगा। वह मन ही मन सोचने लगी, "ये आखिरकार हो क्या रहा है? शिव सर को अगर बात नहीं करनी है तो फिर...कहीं देवराज सर ने झूठ तो नहीं बोला।"

गौरी ने मन ही मन खुद से कहा, "गौरी...ज्यादा मत सोच। हम दस मिनट के लिए आए थे, चल अब चला जाए।"

गौरी ने शिवादित्य से कहा, "सर, मुझे अब घर जाना है।" यह कहते हुए गौरी ने शिवादित्य के हाथों से अपने हाथों को जुदा कर दिया।

और वह तुरंत पलट कर बाहर की ओर जाने वाली दिशा की ओर लंबे डग से चल दी। वह जब बाहर आई तो रिमझिम बारिश हो रही है। उसके पीछे ही शिवादित्य भी लंबे डग धरता हुआ आ गया और आकर चुपचाप खड़ा हो गया। गौरी आकाश की ओर देख रही है, और मन ही मन देवी माँ को याद कर उन्हें प्रणाम कर रही है। उसने धीरे से अपनी छतरी उठाई।

पीछे से शिवादित्य ने कहा, "बारिश.....।"

सहसा गौरी पीछे मुड़ी और उसने शिवादित्य के चेहरे पर देखा।

शिवादित्य कहता गया, "...आपका और बारिश का लगता कोई संयोग है। जब भी आप मुझे मिलती हैं। वहाँ बारिश जरूर होती है। उस दिन जयपुर में, स्विट्जरलैंड में, इटली में और फिर यहाँ जोधपुर और...मेरी आपसे हर मुलाकात में बारिश जरूर होती है।"

गौरी शांत भाव से उसकी बातें सुनती रही...।

वह आगे बोला, ".....ऐसा क्यों है?"

गौरी ने अपनी आँखों को नन्हे शिशु के समान कर कहा, "सर, मुझे नहीं पता। पर सर, इटली में आप मुझसे कब मिले?"

"वो...एक दिन मैंने स्टोर से निकलने पर आपको देखा था, सड़क के दूसरी तरफ। और आप अचानक कैब लेकर चली गयीं? उस दिन भी बारिश हो रही थी, मैंने आपको छतरी से पहचाना।", शिवादित्य बोला।

गौरी कुछ क्षण मौन रही। फिर उसने कहा, "पापा ने मुझसे एक बार कहा था, 'गौरी जब आप पैदा हुई थीं तब उस दिन बारिश शुरू हो गई थी और पूरा दिन बारिश होती रही थी'।"

इस बात को सुनकर शिवादित्य, गौरी को देखकर एक अजीब सी सोच में पड़ गया और फिर वह बोला, "दादी माँ ने, नानी माँ ने, भी मुझसे कई बार ये बात कही है, 'शिव जिस दिन आप पैदा हुए थे उस दिन सुबह ही बारिश शुरू हो गई और पूरा दिन बारिश हुई'। और मौसम गणना में वह दिन बारिश का नहीं था। उस दिन पूरी तरह सूर्यदेव की किरणें थीं, परंतु फिर भी पूरे दिन बारिश हुई।"

शिवादित्य की यह बात सुन गौरी चुप रही और मन ही मन सोचने लगी, "इसका क्या मतलब है?"

फिर शिवादित्य ने गौरी से कहा, "मैं आपको घर छोड़ देता हूँ। बारिश भी हो रही है, यह ज्यादा बेहतर है।"

गौरी ने कहा, "ठीक है, सर।"

वह शिवादित्य की गाड़ी में बैठ गई और शिवादित्य ने गौरी को उसके घर पर छोड़ दिया।

घर पहुँचकर, गौरी ने शिवादित्य की बात को पुनः सोचा। वह सोचने लगी, "यह कोई इत्तेफाक नहीं है कि दो लोग जो बारिश के दिन पैदा होते हैं। नहीं नहीं गौरी, जिनके पैदा होने वाले दिन बारिश होती है और वह भी खुले मौसम में और वह बारिश में एक दूसरे से बार बार मिलते हैं। यह कोई इत्तेफाक नहीं हो सकता।"

इस तरह की बातें सोचने में गौरी मशगूल है। तभी शिक्षा का फ़ोन आ गया और वह दोनों बातें करने लगे। गौरी ने शिक्षा को सारी बात कह सुनायी। शिक्षा को सुनते ही मजा आ गया। और वह बोली, "अरे दोस्त...तूने क्या मस्त बात बतायी है? अब मैं तुझे सारी बात बताती हूँ। ये लड़का न, तेरा वो...प्रिंस है और तुम दोनों की नियति जुड़ी है।"

"मतलब...तू कह क्या रही है, शिक्षा?", गौरी ने कहा।

"सही बोल रही हूँ। कभी अपनी दोस्त को गंभीरता से भी ले लिया कर।", शिक्षा ने कहा।

"अच्छा, ये सब उन...टर्किश ड्रामा का प्रभाव है ना।", गौरी बोली।

"पगली...कोरिअन ड्रामा। ये टर्किश ड्रामा वाले तो 'सेपरेशन टाइप' हैं... आखिर में अलग कर देते हैं, और कोरिअन वाले...अये हये 'डेस्टिनी, सोलमेट टाइप' हैं...मेरा दिल खुश कर देते हैं।", शिक्षा बड़ा ही भावुक हो बोली।

गौरी ने कहा, "बस बस...तू वापस आ जा। अब मुझसे बात कर, ड्रामा में मत रह जाना।"

"अच्छा गौरी, मुझे तो लगता है हमारे प्रिंस को सिंडरेला से प्यार हो गया, पर बेचारा जान नहीं पा रहा है।", शिक्षा ने कहा।

"हे देवी माँ। शिक्षा, तू प्रिंस और सिंडरेला वाली थ्योरी को छोड़कर कुछ मेरी बात भी कर ले।", गौरी ने कहा।

"तेरी ही तो बात कर रही हूँ, दोस्त। इस दृश्य में तो, तू ही सिंडरेला है।", शिक्षा ने कहा।

"अच्छा...।", गौरी बोली।

"और क्या.....।", शिक्षा ने कहा।

"अच्छा ठीक है, कोई और बात करते हैं। आंटी-अंकल जी कैसे हैं?", गौरी ने शिक्षा से पूछा।

"मम्मी-डैडी पूरी तरह से बहुत बढ़िया हैं...।", शिक्षा बोली।

"और भाई...छोटा भाई कैसा है?", गौरी ने फिर तुरंत पूछा।

"वो भी बहुत बढ़िया है...सब बहुत बढ़िया है। अच्छा गौरी, मैं तो कहूँगी तू इस प्रिंस से बात करने लग और पता कर सच में प्यार व्यार है या फिर कुछ नहीं।", शिक्षा ने कहा।

"शिक्षा, मैं ऐसा कुछ नहीं करूँगी और आप, शिक्षा जाकर सो जाइये और हमें भी सोने दीजिये।", गौरी ने कहा।

"अरे गौरी...इतनी अच्छी मसालेदार बात हो रही है और तुम फ़ोन काटना चाहती हो।", शिक्षा बोली।

"तुझे कल ऑफिस नहीं जाना है...।", गौरी बोली।

"जाना है दोस्त...।", शिक्षा ने कहा।

"तो जा, सो जा।", गौरी बोली।

"...ठीक है, शुभरात्री।", शिक्षा बोली।

"शुभरात्री शिक्षा, मेरी प्यारी दोस्त अपना ख्याल रखना।", गौरी बोली।

"तू भी, मेरी प्यारी सिंडरेला दोस्त।", शिक्षा ने कहा और यह कहकर वह ठहाका लगाकर हँस पड़ी।

वह दोनो हँसने लगे। वार्तालाप समाप्त कर दोनों ने अपने फ़ोन पर कॉल को समाप्त कर दिया।

अध्याय 8

शिवांगिनी...और विक्रमादित्य

शिवादित्य की दादी साहिबा ने देवराज और उसकी बातों को धीरे से कान लगाकर सुन लिया था, वे दोनों जो भी बात कर रहे थे। देवराज, शिवादित्य को जो कहकर छेड़ रहा था, उस पर दादी जी का पूरा कान लगा हुआ था, उस विवाहोत्सव वाले दिन।

बॉलरूम नृत्य के अगले दिन, राजमाता साहिबा ने शिवादित्य को बहुत प्यार से अपने पास बुलाया और उसे अपने बगल में बिठाया और उससे कहा, "बेटे शिव, हमें सच सच बताइये, क्या कोई लड़की है? जो आपको पसंद है पर आप कह नहीं पा रहे हैं, किसी वजह से। दरअसल, हमने आपकी और देवराज की बातों पर अपना कान लगाया था। आप नाराज मत होइएगा और हमारी ऐसी आदत भी नहीं है। पर हमारा लाड़ला पोता अपने मन की बात किसी से साझा ही नहीं कर रहा है। हम क्या करें, बताइए...?"

शिवादित्य शांत भाव में मुस्कुराते हुए और अपनी दादी साहिबा की तरफ प्यारी प्यारी आँखों से देखते हुए बोला, "दादी माँ, आप मुझे ये

बताएँ, देव भाई साहब और भाभी सा के बारे में आपको पहले से पता था...मेरा मतलब काफी पहले से।"

दादी साहिबा मुस्कुराईं और उन्होंने अपनी चोरी पकड़े जाने के अंदाज में शिवादित्य की तरफ देखा और वह बोलीं, "हम दादी भी हैं, और नानी भी हैं। हमें तो वैसे भी पता होना चाहिए।"

यह सुनकर शिवादित्य को जोर की हँसी आ गई। और वह दोनों हँसने लगे।

दादी साहिबा ने शिवादित्य से कहा, "शिव, अगर आप हमें नहीं बताना चाहते तो कोई बात नहीं। परंतु अपने हृदय को, मन को कुंठित करने में कोई लाभ नहीं है। यदि प्रेम है, तो अच्छा है और नहीं है, तो भी अच्छा है। परंतु यह जानना भी आवश्यक है, कि प्रेम वास्तव में है या नहीं। यदि आप अपने हृदय को मजबूत कर किसी को भुला सकें तो अच्छा है और यदि न भुला सकें तो भी अच्छा है। जरूरी यह है कि आप हृदय से खुश रहें। जिस शिव को हम जानते हैं, वह सहज है, स्वच्छंद है, साहसी है। वह हृदय से हँसता है, हमेशा मुस्कुराता है, और आप...कुछ सालों से चुप, खामोश, सतही मुस्कान बिखेर रहे हैं। यह सतही मुस्कान छोड़ दीजिये, या तो अपने प्रेम के साथ मुस्कुराइए या बिना प्रेम के। चूंकि हम आपको हमेशा हृदय से मुस्कुराते देखना ही चाहते हैं। और ये जमाने की परवाह आप तो न ही करें, वो हमारे जमाने तक ही ठीक थी।"

शिवादित्य धीरे से दादी जी के गले लग गया और बोला, "ठीक है, दादी माँ। आप जैसा कह रही हैं, मैं वैसा ही करूँगा।"

दादी जी ने भी उसे धीरे से अपने गले लगा लिया।

राजमाता साहिबा को अपने बेटे विक्रमादित्य की याद आ गई और वह उसी क्षण कुछ पुरानी यादों में चली गयीं...

जब विक्रमादित्य बाईस वर्ष के थे तब एक विवाह समारोह में उन्हें पहली दृष्टि में एक लड़की से प्रेम हो गया। और उस लड़की को विक्रमादित्य से प्रेम हो गया। वह लड़की अचानक से उस विवाह समारोह से ओझल हो गयी। उसके पश्चात, घर आने पर विक्रमादित्य उदास हो गए और उदास से रहने लगे। तब उनकी माँ ने उनसे पूछा, "आप उदास क्यों हैं, बेटे? हमें बताएँ, क्या बात है?"

परंतु विक्रमादित्य अपने मन की बात किसी से भी साझा नहीं कर रहे थे। फिर एक दिन कहीं से उनके लिए रिश्ता आया, जब उन्होंने तस्वीर देखी तो वह चौंक गए, वह वही लड़की थी जिसे उन्होंने उस विवाह समारोह में देखा था। जब विक्रमादित्य और उस लड़की की कुंडलियों को मिलाया गया तो पंडित जी ने कहा, "महारानी, इस विवाह को नहीं कराना चाहिए।"

विक्रमादित्य की माँ साहिबा ने उनसे पूछा, "क्यों पंडित जी, ऐसी क्या वजह है?"

वे बोले, "महारानी, इन दोनों में से किसी एक की मृत्यु निश्चित है यदि इन दोनों का विवाह कराया गया तो, और ऐसा भी हो सकता है कि ये दोनों ही मर जायें। इनके बीच में प्रेम तो अनंत संभव है, परंतु एक साथ जीवनसंगी बन जीवन व्यतीत करना नहीं। ऐसी परिस्थिति में इस विवाह को नहीं कराना चाहिए।"

पंडित जी की इस बात को सुनकर विक्रमादित्य की माँ साहिबा ने इस विवाह से मना कर दिया और उस लड़की के पिता जी ने भी। परंतु

विक्रमादित्य सिर्फ उसी से शादी करना चाहते थे। और वह लड़की सिर्फ विक्रमादित्य से शादी करना चाहती थी। विक्रमादित्य तो मौन रहकर, मन ही मन उदास रहने लगे और विवाह के ख्याल से दूर होने लगे। उधर, वह लड़की इस बात पर डट गई कि अगर वह विवाह करेगी तो विक्रमादित्य से ही वरना नहीं।

उस लड़की के पिता, सूर्यभान साहब ने उससे कहा, "आप शिवा, जिद मत पकड़िए। उस विवाह का क्या फायदा जिसमें आप या आपके पति जीवित न रहें?"

उनकी पुत्री जिसे प्रेम से सब 'शिवा' कहते हैं, शिवांगिनी ने कहा, "पापा, विवाह प्रेम के लिए किया जाता है, फायदे के लिए नहीं।"

"आप ऐसी बातें मत करिये। आप उन्हें भूल जाइये। हम आपके लिए बहुत अच्छा जीवनसंगी ढूंढ़ेंगे। आप निश्चिंत रहें।", सूर्यभान साहब बोले।

शिवांगिनी ने कहा, "पापा, मुझे इस बात से कोई फर्क नहीं पड़ता कि मैं उनके साथ एक क्षण जीवन व्यतीत करती हूँ, या फिर सौ वर्ष। मेरे लिए समय की अवधि नहीं, सिर्फ प्रेम ही काफी है। वैसे भी आज नहीं तो कल हम सभी को जाना है। बच्चा माँ के गर्भ में मृत्यु को प्राप्त हो जाता है...वह दोनों मृत्यु को प्राप्त हो जाते हैं। एक माँ अपनी इक्कीस वर्ष की संतान को खो देती है, तो कोई संतान अपनी माँ को...। आप, हम सब इस बात से परिचित हैं कि देहधारियों को आज नहीं तो कल जाना ही है। फिर मौत का भय कैसा?"

"शिवा, आप ऐसी फिजूल की बहकी बहकी बातें मत करें।", सूर्यभान साहब ने कहा।

उन्होंने अपनी पत्नी, चंद्रिका साहिबा की ओर देखा और उनसे कहा, "आप शिवा को समझाएँ। इस तरह की बातें अच्छी नहीं लगती हैं।"

सूर्यभान साहब अपनी बेटी को बहुत चाहते हैं। उनके तीन पुत्रों के बाद एक पुत्री हुई। वह हमेशा चाहते थे कि उनके बेटियाँ हों। वह पुत्रियों को देवी तुल्य मानते हैं और उनका होना सौभाग्यशाली मानते हैं। उनका मानना है कि पुत्र चाहे कितने ही हो, परंतु पुत्रियाँ ही इहलोक और परलोक दोनों में सुख को प्राप्त कराती हैं। वह विवाह पूर्व पिता के घर की शोभा बढ़ाती हैं और विवाह उपरांत पति के घर की शोभा बढ़ाती हैं।

कहते हैं, कन्यादान श्रेष्ठ दान है। जो कन्यादान करता है, वह इस लोक में सुख भोगता है और मृत्यु उपरांत परलोक में सुख भोगता है। पुत्र यदि अधर्मी निकल जाए तो माता-पिता के कुल की गरिमा को तहस नहस कर देता है और यदि गुणी, सत्कर्मी तो कुल की गरिमा में वृद्धि। उसके अधर्मी होने पर कई पीढ़ियाँ प्रभावित होती हैं और उसके पुण्यकर्म होने पर भी। परंतु पुत्री अपने सत्कर्मों से हर किसी को सुख ही देती है, पुत्री के रूप में...पत्नी के रूप में...। पुत्री के रूप में उसके अधर्म कर्मों का प्रभाव उस पर पड़ता है और पत्नी के रूप में भी उस पर ही। वह साक्षात देवी रूप में इहलोक में निवास करती है और सबको सुख देती है। ऐसी सोच रखने वाले सूर्यभान साहब अंदर से बहुत डरे हैं। वह मन ही मन सोच रहे हैं, "यदि मेरी शिवा को कुछ हो गया तो क्या होगा?"

शिवांगिनी की जिद नहीं थमी। और उसने बहुत से रिश्तों को इनकार कर दिया। चंद्रिका साहिबा ने सूर्यभान साहब से कहा, "आप पंडित जी से फिर बात कीजिए, हो सकता है कोई उपाय हो।"

पंडित जी ने शिवांगिनी और विक्रमादित्य की जन्म कुंडलियों को ध्यान से देखा और कहा, "महाराज, कोई उपाय नहीं है। एक तो अवश्य ही मरेगा।"

तब सूर्यभान साहब ने पूछा, "पंडित जी, आप ये बताएँ कि कौन वास्तव में मरेगा?"

पंडित जी ने गुणा भाग किया और वह बोले, "महाराज, आपकी पुत्री नहीं मरेंगी, लड़के की मरने की संभावना ज्यादा है।"

सूर्यभान साहब बोले, "ठीक है...।"

फिर, वह अपनी पत्नी से बोले, "हम इस शादी के लिए बिल्कुल भी हाँ नहीं करना चाहते, क्योंकि यदि विक्रम नहीं रहते तो हमारी बेटी विधवा हो जाएगी और यह हम नहीं चाहते। परंतु यदि विक्रम के परिवार वाले इस विवाह को हाँ कर दें तो हम विवाह कर देंगे।"

चंद्रिका साहिबा बोलीं, "ऐसा कैसे हो सकता है की उन्हें यह बात न पता हो की मृत्यु किसकी हो सकती है? जिस तरह हमें पता है उसी तरह उन्हें भी पता ही होगा।"

"आप सही कह रही हैं। वे जानते ही होंगे। वे इस विवाह को नहीं कराने में विश्वास रखते हैं और मैं भी, बस शिवा मान जाएँ। आप उन्हें फिर समझाइए।", सूर्यभान साहब ने कहा।

उधर, विक्रमादित्य ने विवाह को साफ इनकार कर दिया। लगभग पाँच वर्ष बीत गए। परंतु न ही विक्रमादित्य विवाह के लिए तैयार हुए और न ही शिवांगिनी। अब विक्रमादित्य सत्ताईस वर्ष के हो गए हैं और

शिवांगिनी छब्बीस वर्ष की हो गई हैं। शिवांगिनी के लिए रिश्ते आने अब कम हो गए हैं, परंतु विक्रमादित्य के लिए खूब रिश्ते आ रहे हैं।

आखिरकार, विक्रमादित्य की माँ, महारानी साहिबा ने अपने पति महाराज विजय को समझाने का प्रयत्न किया। परंतु वह मानने को तैयार ही नहीं हुए। इधर, शिवांगिनी के माता-पिता फिर एक बार रिश्ता लेकर विक्रमादित्य के घर आ पहुँचे। महारानी साहिबा विवाह के लिए तैयार हो गयीं, परंतु महाराज साहब ने विवाह का विरोध किया। उनके विरोध के बाद भी विवाह संपन्न हो गया। महाराज और महारानी ने विवाह के बाद पूजा-पाठ, यज्ञ कराए, दान दिए और उसके फलस्वरूप मृत्यु कुछ सालों के लिए टल गई। परंतु मृत्यु का पूरी तरह टलना संभव नहीं था। फिर, शिवांगिनी और विक्रमादित्य के उनकी पहली संतान के रूप में शिवादित्य हुआ।

शिवांगिनी भगवान शिव की भक्त थीं। वह, वह भक्त थीं जो कण कण में शिव को ही देखती थीं। वह जप, तप, ध्यान, भजन, पूजा-पाठ आदि से महादेव की ही अराधना करती थीं। कहते हैं, महाकाल के भक्त को कभी समय से पहले मृत्यु नहीं आती। वह भोलेनाथ की भक्ति में सदा लीन रहती थीं, और एक दिन वह जान गयीं कि विक्रमादित्य की मृत्यु नियत है। यह जानते ही उनके हृदय में सहस्त्रों दुख के दीपक जल उठे। उन्होंने सोचा, 'वह विक्रम के जाने के बाद कैसे रह पाएँगी?'

वह मन ही मन सोचने लगीं, "मैं विक्रम से पहले चली जाऊँ, ये मुझे मंजूर है। परंतु वह मेरी आँखों के सामने जाएँ...महाकाल, ये मैं बर्दाश्त नहीं कर पाऊँगी।"

वह मन ही मन एक उधेड़ बुन में पड़ गई और तब उन्होंने महादेव की पूजा में और मन को लगाया और उनसे यह प्रार्थना की, कि वह उनके पति को जीवनदान दे दें और उनकी जगह उन्हें बुला लें।

भक्तवत्सल भगवान शंभू ने स्वप्न में शिवांगिनी से कहा, "शिवा, तू यह क्या माँग रही है? मैं मेरे ही भक्त को कैसे अकाल मृत्यु दे दूँ? वह भी इतना प्यारा भक्त।"

स्वप्न में ही शिवांगिनी ने महादेव से कहा, "महादेव, आपका भक्त तो यही चाहता है। आप इस अपने भक्त की प्रार्थना को स्वीकार कर लें।"

इस पर महादेव ने शिवांगिनी से कहा, "शिवा, एक बार फिर सोच, यह सच है मेरे लिए सबकुछ संभव है। परंतु फिर भी, यह मेरे भक्त की रक्षा में रुचि है मुझे।"

शिवांगिनी की आँख खुल गई और स्वप्न टूट गया। परंतु शिवांगिनी की दृढ़ निश्चयता नहीं बदली। वह नियमित पूजा में महादेव से वही प्रार्थना करती रही। और अंत में महादेव ने स्वप्न में शिवांगिनी से कहा, "शिवा, तेरे पास तीन महीने का समय है। उसके पश्चात तू मृत्यु को प्राप्त कर लेगी, जो तेरे पति की थी अब वह तुझे प्राप्त होगी। चूंकि तू मेरी भक्त है, इसीलिए तू सदा सदा के लिये मेरे धाम को प्राप्त कर लेगी।"

और शिवांगिनी का स्वप्न टूट गया। वह जग गई और उसने मन ही मन भोलेनाथ को धन्यवाद दिया। वह तीन महीने के पश्चात मृत्यु को प्राप्त हो गई। उसने अपने स्वप्न की बात किसी को न बताई और वह चुपचाप शिवपुरी को चली गई।

उसके जाते ही, सूर्यभान साहब फूट फूट कर रो पड़े। वे बोले, "यह क्या हो गया? हाय, हाय, यह क्या हो गया?" वह बहुत रोए।

उन्होंने शिवांगिनी के जाने के बाद एक दिन पंडित जी से कहा, "पंडित जी, यह क्या हो गया? आपने कहा था, मेरी बेटी को कुछ नहीं होगा। परंतु वह हम सबको छोड़कर चली गई।"

पंडित जी ने पुनः विक्रमादित्य और शिवांगिनी की कुंडलियों को देखा और कुछ देर तक मौन रहने के बाद वह बोले, "महाराज, अब मैं आपसे क्या ही कहूँ? आपकी पुत्री ने अपनी शिव भक्ति से युवराज को जीवन दे दिया और वह स्वयं चली गई।"

यह सुनकर महाराज सूर्यभान फूट फूटकर पुनः रोने लगे। वह बोले, "मेरी नादान बेटी, प्रेम में ऐसी गुम हो गई कि वह इस दुनिया को ही छोड़ गई। हाय, ऐसा प्रेम कोई ना करे। मेरी सीधी, सरल बेटी को कुछ समझ ना आया। वह सबसे प्रेम ही करती रही...माता-पिता से, अपने भाइयों से और फिर पति से...।"

महारानी चंद्रिका ने महाराज सूर्यभान को समझाया और उनसे कहा, "आप निश्चिंत रहें। हमें पूरा विश्वास है, वह बहुत अच्छी जगह हैं।"

पंडित जी बोले, "महारानी ठीक कह रही हैं, महाराज। आपकी पुत्री वास्तव में बहुत अच्छी जगह हैं।"

महारानी और उनके पुत्र भी बहुत दुखी हैं, परंतु वह स्वयं पर नियंत्रण कर पा रहें हैं। किंतु महाराज नहीं। वह शोक के सागर में हैं। तीन पुत्रों के बाद एक पुत्री हुई और वह भी चली गयी। यह बात उन्हें अथाह दुख दे रही है।

सूर्यभान साहब खुद को समझा ना पाए। उन्होंने एक दिन भुवनेश्वरी साहिबा को जाकर सब सच बता दिया, और अंत में वह बोले, "प्रेम कितना भी सुंदर क्यों न हो, परंतु इसकी कीमत चुकाई मेरी बेटी ने है।"

विक्रमादित्य भी उस सत्य को जान गये।

आज राजमाता साहिबा, उन्हीं क्षणों को याद कर रही हैं। उनकी आँखों से सहसा आँसू बह चले। शिवादित्य बोला, "दादी माँ, आप क्यों रो रही हैं?"

"नहीं बेटे, हम रो नहीं रहे हैं। हम बस यह सोच रहे हैं कि जहाँ प्रेम में एक दूसरे को धोखा और विश्वासघात देने वाले लोग हैं। वहीं ऐसे भी लोग हैं जो सच्चे प्रेम में पड़कर जीवन को प्रेम के लिये त्याग भी देते हैं। सत्य तो यह है, ये लोग सुख ही प्राप्त करते हैं। परंतु इनकी मृत्यु हमें दुख दे जाती है।", राजमाता साहिबा ने बहुत गहन भावों से कहा।

"दादी माँ, आप किसकी बात कर रही हैं?", शिवादित्य ने पूछा।

"हम बस आपकी माँ को याद कर रहे हैं और कुछ नहीं। वह बहुत प्यारी थीं। शायद हम स्वयं उनकी प्रशंसा करने में समर्थ नहीं हैं।", राजमाता साहिबा ने कहा।

शिवादित्य ने दादी जी को पुनः गले से लगा गहन भावों से बोला, "दादी माँ...मुझे भी उनकी याद आती है। और मेरी दादी माँ, बहुत बहुत प्यारी हैं।"

उन्होंने भी उसे प्यार से दुलारते हुए गले से लगाये रखा।

शिवादित्य ने मन ही मन निश्चय किया कि वह गौरी से अब बात करेगा। वह पूरा दिन काम में व्यस्त रहा। उसे आखिरकार शाम को समय मिला। गौरी कार्य-समय के समाप्त होने पर शाम छह बजे अपने घर के लिए निकल पड़ी। शिवादित्य ने उसे पीछे से आवाज दी। गौरी ने धीरे से पीछे मुड़कर देखा। शिवादित्य बोला, "मैं आपको घर छोड़ देता हूँ।"

गौरी ने मना कर दिया। परंतु उसने पुनः आग्रह किया तो गौरी मान गई, और उसकी गाड़ी में बैठ गई।

गाड़ी में शिवादित्य ने उससे कहा, "गौरी...मुझे आपसे कुछ बात करनी है। क्या आप और मैं कहीं बात कर सकते हैं?"

वह बोली, "ठीक है, सर।"

शिवादित्य ने वहीं रास्ते में गाड़ी रोक दी और गौरी की तरफ देखा, और कहा, "...मैं आपको पसंद करता हूँ। मेरा मतलब है...मैं आपको पसंद करता हूँ जब आप मुझसे पहली बार मिलीं, उसी दिन से। पर जब आप मेरे सामने दोबारा आईं तब मुझे इस बात का पूरी तरह एहसास हुआ कि मैं वास्तव में आपको ही पसंद करता हूँ।"

शिवादित्य की इस बात को सुनकर गौरी सोच में पड़ गई। वह सोचने लगी, 'वह क्या करे?'

कहीं न कहीं उसने भी अपने हृदय में एक अलग से एहसास को महसूस जरूर किया, परंतु वह फिर भी उस एहसास को व्यक्त करने और तवज्जो देने के लिए तैयार नहीं है।

शिवादित्य ने गौरी को देखा। वह उसे गहरी सोच में नजर आ रही है। उसे यूँ सोच में डूबा देख, वह तुरंत बोला, "आप परेशान मत होइए। आप मुझे आराम से सोचकर बता दीजिए, जो भी आपका उत्तर हो।"

गौरी ने कहा, "ठीक है, सर।"

शिवादित्य ने गौरी को उसके घर छोड़ दिया और वह चला गया। घर पहुँचकर शिवादित्य की बात गौरी के दिमाग में आयी। और अचानक से वह सभी क्षण, एक के बाद एक क्रम से उसकी आँखों के सामने तैर से गए। एक पल के लिए उसे ऐसा लगा कि शिवादित्य ही उसका जीवनसंगी है। उसने खुद को गहरे विचारों से निकाला और सोने चली गई।

कामिनी ने काम्या का रिश्ता बाँसबाड़ा के पूर्व राजघराने में तय कर लिया है। वह काम्या का विवाह जल्द से जल्द करना चाहती है। उन्होंने विवाहोत्सव के लिए विवाह स्थल 'सिटी पैलेस' होटल, जोधपुर को चुना है। ताकि वह जोधपुर राजपरिवार के निकट आ सकें और शिवादित्य, काव्या की भी बात बनती नजर आए।

होटल 'सिटी पैलेस' में काम्या के विवाह समारोह की तैयारियाँ बड़े जोरों से चल रहीं हैं।

गौरी दौड़ दौड़ काम करने में व्यस्त है। चूंकि ये दो राजपरिवारों के बीच विवाह संबंध का शुभ समय है, देश भर के बहुत से राजपरिवार इसमें शामिल हैं। जोधपुर के राजपरिवार को निमंत्रण मिलना तो स्वभाविक है और वह सभी मौजूद भी हैं। इसके अलावा जसपुर के राजपरिवार से गौरी की दादी साहिबा अपनी तबीयत के चलते नहीं आयीं। उनके बड़े बेटे और पोते विवाह में आये हैं।

गौरी खाने की भोजनसूची को ठीक से जाँचने में लगी है। उसने अपने ही एक सहयोगी से पूछा, "जय, आपने सारी भोजनसूची को ढंग से देख लिया?"

जय बोला, "हाँ गौरी, मैंने सब ठीक से जाँच लिया है।"

गौरी बोली, "जय, आप मुझे सूची दीजिए, एक बार मैं फिर से जाँच कर लेती हूँ।"

वह बोला, "ठीक है।" और उसने खाने की सूची गौरी को दे दी।

गौरी फुर्ती से सारा, मेहमानों के लिए बनाया गया स्वादिष्ट भोजन जाँचने का कार्य करने लगी।

कामिनी की दृष्टि होटल के सारे इंतजामात पर पूरी है। वह अपनी तेज नजरों को चारों ओर दौड़ा रही है। उसकी दौड़ती हुई नजर गौरी पर से भी गुजरी। उसे ऐसा लगा जैसे कोई जाना पहचाना चेहरा उसकी नजरों से टकराया। उसने दूसरे ही पल अपनी दौड़ती नजरों को वापस वहीं उस जाने पहचाने चेहरे पर जाकर रोक दिया। और कामिनी ने गौरी को ध्यान से देखा। जैसे ही उसने गौरी को ध्यान से देखा।

उसके मुख से स्वतः ही निकल पड़ा, "...गौरी!"

वह एक पल के लिए चौंक सी गई। उसने खुद को संभाला और वह शांत भाव से गौरी की तरफ देखने लगी। वह समझ गयी, गौरी ने अभी तक उसे नहीं देख पाया है। उसने निश्चय किया, वह देखकर भी अनजानों जैसा ही बर्ताव करेगी और कुछ नहीं कहेगी, और न ही करेगी। कामिनी आये हुए मेहमानों की खातिरदारी में व्यस्त हो गई।

गौरी सारे भोजन की व्यवस्था देखकर तेजी से दूसरी ओर बढ़ने लगी की अचानक ही वह एक लड़की से टकरा गई। वह तुरंत बोली, "मैडम, आप मुझे क्षमा करें।" यह कहते हुए उसने उस लड़की के चेहरे को देखा और एक पुराना जाना पहचाना चेहरा अपने सामने पाया। वह और कुछ नहीं बोली और 'क्षमा करें' दोबारा कह आगे बढ़ गयी।

परंतु काव्या के मुख से स्वतः निकल ही पड़ा, "...गौरी!"

वह मन ही मन सोचने लगी, "गौरी यहाँ क्या कर रही है?"

उसने तुरंत ही होटल के एक कार्यकर्ता से गौरी की तरफ इशारा कर पूछा, "वह लड़की कौन है?"

वह धीरे से बोला, "मैंम, वह हमारे होटल की ही कार्यकत्री हैं।"

काव्या ने मन ही मन सोचा कि वह यहाँ वेटर की तरह लगता कार्य करती है। वह चुपचाप गौरी को जाता देखती रही और फिर लंबे डग धर कामिनी के पास गई। वह बोली, "मॉम, मुझे आपसे कुछ बात करनी है, अकेले में।"

कामिनी ने उससे कहा, "अभी नहीं काव्या, अभी काफी काम है।"

वह बोली, "मॉम, ये जरूरी है।"

कामिनी ने कहा, "ठीक है।" और वह दोनों एक तरफ, विवाह समूह से थोड़ा दूर आ खड़े हुए। काव्या बोली, "मॉम, मैंने गौरी को देखा अभी...यहाँ।"

कामिनी बोली, "मैंने भी उसे देख लिया है। आप उसे पूरी तरह नजरअंदाज करें। ऐसे जैसे वह है ही नहीं।"

काव्या बोली, "ठीक है, मॉम।"

सभी विवाहोत्सव में व्यस्त हो गए। कामिनी ने शिवादित्य को गौरी की तरफ बढ़े ध्यान से देखते हुए देखा। शिवादित्य पिछले एक सप्ताह से गौरी के उत्तर का इंतजार कर रहा है। परंतु गौरी ने उसे कोई उत्तर नहीं दिया है।

शिवादित्य मन ही मन सोच रहा है, "क्या गौरी मुझे मना करने वाली है? अगर मना करना है तो कर दे, इतना सोचने का क्या मतलब है? मुझे परेशान करने का क्या मतलब है?" यह सब सोचते हुए वह गौरी को ही देख रहा है।

गौरी की नजर भी शिवादित्य पर गई और दोनों की नजरें मिलीं। गौरी ने देखा कि शिवादित्य का सारा ध्यान उसी पर है। वह लंबे डग धर दूसरी तरफ चली गई।

कामिनी ने इस पूरे नजारे को बड़े ध्यान से देखा। उसे थोड़ा अजीब लगा। वह मन ही मन सोचने लगी, "कहीं युवराज, गौरी को पसंद तो नहीं करते हैं। नहीं, नहीं...ऐसा नहीं हो सकता। कहाँ मेरी बेटी कोलम्बिया विश्वविद्यालय की शिक्षित...वह एक वेटर लड़की से कभी शादी नहीं करेंगे।" यह सोचते हुए वह पुनः कार्य में लग गई।

आखिरकार काम्या का विवाह अच्छे से संपन्न हो गया। वह स्वभाव से थोड़ा थोड़ा अपनी माँ पर गई है, किंतु फिर भी कामिनी से स्वभाव में ज्यादा शांत है।

काम्या का विवाह बाँसबाड़ा पूर्व राजपरिवार के छोटे राजकुमार से संपन्न हो गया है और उनके बड़े भाई देवराज के सहपाठी रहे हैं और उनमें खासा दोस्ती है।

देवराज भी अपने पूरे परिवार के साथ विवाह उत्सव में ही मौजूद है और अपनी एक नजर शिवादित्य पर भी बनाए है। देवराज को छोटे भाई की खासा परवाह है।

काम्या के विवाह के पूर्ण होने के बाद भी कामिनी दो दिन के लिए वहीं, 'सिटी पैलेस' होटल में रुक गई। और शिवादित्य के विवाह से इनकार के बाद भी, राजमाता साहिबा के पास जाकर वह बोली, "राजमाता साहिबा, तो क्या आपने युवराज के विवाह के संबंध में कुछ विचार किया? अब हम अपनी दूसरी बेटी का भी जल्द से जल्द विवाह कर देना चाहते हैं।"

राजमाता जी बोलीं, "कामिनी, हम तो शिव की जल्द से जल्द शादी करना चाहते हैं। परंतु जब वह मानें तब तो।"

"राजमाता साहिबा, आप बुरा मत मानियेगा। पर क्या युवराज किसी को पसंद करते हैं? इसकी यह वजह है।", कामिनी ने कहा।

राजमाता जी बोलीं, "कामिनी, सच कहें तो शिव अपने दिल का हाल किसी से साझा नहीं करते। तो फिर हमें कैसे पता होगा? वह अपने पिता और हमारे बेटे विक्रम पर इस बात में पूरी तरह गयें हैं। वे भी अपने दिल का हाल जल्दी किसी को नहीं बताते।"

कामिनी बोली, "जी राजमाता, परंतु युवराज की शादी तो होनी ही है और हमारी बेटी हर मायने में आपके घर की बहू बनने के लिए उत्तम है।"

राजमाता जी बोलीं, "आप कामिनी, निश्चिंत रहें। हम शिव से बात करेंगे।"

कामिनी के जाने के बाद, राजमाता साहिबा ने अकेले में विचार किया। फिर उन्होंने शिवादित्य से बात की और उससे कहा, "बेटे, क्या आपने काव्या के बारे में कुछ विचार किया...?"

शिवादित्य तुरंत बोला, "दादी माँ, मैं गौरी को पसंद करता हूँ।"

दादी साहिबा बोलीं, "गौरी...कौन हैं ये? आप हमें भी उनसे मिलायें।"

वह बोला, "दादी माँ, आप जानती हैं उन्हें। वह हमारे यहाँ असिस्टेंट शेफ हैं। वह जो भाटी साहब के साथ आती हैं, वह ही गौरी हैं।"

दादी साहिबा ने उसकी बात को ध्यान से सुना और फिर उसके चेहरे पर ध्यान से देखा। और उससे कहा, "शिव, आप उन्हें चाहते हैं?"

शिवादित्य ने अपनी प्यारी प्यारी आँखों से दादी जी की तरफ देखते हुए कहा, "जी दादी माँ, मैं उन्हें चाहता हूँ।"

दादी साहिबा ने कहा, "हम आपकी आँखों में विश्वास और दृढ़ता देख पा रहे हैं। बहुत साल पहले हमने यही विश्वास और दृढ़ता किसी और में भी देखी थी...आपके पिता और हमारे बेटे विक्रम।" और यह कहकर वह शांत हो गयीं।

फिर वह कुछ क्षण शांत रहीं। शिवादित्य ने दादी जी के चेहरे की तरफ ध्यान से देखा और उसने एक उदासी को पाया। वह सौम्य भाव से बोला, "दादी माँ, क्या बात है? क्या आप कुछ मुझसे छुपा रही हैं? क्या मुझे कुछ पता होना चाहिए? परंतु नहीं पता है।"

वह बोलीं, "बेटे, छुपाने जैसा तो कुछ नहीं है। पर बताने में हृदय द्रवित होता है।"

शिवादित्य बोला, "दादी माँ, ऐसी क्या बात है? आप मुझे बताएँ।"

वह बोलीं, "आप उस बात को छोड़िए और आप हमें ये बताइए की ये गौरी कौन हैं? हमारा मतलब है, उनके माता-पिता कौन हैं, वह क्या करते हैं? उनके परिवार के बारे में हमें बताएँ।"

शिवादित्य बोला, "दादी माँ, मुझे अभी कुछ भी नहीं पता है। मैं उनके उत्तर का इंतजार कर रहा हूँ।"

वह बोलीं, "मतलब, आप उनके नाम के अलावा और कुछ नहीं जानते हैं।"

शिवादित्य हँसने लगा और फिर वह बोला, "दादी माँ, मैं आपको कुछ और बताना चाहता हूँ।"

उसके बाद उसने गौरी से अपनी पहली मुलाकात से लेकर आज तक का सारा किस्सा और सारी मुलाकातें बता डालीं। वह सब सुनकर दादी जी खूब हँसी और बोलीं, "आपने इतना इंतजार क्यों किया, शिव? आपको अपने दिल की बात उन्हें तुरंत बता देनी थी। उन्होंने वह अँगूठी आपको दी, सो वह आपकी जीवन संगिनी के रूप में नियत ही होंगी।"

शिवादित्य बोला, "दादी माँ, आप जानती हैं, मैं इन अँगूठी की जादुई कहानी में विश्वास कम ही रखता हूँ। परंतु फिर भी जब वह मुझे दुबारा मिलीं। तब मुझे नानू सा की बात सही सी लगने लगी।"

यह सुन दादी जी पुनः हँस पड़ी और मुस्कुराते हुए बोलीं, "बेटे, वह इसलिए क्योंकि आपको उनसे प्रेम हो गया।"

शिवादित्य ने अपनी सुंदर आँखों में खुशी के सागर को महसूस किया और दादी जी की तरफ मुस्कुराते हुए देखा और शांत भाव से दादी जी के गले लग गया।

"हमें खुशी है आप विक्रम से ज्यादा अच्छा कर रहें हैं और सब अच्छा ही हो...।", दादी साहिबा ने मन ही मन कहा। और शिवादित्य मन ही मन खूब मुस्कुरा रहा है।

शिवादित्य, गौरी के आने का इंतजार कर रहा है। परंतु गौरी आज कुछ समय पहले ही निकल गई। आज वह शाम के लगभग साड़े पाँच बजे निकल गई क्योंकि वह कुछ ज्यादा ही थका सा महसूस कर रही थी, सो वीर साहब ने उसे जाने की अनुमति दे दी।

गौरी चुपचाप बस स्टॉप पर बस का इंतजार कर रही है। इधर शिवादित्य उसका होटल के द्वार पर। तभी उसने पिया को देखा और उसे याद आ गया। और उसने मन ही मन सोचा, "शायद, ये गौरी की दोस्त हैं।"

उसने पिया से पूछा, "आपकी दोस्त गौरी कहाँ हैं?"

वह बोली, "सर, वो साड़े पाँच बजे निकल गयी। हम लोग आज छह पंद्रह के आसपास जाएँगे।"

"ठीक है।", शिवादित्य ने कहा।

तभी अचानक रिमझिम बारिश आ गई। शिवादित्य ने अपनी गाड़ी चालू की और वह चल दिया। वह समझ गया कि गौरी बस स्टॉप पर होगी। और जब वह बस स्टॉप पर पहुँचा, तो वह वहीं थी। चुपचाप बैठी बारिश की बूँदों को, आसमान को, पेड़ पौधों को...निहार रही थी। शिवादित्य ने कुछ क्षण गाड़ी के अंदर ही चुपचाप बैठकर उसे निहारा। फिर वह गाड़ी से उतरा और गौरी के पास गया।

जैसे ही वह गौरी के पास जाकर खड़ा हुआ। गौरी ने सहसा उसकी तरफ देखा और उनकी नजरें मिलीं। वह धीरे से उठ खड़ी हुई और बोली, "सर, आप यहाँ...।"

"हाँ, वो आपने मुझे मेरे सवाल का जवाब नहीं दिया। पिछले नौ दिनों से मैं आपके जवाब का इंतजार कर रहा हूँ।", शिवादित्य ने कहा।

गौरी कुछ क्षण खामोश रही और फिर वह वहाँ बैठने के लिए बनी बेंच पर पुनः बैठ गई। शिवादित्य भी धीरे से चुपचाप उसके बगल में बैठ गया और शांत भाव से उसके चेहरे की तरफ देखने लगा।

गौरी चुपचाप आसमान की ओर देख रही है। वह उन बारिश की बूँदों को निहार रही है। फिर उसने धीरे से शिवादित्य के चेहरे की तरफ देखा और वह बोली, "शिव सर, वह जो फूलों की सुंदर मालाएँ बनाते हैं, वह उन्हें माँ पर अर्पित करने के लिए ही बनाते हैं। कौन है ऐसा जो उन्हें आधे रास्ते में टूटने को बनाता हो, और उनकी शोभा माँ...देवी माँ के ऊपर अर्पित करने पर और बढ़ जाती है।"

वह फिर धीरे से आगे बोली, "मुझे विश्वास है, आप मेरी बात समझ पा रहे हैं। रिश्ते भी फूलों की माला से ही हैं। उनकी पूर्णता टूटने में नहीं, बल्कि इस दिव्य जीवन यात्रा को पूरा करने में है, बिना टूटे हुए।"

शिवादित्य, शांत भाव से गौरी के चेहरे की तरफ देखता रहा। उसे मन ही मन उसके हृदय में ऐसा लगा, जैसे कि वह सहस्त्रों युगों तक उसे इसी तरह निहार सकता है। वह मौन ही रहा।

गौरी ने आगे कहा, "शिव सर, आपसे मैं यह कहूँगी कि कोई भी आगे कदम बढ़ाने से पहले आप, आपकी और मेरी कुंडलियों का मिलान कर लें ताकि आगे बढ़ने से पहले हम ये जान जाएँ की आगे बढ़ना उचित है या नहीं। यदि सिर्फ सत्रह या अठारह गुण मिलते हैं या अच्छे गुण मिलने पर भी आगे संग बन पाना संभव ना हो तो कुछ भी सोचने का कोई अर्थ नहीं बनता। हम लड़ते झगड़ते रहेंगे...जीवन आनंदपूर्ण होकर जीने में है, लड़ने या झगड़ने में अथवा लड़, झगड़कर अलग होने में नहीं है।"

यह कहकर वह चुप हो गयी, और शिवादित्य की तरफ एकटक देखने लगी। शिवादित्य तो गौरी को निहारने में मशगूल है।

"शिव सर.....।", गौरी बोली।

शिवादित्य अपने उन सुंदर भावों से बाहर आ बोला, "हम्म...आप जैसा कह रही हैं, मैं बिल्कुल वैसा ही करूँगा।"

वह मन ही मन सोच रहा है, "आखिरकार, मुझे यूँ दीवानों सा इस लड़की से प्रेम कब हो गया? यह उस पहली मुलाकात में हुआ या उसके बाद...। भोलेनाथ ही जाने।"

फिर शिवादित्य ने खुद को थोड़ा और संभाला और वह गौरी से बोला, "चलिए, मैं आपको घर छोड़ देता हूँ और आप मुझे गाड़ी में अपने जन्म से संबंधित जानकारी दे दीजियेगा।"

गौरी बोली, "ठीक है, सर।"

वह गाड़ी में सवार हो गई और शिवादित्य ने गाड़ी चालू कर दी। गौरी ने एक सफेद कागज पर अपने जन्म से सम्बन्धित जानकारी लिख दी। जब उसका घर आ गया, तब उसने उतरने से पहले शिवादित्य को वह कागज दे दिया। शिवादित्य वहाँ से सीधा अपनी दादी जी के पास गया और उसने वह कागज उनको दिया और उनसे कहा, "दादी माँ, आप ये पंडित जी से मेरी कुंडली से मिलान कर देख लीजियेगा। और जो हो वो मुझे बता दीजियेगा।"

दादी साहिबा बोलीं, "ठीक है, बेटे।"

दादी साहिबा ने उस कागज को ध्यान से देखा और उसे पढ़ा। वह 'गौरी' नाम देखकर समझ गयीं। उन्होंने उसी समय पंडित जी को फ़ोन लगाया। वह अगले दिन राजमहल आए और उन्होंने कुंडलियों का मिलान किया। कुंडलियों का मिलान करते ही उनके चेहरे पर खुशी के बादल छा गए और वह बोले, "राजमाता जी, यह तो दिव्य संयोग है।"

राजमाता जी बोलीं, "पंडित जी, हम समझ नहीं पा रहे हैं, आप और बताएँ।"

"राजमाता जी, युवराज और गौरी बिटिया के सारे गुण मिल रहे हैं। ये बहुत ही शुभ विवाह है। एकदम शिव और गौरी सी जोड़ी है, दोनों की।", पंडित जी ने बड़े ही उत्साह से कहा।

यह सुनकर राजमाता साहिबा की खुशी का तो ठिकाना ही नहीं रहा। उन्होंने तुरंत शिवादित्य को फ़ोन किया और उससे उनके पास आने को कहा। शिवादित्य ऑफिस में फ़ाइलों से जूझ रहा था। वह अपनी दादी जी के फ़ोन कॉल के बाद तुरंत, कुछ फ़ाइलों के साथ ऑफिस से निकल पड़ा और दादी जी के पास जा पहुँचा। दादी साहिबा ने उससे कहा, "शिव, आप यहाँ आयें हमारे पास।"

वह दादी जी के बगल में जा बैठा और उन्होंने उसका माथा चूम लिया। और फिर वह बोलीं, "हमारे शिव जैसे बेटे को उसकी गौरी आखिरकार मिल ही गई।"

शिवादित्य ने उनके चेहरे पर हल्की मुस्कान बिखेरते हुए देखा और वह बोला, "दादी माँ, आप क्या कह रहीं हैं? मैं समझ नहीं पा रहा हूँ।"

"बेटे, पंडित जी ने कहा है, आपके और गौरी के सारे गुण मिले हैं, और शुभ विवाह योग है आप दोनों की कुंडलियों में। आपकी और उनकी जोड़ी शिव और पार्वती जैसी है।", दादी साहिबा ने अत्यंत प्रसन्नता के साथ कहा और यह कहकर वह खुशी से भर गयीं।

दादी साहिबा के मुख से यह बात सुनकर शिवादित्य के चेहरे पर जो खुशी के मेघ छाए उनकी छटा कुछ अलग ही है। उसकी दृष्टि पंडित जी पर गई, और उसने पंडित जी की तरफ मुस्कुराते हुए कहा, "पंडित जी, यह सच है...?" उसे यह बिल्कुल विश्वास ही नहीं हो रहा था।

पंडित जी बोले, "युवराज, आपकी और गौरी बिटिया की जोड़ी शिवगौरी सी है, इसमें मुझे कोई संशय नहीं है, क्योंकि इसे बनाने में स्वयं महादेव और महादेवी का हाथ है। यहाँ संशय की कोई गुंजाइश ही नहीं है।"

यह सुनकर तो शिवादित्य पुनः 'मयूर मन' सा झूम उठा। वह दादी जी से बोला, "दादी माँ, मैं अभी जाता हूँ और ये बात जाकर गौरी को बताता हूँ।"

दादी साहिबा बोलीं, "ठीक है, आप जाइए।"

पंडित जी को अभिवादन कर, वह वहाँ से चला गया।

गौरी होटल से निकल ही रही थी कि शिवादित्य वहाँ पर आ पहुँचा। जैसे ही गौरी की दृष्टि शिवादित्य पर पड़ी वह सहसा ही रुक गई और उसकी तरफ देखने लगी। शिवादित्य ने उससे कहा, "चलिए, मैं आपको घर छोड़ देता हूँ।"

गौरी बोली, "नहीं सर, मैं चली जाऊँगी।"

शिवादित्य ने कहा, "मुझे आपसे कुछ बात करनी है।"

गौरी ने कहा, "ठीक है, सर। कृपा कर बताइए।"

"यहाँ नहीं...वो कहीं और चलके बात करते हैं, कैफे में या फिर जहाँ आप कहें।", शिवादित्य बोला।

गौरी ने कुछ क्षण सोचा, फिर वह बोली, "ठीक है, चलिए, मेले चलते हैं। एक मेला लगा है, अभी...।"

वह बोला, "मेला...ठीक है।"

गौरी, शिवादित्य की गाड़ी में सवार हो गई और वह दोनों वहाँ से निकल पड़े। वह दोनों मेले में पहुँच गए हैं। शिवादित्य इस तरह के मेलों में नहीं आता है। उसके लिए यह कुछ नया नया अनुभव है और साथ

ही रोमांचक भी। वह मेले के माहौल को देखकर वास्तव में आनंदित हो उठा।

बहुत पहले जब वह छोटा था तब एक बार वह इस तरह के ही एक मेले में गया था, वह दशहरा मेला था। उसने दूर से झूलों को देखा तो, तब युवराज साहब विक्रमादित्य और युवरानी साहिबा शिवांगिनी, उसे दशहरा मेले में ले पहुँच गए...उसके जिद करने पर।

उसके बाद आज वह दूसरी बार मेला देखने आ रहा है। उसके बचपन की वह याद ताजा हो गई है। बशर्ते याद थोड़ी धुँधली है, परंतु उसे वह सबकुछ याद है। कुछ यादें हमारे हृदयों में धुँधली ही सही, पर रह जरूर जाती हैं। यह भी एक ऐसी ही याद है। उस समय वह छह वर्ष का था। शिवादित्य अपनी सुंदर यादों में तैराकी कर ही रहा था कि उसे गौरी की आवाज सुनाई दी।

"सर, आप किस झूले पर बैठना पसंद करेंगे?", गौरी ने शिवादित्य से पूछा।

शिवादित्य ने मुस्कुराते हुए गौरी की तरफ देखा और बोला, "बिग व्हील पर वह मेरा पसंदीदा है, बचपन से ही।"

गौरी जो की शिवादित्य की तरफ देख रही है। वह सहज ही कह गई, "सर, बिग व्हील तो मेरा भी पसंदीदा है बचपन से।"

वह आगे कहती गई, "बहुत पहले, जब मैं छोटी थी। पापा ने मुझे बताया था कि हम जोधपुर घूमने आए थे और दशहरा मेला लगा था, और मैं मेला देखने की जिद करने लगी, ये बिग व्हील को देखकर। तब माँ और पापा, दोनों मुझे वह मेला दिखाने ले गए थे।"

शिवादित्य बोला, "अच्छा...।"

"उस समय मैं चार साल की थी। मुझे कुछ भी अच्छे से याद नहीं है, मुझे तो बहुत कम ही याद है...मुझे मेला देखना, घूमना बहुत पसंद आता है। लेकिन, परिस्थितियाँ कुछ ऐसी रहीं कि मेला जाना न के बराबर ही हो गया।", गौरी ने शांत भाव से आगे कहा।

शिवादित्य बोला, "कोई बात नहीं, अब हम लोग खूब मेला देखने आएँगे।"

यह सुन गौरी ने शिवादित्य के चेहरे की तरफ ध्यान से देखा। फिर शिवादित्य बोला, "चलिए तो फिर बिग व्हील के पास चलते हैं।"

वह दोनों बिग व्हील में जा बैठे। वह दोनों बिग व्हील का आनंद ले रहे हैं। शिवादित्य ने गौरी से कहा, "आपने मुझसे गुणों के मिलान की बात कही थी, सो मैंने दादी माँ को बोला और उन्होंने पंडित जी से गुणों का मिलान करा लिया है।"

"हम्म।", गौरी ने प्रतिक्रिया की। वह शिवादित्य के उत्तर को सुनने के लिए उसकी तरफ देख रही है।

"आप पूछिए कितने गुण मिले हैं, शिव?", शिवादित्य ने कहा।

"आप सर बता दीजिये।", वह बोली।

"नहीं, ऐसे ही पूछिए मुझसे।", शिवादित्य बोला।

"ठीक है। शिव सर, आपके और मेरे कितने गुण मिलें हैं?", गौरी ने कहा।

"शिव सर नहीं...शिव कहिए, गौरी।", शिवादित्य बोला।

गौरी ने उसकी तरफ संकोच भरी दृष्टि से देखा और वह बोली, "सर, आपको अब मैं क्या ही बोलूँ? मैं आपको शिव नहीं बुला सकती हूँ।"

"क्यों...?", वह बोला।

"आप जानते हैं। मैं स्टाफ हूँ आपके होटल में।", गौरी ने उत्तर में कहा।

शिवादित्य बोला, "आप ज्यादा मत सोचिये, आप मुझे आराम से शांत होकर शिव बुलाइए। आप बिल्कुल भी, ये सब...स्टाफ, ओनर प्रकार की बात मत सोचिए। मैं आपको बोल रहा हूँ।"

गौरी ने फिर एक बार संकोच से भरी दृष्टि से शिवादित्य के चेहरे की तरफ देखा, और शिवादित्य तो उसे एकटक देख ही रहा है।

"ठीक है.....शिव, आपके और मेरे कितने गुण मिले हैं। कृपा कर बताइये।", गौरी ने कहा।

"सारे...।", शिवादित्य ने उत्तर दिया।

"सारे...!", गौरी ने चौंक कर कहा।

"हाँ...।", शिवादित्य बोला।

"क्या? मतलब छत्तीस में छत्तीस मिल गए...सर।", गौरी बोली।

"जी हाँ।", शिवादित्य बोला।

"आप मजाक कर रहे हैं, शिव सर।", गौरी बोली।

"नहीं, मैं वास्तव में मजाक ना के बराबर करता हूँ।", शिवादित्य बोला।

"ठीक है, मतलब छत्तीस में छत्तीस गुण तो देव तुल्य संयोग है...हम्म।", गौरी ने धीरे से खुद से कहा।

शिवादित्य शांत भाव में उसे निहार रहा है।

"मेरा मतलब ये तो अच्छा है, काफी अच्छा है।", गौरी ने फिर तुरंत कहा।

"हाँ, बहुत अच्छा है। तो फिर मैं मानूँ आपकी हाँ है।", शिवादित्य बोला।

"कैसी हाँ...?", गौरी बोली।

"आप और मैं, शादी...वैसी वाली हाँ।", शिवादित्य बोला।

"शादी...?", गौरी बोली।

"हाँ, हमारी, मेरी आपकी, आपकी मेरी...।", वह बोला।

"आप मजाक कर रहें हैं...?", गौरी बोली।

"नहीं...।", शिवादित्य बोला।

"...मैं शादी के लिए अभी तैयार नहीं हूँ।", गौरी ने शांत भाव से कहा।

"ठीक है...डेट करते हैं।", शिवादित्य बोला।

"डेट?", गौरी बोली।

"हम्म...।", शिवादित्य की प्रतिक्रिया।

"मुझे सोचने का समय चाहिए, शिव सर।", गौरी ने कहा।

"अच्छा, मतलब आपको सोचने का अभी भी समय चाहिए...।", शिवादित्य बोला।

"हाँ, मुझे सोचने का समय चाहिए और शिव सर, आपको तो मेरे बारे में कुछ भी नहीं पता है।", गौरी बोली।

"कोई बात नहीं, आप मुझे बता दीजिए। मैं यहीं हूँ। आपके साथ, हमेशा।", शिवादित्य बोला।

गौरी ने तरेरती नजरों से शिवादित्य को देखा। फिर वह बोली, "अच्छा, मैं आपको अगले सप्ताह बताती हूँ।"

"नहीं, कल...आप मुझे कल ही उत्तर दें।", शिवादित्य बोला।

"कल...ठीक है, सोचती हूँ।", गौरी बोली।

"अच्छा, ठीक है...कल ही।", शिवादित्य बोला।

"अब आप मुझे घर छोड़ दीजिये।", गौरी बोली।

"घर...।", शिवादित्य बोला।

"हाँ...।", गौरी बोली।

"...मेले में थोड़ी देर रुकते हैं, कुछ और झूलों पर बैठते हैं और फिर चलते हैं।", शिवादित्य ने धीरे से कहा।

गौरी को झूलों की बात काफी पसंद है। उसने झूलों की बात पर हाँ कर दी। गौरी और शिवादित्य झूलों का आनंद ले रहे हैं। उन्होंने कुछ और झूलों का आनंद लिया। समय शाम के साढ़े सात का हो गया है। गौरी ने समय देखा और वह बोली, "सर, साढ़े सात हो गया है। अब

मुझे घर जाना चाहिए। आप कृपा कर मुझे घर छोड़ दीजिए। अगर आप नहीं छोड़ेंगे तो मैं ऑटो से चली जाऊँगी।"

शिवादित्य बोला, "आप परेशान मत होइए। हम चलते हैं।"

वे दोनों झूले से नीचे आ गए और पैदल कदमों से आगे बढ़ने लगे। अचानक मौसम कुछ बारिश नुमा हुआ और रिमझिम बारिश आ गई।

शिवादित्य और गौरी, दोनों ने एक साथ आकाश की ओर देखा और शिवादित्य बोला, "इतनी बारिश तो मैंने अब तक महसूस नहीं की, जितनी अब कर रहा हूँ। ऐसा लगता है मुझे बारिश से भी मोहब्बत हो गई है।"

"इसके अलावा आपको किस किस से मोहब्बत है, शिव सर?", गौरी ने धीरे से मुस्कुराते हुए शिवादित्य से पूछा।

"आपसे...।", शिवादित्य ने झट से गौरी के चेहरे की तरफ देखते हुए उत्तर दिया, मुस्कुराते हुए। गौरी थोड़ा सा शर्मा गई। परंतु वह जल्द ही संभल गई और चारों तरफ देखने लगी।

बारिश को आता देख शिवादित्य ने झट से बोला, "चलिए हम लंबे कदमों से चलें...।"

"हम्म...।", गौरी ने प्रतिक्रिया दी।

वह दोनों गाड़ी में सवार हो गए और शिवादित्य ने गौरी को उसके घर छोड़ दिया और वह अपने घर को चला गया।

शिवादित्य अपने कक्ष में लेटा, सारी बातों को सोच सोचकर मन ही मन खूब मुस्कुरा रहा है। वे बातें, जो उसके और गौरी के बीच हुईं। उसे उस क्षण में ऐसा आनंद आया की शब्दों में अव्यक्त है वह।

इधर, गौरी चुपचाप शिवादित्य की ही तरह लेटी है और मन ही मन उन सब बातों के बारे में सोच रही है। वह सब एक चलचित्र फिल्म की तरह दिमाग में चलचला चल, उसके चल रहा है और वह भी शुरुआत से। उस दिन से, जिस दिन उसने एक अनजान शख़्स को अँगूठी लौटाने के लिए दौड़ लगाई थी। सबकुछ, सारे घटनाक्रम उसकी आँखों के सामने दौड़ गए। वह उस अलग से एहसास को महसूस कर पा रही है। वह शिवादित्य को मन ही मन पसंद तो करती है, परंतु हिम्मत नहीं जुटा पा रही है। वह समझ नहीं पा रही है की वह शिवादित्य को अपने बारे में कहाँ से बतायेगी। वह कहाँ से इस कहानी को शुरू करेगी? वह आखिरकार यह सब सोचते हुए सो गयी।

रात में उसे एक स्वप्न आया। उसने स्वप्न में देखा, एक बड़ी सी बालकनी है, उसमें एक शख़्स खड़ा है। उस शख़्स की पीठ है उसकी तरफ। वह उसे 'शिव' नाम से पुकारती है। और वह पलटकर देखता है मुस्कुराते हुए, और आगे बढ़कर उसे गले से लगा लेता है। स्वप्न के प्रथम परिदृश्य में वह यह देखती है, परंतु उस शख़्स का चेहरा स्वप्न में नहीं दिखता है। वह अभी भी स्वप्न में है। तभी स्वप्न का परिदृश्य बदला और अब पूर्व के परिदृश्य के समान ही वह एक सुंदर कक्ष में है, जो उसी बालकनी से जुड़ा है। वह कक्ष में है, और वह शख़्स भी। उसके साथ दो नन्हे बच्चे हैं, जिन्हें वह स्वप्न में अपने बच्चे के समान गोद में उठाये हुए है, एक उस शख़्स की गोद में है और एक उसकी। परंतु पुनः उस शख़्स का चेहरा स्वप्न में नहीं दिखता है।

अचानक से उसकी आँख खुलती है और स्वप्न टूट जाता है। वह पलंग के बगल में मेंज पर रखी अलार्म घड़ी को उठाकर समय देखती है, तो भोर के तीन बजकर नौ बजे होते हैं। वह आँखों में भारी नींद के साथ पुनः नींद में चली जाती है। जब वह सुबह घड़ी के बजने पर उठती है। तो कुछ क्षण बाद उसे वह स्वप्न याद आ जाता है। वह मन ही मन सोचती है। कि वह कैसा स्वप्न था? वह इंटरनेट पर अपने स्वप्न का अर्थ खोजती है, परंतु उसे वैसा कोई स्वप्न नहीं मिलता।

गौरी स्वप्न शास्त्र में विश्वास रखती है।

फिर वह मन ही मन सोचती है, "देवी माँ, यह जो भी स्वप्न है। इसको आप ही जानें। आपकी कृपा से सब अच्छा ही हो।" और फिर वह शांत मन से होटल को जाने के लिए तैयार होने लगती है।

शिवादित्य भी सुबह उठ कार्य में व्यस्त हो जाता है। वह काम और परिवार के बीच में एक बेहतरीन सामंजस्य स्थापित करने में माहिर है। उसे याद है आज उसे गौरी से कल वाले प्रश्न का उत्तर माँगना है।

शाम को गौरी सारे काम पूरे कर छह बजे ही निकल पड़ी और होटल के मुख्य द्वार पर जा पहुँची। शिवादित्य वहाँ गौरी से पहले ही पहुँचकर गौरी का ही इंतजार कर रहा है।

पीछे से गौरी आई और वह शिवादित्य से बोली, "शिव सर, आप।"

शिवादित्य धीरे से गौरी की आवाज पर मुड़ा और उसको देखते हुए बोला, "हाँ मैं, उत्तर तो आपको देना ही होगा। चाहे हाँ या ना, उत्तर तो मुझे चाहिए।"

"हम्म...।", गौरी ने धीरे से प्रतिक्रिया दी।

"अच्छा, कल रात मैंने एक स्वप्न देखा। उसमें आप मेरे कमरे में एक सुंदर साड़ी में थीं और बहुत ही खूबसूरत लग रही थीं और दो नन्हे नन्हे बच्चे भी थे। शायद हमारे थे।", यह कहते हुए वह मुस्कुराने लगा।

गौरी ने शिवादित्य की बात सुन कहा, "सर, मैंने भी एक ऐसा ही सपना देखा।" और फिर गौरी ने उसे अपना स्वप्न बता दिया।

वह आगे बोली, "जब मेरी आँख खुली तो सुबह के तीन बजकर नौ का समय था।"

शिवादित्य सहसा गौरी से बोल पड़ा, "हाँ...समय तीन बजकर नौ ही था, मेरे स्वप्न का भी।"

गौरी ने फिर थोड़ा चौंककर कहा, "यानी आपने और मैंने, एक ही सपना एक ही समय पर देखा।"

उसके ऐसा बोलने पर शिवादित्य ने कहा, "ये शंभू का इशारा है कि आप अपने नन्हे दिमाग पर ज्यादा जोर ना दें और मुझे हाँ बोल दें।" यह कहकर वह हँसने लगा।

शिवादित्य की यह बात सुनकर, गौरी ने सरलता से परिपूर्ण, किंतु तरेरती नजरों से शिवादित्य की तरफ देखा और वह बोली, "आपको तो बस मेरी हाँ की पड़ी है। बाकी और किसी बात से कोई मतलब नहीं है।"

"आप कहना क्या चाहती हैं? मुझे आपके बारे में क्या जानना चाहिए?", शिवादित्य बोला।

"कुछ नहीं...।", गौरी ने कहा।

"नहीं, आप मुझे बताइए। मैं सुन रहा हूँ।", शिवादित्य बोला।

गौरी बिना कुछ कहे, चुपचाप अपनी पैदल गाड़ी पर निकल पड़ी। शिवादित्य ने तुरंत कहा, "चलिए मैं आपको छोड़ देता हूँ।"

"नहीं मैं बस से जाऊँगी।", गौरी बोली।

"ये आप मेरे साथ कुछ ज्यादा ही जिद्दी बर्ताव कर रहीं हैं। लगता है मैं आपको ज्यादा ही पसंद हूँ।", शिवादित्य ने कहा।

गौरी रुक गई और शिवादित्य की तरफ देखने लगी। उसकी तरफ देखते हुए वह बोली, "मैंने आपसे कुछ समय माँगा था। उसका क्या हुआ?"

"समय...हम्म, ये जो आपके सुंदर काले बाल हैं, ये जो मेरे सुंदर काले बाल हैं, सोचते सोचते ये सफेद हो जाएँगे। क्या चाहती हैं आप? काले बालों में ही जवाब देने का विचार है या सफेद होने के बाद देंगी।", शिवादित्य बोला।

"मैंने आपसे थोड़ा सा समय ही माँगा है, एक हजार साल का नहीं।", गौरी ने कहा।

"तब तो हम दोनों ही नहीं होंगे।", मुस्कुराते हुए शिवादित्य बोला। गौरी चुप हो गई और कुछ क्षण सोच में पड़ गई।

"क्या सोच रही हैं?", शिवादित्य ने कहा।

"सोच रही हूँ कि आपको अपने बारे में कहाँ से बताऊँ?", गौरी बोली।

"आप मुझे अपने बारे में कहीं से भी बतायें। मेरी मोहब्बत को उससे कोई फर्क नहीं पड़ता।", शिवादित्य ने कहा।

"अच्छा, ठीक है। तो फिर चलते हैं...मंदिर, वहीं चलकर बैठकर बात करते हैं।", गौरी, शिवादित्य से बोली।

"अच्छा है। किस मंदिर चलें?", शिवादित्य ने गौरी से पूछा।

"गौरीशिव मंदिर...।", गौरी ने उत्तर में कहा।

शिवादित्य हँसने लगा और वह बोला, "वाह महादेव, आपकी लीला सिर्फ आप ही जानते हैं।"

उसकी इस बात पर गौरी मन ही मन मुस्कुराती रही।

शिवादित्य भी अपनी माँ, शिवांगिनी की ही तरह महादेव का भक्त है और सरल हृदय से महादेव की भक्ति करता है।

गौरी, शिवादित्य की गाड़ी में सवार हुई और वह दोनों गौरीशिव मंदिर पहुँच गए। वह दोनों गाड़ी से उतरकर पूजा की सामग्री ले, मंदिर के प्रांगण में प्रवेश किये और दोनों ने पूरे भक्ति भाव से गौरीशंकर को प्रणाम किया और प्रसाद चढ़ाया। मंदिर प्रांगण में ही एक जगह वह दोनों एक सुंदर वृक्ष के नीचे बने हुए चबूतरे पर बैठ गए।

फिर शिवादित्य बोला, "गौरी, अब मुझे आप अपनी वह कहानी सुनाइए, जो आप मुझे सुनाना चाहती हैं।"

गौरी ने कुछ क्षण गहरी साँस ली और फिर उसने शिवादित्य को अपने नाना-नानी से शुरू करते हुए, अपनी माँ की मृत्यु, फिर नाना-नानी का वैकुण्ठ को जाना और फिर पिता की दूसरी शादी, फिर उसके पिता की मृत्यु और फिर दूसरी माँ का सौतेला जैसा व्यवहार और फिर उसका अपने स्वप्न को पूरा करने और स्वयं को स्वावलंबी बनाने के भाव से

घर को छोड़ना और वह जो कुछ उसे लगा बताना चाहिए, उसने वह सब शिवादित्य को बता दिया। उसने उसे अपनी सहेली शिक्षा के बारे में भी बताया और यह भी की उसने उसकी काफी मदद की। उसकी मदद के बिना कुछ भी संभव ना हो पाता। उसने भैरव जी के बारे में भी बताया।

शिवादित्य चुपचाप सबकुछ सुनता रहा और गौरी उसे बताती रही। आखिरकार, गौरी ने अपनी तरफ से शिवादित्य को जब सबकुछ बता दिया तो वह चुप हो गयी।

गौरी ने शिवादित्य को कोई नाम नहीं बताया, सारे सिर्फ और सिर्फ संबोधन ही किए। ना नाना-नानी का नाम, ना माता-पिता का नाम और, ना किसी और का। उसने वह इसलिए नहीं बताया क्योंकि वह जानती है कि शिवादित्य और उसका परिवार उसकी माँ 'कामिनी देवी' को जानता है। और वह सोचती है की वे तुरंत ही उन्हें इत्तला कर सकते हैं। वह कामिनी से बहुत दूर रहना चाहती है। वह जानती है, कि कामिनी उसे न के बराबर चाहती है। वह इस बात से पूरी तरह अनभिज्ञ है की कामिनी अपनी छोटी बेटी काव्या का रिश्ता शिवादित्य के साथ करना चाहती है।

उसने मन ही मन सोचा, "यदि शिव सर मुझसे स्वयं कुछ पूछेंगे तो ही मैं बताऊँगी वरना नहीं। यदि मैंने उन्हें स्वयं बता दिया की कामिनी माँ ही मेरी दूसरी माँ हैं तो माँ मुझ तक आ जाएँगी और ना जाने ही वह मेरे साथ क्या करने का सोचेंगी। उचित यही है, कि मैं स्वयं शिव सर को ना बताऊँ।"

शिवादित्य ने गौरी से पूछा, "आपका जन्म स्थान कहाँ है? मेरा मतलब आपका घर कहाँ है?"

गौरी ने धीमे से कहा, "चम्बा, हिमाचल।"

शिवादित्य बोला, "ठीक है...कोई बात नहीं। अगर आप घर छोड़कर आयी हैं तो यही ठीक है। अब मेरा घर आपका घर है।"

गौरी को यह बात सुनकर जोर की हँसी आ गयी। वह बोली, "शिव सर, मैं आपके घर में आकर नहीं रहने वाली। मैं जहाँ रह रही हूँ, मैं वही रहूँगी।"

"मेरा मतलब है, आज नहीं तो कल, आपको मेरे साथ मेरे घर में ही रहना है।", शिवादित्य ने कहा।

"अच्छा...सोचूँगी मैं, आज...कल में...।", गौरी ने शरारती अंदाज में कहा और वे दोनों हँसने लगे।

शिवादित्य ने गौरी से कहा, "अच्छा, मुझे ये कहना ही होगा की आप खाना बेहतरीन बनाती हैं।"

गौरी बोली, "सच यही है, इसका एक बहुत बड़ा धन्यवाद काका जी को जाता है और फिर मेरी दोस्त शिक्षा को, और देवी माँ को तो सदैव ही। उनके आशीर्वाद के बिना क्या ही संभव है...मैं हमेशा माँ देवी अन्नपूर्णा को नमन और धन्यवाद करती हूँ, मेरे व्यंजनों को बनाने से पहले। आखिरकार, यह उत्तम पाक कला उन्हींने तो मुझे प्रदान की है।"

"हम्म।", शिवादित्य ने मुस्कान के साथ प्रतिक्रिया की। फिर उसने गौरी से पूछा, "आप खाना बनाने की प्रतियोगिता में भाग लेने का सोचती हैं...?"

उसने कहा, "सर, मैंने सोचा तो है, पर अभी कहीं भाग नहीं लिया है। पाक कला के अध्ययन के बाद मैंने अलग अलग जगहों से अलग प्रकार के खाना पर ज्यादा ध्यान दिया, उनको सीखने और समझने में।"

"हम्म...।", शिवादित्य ने प्रतिक्रिया की।

"आपका पसंदीदा भोजन क्या है?", शिवादित्य ने गौरी से पूछा।

"सर, भारतीय भोजन जिसमें राजस्थानी भोजन, हमारे यहाँ का भोजन या कह सकते हैं उत्तर भारत का भोजन मुझे खाना खासा पसंद है पर बनाना तो मुझे काफी तरह के व्यंजन आता है और पसंद भी है।", गौरी ने उत्तर में कहा।

"हम्म...फिर तो मैं अब रोज आपके हाथों की बनी एक डिश जरूर खाऊँगा।", शिवादित्य बोला।

उसकी यह बात सुन गौरी मुस्कुराने लगी।

यूँ तो मुख्य बावर्ची वीर साहब के साथ गौरी भी राजपरिवार के खाने को पकाने का कार्य करती है और देखती भी है। परंतु कभी कभी वह नहीं तो कोई और सहायक बावर्ची भी हो सकता है और वह कहीं और व्यस्त हो सकती है। शिवादित्य वास्तव में गौरी के हाथ के बने खाने के स्वाद को भलीभाँति जानता है और भोजन के एक निवाले से जान जाता है की वह गौरी ने बनाया है या नहीं।

घड़ी में शाम के सात से ज्यादा हो चुका है। गौरी बोली, "शिव सर, अब मुझे घर पहुँचना चाहिए। साड़े सात बजने में कुछ ही मिनट बचे हैं।"

शिवादित्य बोला, "ठीक है।"

वह दोनों उठ खड़े हुए और भगवन-भगवती को प्रणाम कर लंबे डग धर मंदिर प्रांगण से बाहर आ गए, और गौरी गाड़ी में बैठी। शिवादित्य ने गाड़ी चालू की और गौरी को उसके घर छोड़ा और वह अपने घर को चला गया।

अध्याय 9

गौरी...और पाक प्रतियोगिता

शिवादित्य के कहने पर गौरी ने खाने की प्रतियोगिता का पता लगाया और उसने एक प्रतियोगिता में भाग लेने का मन बनाया। यह प्रतियोगिता राष्ट्र स्तरीय है और इसमें प्रथम आने वाले प्रतिभागी को एक अंतरराष्ट्रीय प्रतियोगिता के लिए पेरिस भेजा जाएगा। दोनों ही स्तरों पर प्रथम, द्वितीय और तृतीय आने वाले प्रतिभागियों को ईनाम के रूप में धनराशि दी जाएगी।

गौरी ने भी इस प्रतियोगिता में भाग ले लिया है। प्रतियोगिता का आयोजन दिल्ली में होने वाला है। गौरी ने शिवादित्य को बताया की वह उसके कहने पर एक प्रतियोगिता में भाग लेने के लिए तैयार है। शिवादित्य यह सुनकर बहुत खुश हुआ। वह बोला, "मैं भी आपके साथ आऊँगा।"

"आप मेरे साथ क्यों आएँगे, शिव सर?", गौरी बोली।

"सबसे पहले तो आप मुझे शिव बुलाइए और दूसरी बात मैं आ रहा हूँ।", शिवादित्य बोला।

आज खाने की प्रतियोगिता का आयोजन है। गौरी दिल्ली में है और शिवादित्य भी। वह दोनों साथ ही दिल्ली गए। यह शिवादित्य की बच्चों वाली जिद रही की, 'मैं और आप साथ ही चलें', सो वे दोनों साथ साथ दिल्ली आ पहुँचे।

गौरी की माँ, कामिनी इस प्रतियोगिता में विशेष अतिथि के तौर पर आमंत्रित हैं, और उनके पास भी प्रतिभागियों की सूची जाने वाली है।

प्रतिभागियों के अपने अपने पाक हुनर को दर्शाने के लिए मंच तैयार है। एक तरफ सात जज बैठे हैं। दूसरी तरफ विशेष अतिथि विराजमान हैं, और फिर दर्शकगण एक तरफ हैं। शिवादित्य ने खुद को विशेष अतिथि में शामिल कर रखा है।

शिवादित्य के पिता साहब, विक्रमादित्य को आने का निमंत्रण मिला, परंतु कुछ व्यस्त होने की वजह से वह मना करने वाले थे और यह बात शिवादित्य को पता चली तो उसने उनसे कहा, "डैड, अगर आप चाहें तो मैं जा सकता हूँ।"

शिवादित्य की यह बात सुनकर विक्रमादित्य ने उसे जाने की आज्ञा दे दी और वह अपने पिता की जगह यहाँ विशेष अतिथि के रूप में आया है। इसके अलावा पाँच और विशेष अतिथि विराजमान हैं। कुल सात विशेष अतिथि विराजमान हैं।

सभी जजों को एवं विशेष अतिथियों को प्रतिभागियों की सूची दी गई है। कामिनी ने उस सूची पर एक सरसरी नजर डाली और उसका अचानक ध्यान गौरी के नाम पर गया। गौरी का नाम देखकर वह रोचने लगी, "कहीं यह वही गौरी तो नहीं?"

अपने संशय को दूर करने के लिए उन्होंने इस कार्यक्रम के प्रबंधक से इस बारे में पूछा। उन्होंने उससे कहा, "मैं इस प्रतिभागी का बायोडाटा देखना चाहती हूँ।"

वह बोला, "मैडम, इनके बायोडाटा सिर्फ जजों को देखने की इजाजत है, विशेष अतिथियों को नहीं। आप मुझे क्षमा करें।"

उन जजों में एक जज कामिनी का सहपाठी रहा है। कामिनी ने धीरे से उसके पास जाकर, धीरे से उससे कहा की वह गौरी नाम की प्रतिभागी का विवरण देखना चाहती है। उसने धीरे से गौरी का विवरण दिखा दिया। विवरण को देखते ही वह समझ गई कि यह गौरी ही है। वह गौरी, उसकी सौतेली बेटी ही है। इस बात की पुष्टि होने पर वह मन ही मन आग बबूला होने लगी और सोचने लगी, "यह लड़की यहाँ तक कैसे आ गई?"

शिवादित्य ने दूर से कामिनी को देखा और साथ ही यह सब करते भी देखा, परंतु वह उस समय कुछ समझ नहीं पाया। शिवादित्य को देखकर कामिनी बहुत खुश हुई और एक मुस्कुराती नजर से उसको देखा। शिवादित्य ने उन्हें दूर से ही प्रणाम कर लिया। वह चुपचाप अतिथियों के लिए निर्धारित जगह पर जाकर बैठ गया।

कामिनी ने अपने मित्र से बोला, "क्या इस प्रतिभागी को इस प्रतियोगिता से निकालने का कोई तरीका है?"

कामिनी के मित्र का नाम, चिराग है। चिराग बोला, "पर क्यों, कामिनी तुम इसे निकालना क्यों चाहती हो? मुझे लगता है, हमें यह सब नहीं करना चाहिए और प्रतिभागियों को उनका हुनर दिखाने का मौका देना चाहिए।"

कामिनी ने चिराग को घूर कर देखा और बोली, "चिराग, इसका मतलब तुम मेरा कहा नहीं करोगे।"

"कामिनी, यह कॉलेज नहीं है और न ही मैं वो चिराग जो तुम्हारे आगे पीछे घूमकर तुम्हारे आदेशों को लेता था। अब जाओ यहाँ से।", चिराग ने बहुत धीरे से कहा। कामिनी को चिराग पर बहुत जोर का गुस्सा आया। वह चुपचाप अपनी जगह पर जाकर बैठ गयी। वह सोच रही है, 'वह गौरी को कैसे निकाले?'

सभी प्रतिभागी मंच पर आ गए हैं। उनमें एक गौरी भी है। कामिनी की दृष्टि गौरी पर पड़ी और वह मन ही मन और क्रोध से भर गयी। सहसा गौरी की नजर भी कामिनी पर गयी और कामिनी को देखकर उसे थोड़ा अजीब लगा। परंतु उसने अपने हृदय को समझा लिया।

शिवादित्य की दृष्टि सिर्फ गौरी पर ही है। पर गौरी उससे नजरें नहीं मिला रही है। दरअसल कामिनी, शिवादित्य के ही बगल में बैठी है। अगर वह शिवादित्य को देखेगी तो कामिनी उसकी नजर पकड़ अवश्य ही लेगी। वह जानती है, कामिनी बहुत होशियार है।

कामिनी, शिवादित्य से बात कर रही है और उसके घर के हालचाल पूछने के बाद वह अब काव्या की प्रशंसा में लगी है। शिवादित्य एक कान से कामिनी की बातें सुन रहा है पर उसकी दृष्टि और हृदय गौरी पर अटका है। कामिनी का कुछ क्षण इस बात पर ध्यान नहीं गया, परंतु उन कुछ क्षणों के बाद वह जान गई की शिवादित्य की दृष्टि बार बार गौरी पर जा रही है। उसने शिवादित्य की दृष्टि को गौरी पर जाते हुए देख भी लिया और उसके भावों को भांप भी लिया। उसने गौरी

की दृष्टि पर भी दृष्टि रखी, परंतु गौरी का ध्यान सिर्फ प्रतियोगिता में है और वहीं दृष्टि भी।

प्रतियोगिता को आरंभ हुए दस मिनट हो गए हैं और सभी प्रतिभागी स्वादिष्ट व्यंजन बनाने में व्यस्त हैं। गौरी भी व्यंजन बनाने में व्यस्त है। उसने राजस्थानी भोजन और इटैलियन भोजन को मिलाकर एक व्यंजन बनाने का प्रयत्न किया है। प्रतिभागियों को दिया हुआ समय समाप्त हो गया है, और अब जजों को खाने को खाकर देखना है। सभी जजों को मंच पर बुलाया गया और उन्होंने एक एक करके सभी प्रतिभागियों का खाना चखा और सभी प्रतिभागियों के खाने की प्रशंसा की।

एंकर साहब ने जजों से खाने के बारे में पूछा और यह भी की क्या उन्हें अपने विजेता मिल गए हैं। उनमें से एक जज बोले, "खाना तो प्रत्येक प्रतियोगी का बहुत स्वादिष्ट है। पर विजेता तो सिर्फ तीन ही चुने जाने हैं। इसी बात को ध्यान में रखते हुए हमने उन तीन नामों को चुन लिया है।"

एंकर साहब ने जजों से कहा की वह उन विजेताओं के नाम स्वयं दर्शकगणों को बताएँ। जज साहब ने बड़े उत्साह के साथ वह नाम पुकारे और कहा, "इस प्रतियोगिता की प्रथम विजेता हैं, गौरी देवी।"

अपना नाम सुनते ही गौरी चौंक उठी। वह अचंभित हो देखने लगी। उसे लगा नहीं था की वह प्रथम ही आ जाएगी। कुल दो सौ प्रतिभागियों में प्रथम आने का उसके मन में ख्याल नहीं आया। गौरी का नाम सुनकर कामिनी का चेहरा उतर गया। और शिवादित्य के चेहरे पर खुशी के बादल छा गए और उसकी आँखों में एक अलग ही चमक आ गयी। वह जोर जोर से ताली बजाने लगा। शिवादित्य को इस तरह से खुश

होता देख कामिनी समझ गई की वह गौरी को बहुत पसंद करता है। यह देख कामिनी को और क्रोध आने लगा। वह मन ही मन सोचने लगी, "मेरी बेटी को मना कर ये इस लड़की पर फिदा हो रहा है।"

उसने अपने गुस्से को नियंत्रित करने की कोशिश की। ताकि शिवादित्य न महसूस करे उन क्रोधपूर्ण भावों को। परंतु फिर भी शिवादित्य को कुछ अजीब सा जरूर लगा।

फिर जजों ने दूसरे और तीसरे विजेता प्रतिभागियों के नाम क्रमशः पुकारे; ज्योति शर्मा और विकास यादव। जजों ने सभी प्रतिभागियों के लिए तालियाँ बजाईं और विजेता प्रतिभागियों को विशेष बधाई दी।

प्रतियोगिता में गौरी को दस लाख रुपए की इनामी राशि से नवाजा गया है। प्रतियोगिता पूरी तरह संपन्न हो गई है। गौरी प्रतियोगिता स्थल से निकलने के लिए तैयार है।

कामिनी ने शिवादित्य से पूछा कि वह कहाँ ठहरा है। उसने अपने होटल का नाम बता दिया और कामिनी को प्रणाम कर वह लंबे कदमों से बाहर को जाने वाले मार्ग पर बढ़ गया। गौरी भी निकल पड़ी। कामिनी दूर से निहार रही है। गौरी, कामिनी की नजरों से खुद को बचाना चाहती थी। इसीलिए वह पीछे के रास्ते से शिवादित्य की गाड़ी तक गई, परंतु फिर भी कामिनी ने दोनों को साथ में गाड़ी में बैठते देख ही लिया।

यह देख कामिनी को जो क्रोध आ रहा है, वह शब्दों से परे है। वह मन ही मन सोच रही है, "मैंने इस लड़की को यह सोचकर नहीं ढूंढ़ा की ये हमारी जिंदगियों से दूर रहे, परंतु ये लड़की फिर भी हमारी जिंदगियों में क्लेश करने आ ही गयी। ये मेरी बेटी काव्या का घर बसने नहीं देना

चाहती है पर मैं इसे जोधपुर राजपरिवार की बहू नहीं बनने दूँगी। अगर मेरी बेटी नहीं बनी तो ये लड़की भी नहीं बनेगी।"

गौरी की दादी जी को उससे मिले बहुत समय हो गया है। वह उससे तब मिली थीं, जब वह और उनके पति साहब गौरी से मिलने चम्बा गए थे, उसके बाद से ही उनका गौरी से मिलना नहीं हो पाया। इसके साथ ही उनकी फ़ोन पर भी गौरी से बात नहीं हुई है। गौरी की दादी जी की आयु चौरासी वर्ष है। कभी कभार वह भूल भी जाती हैं। गौरी से लंबे समय से न मिल पाने और न ही फ़ोन पर हालचाल मिलने से वह गौरी को बहुत याद कर रहीं हैं। आखिरकार उन्होंने अपने बेटे गजेंद्र से कहा कि वह गौरी से बात करना चाहती हैं।

गजेंद्र ने कामिनी को फ़ोन किया, परंतु कामिनी ने जानबूझकर फ़ोन नहीं उठाया। दादी जी के कहने पर गजेंद्र ने कई फ़ोन कॉल किए पर एक भी नहीं उठे। ऐसी स्थिति में गजेंद्र ने अपनी माँ साहिबा को समझाया कि सब ठीक है और वह परेशान न हों, परंतु उनका मन नहीं मान रहा है। और वह गौरी को याद कर रहीं हैं।

उधर, गौरी को भी हिचकियाँ आ रही हैं। वह मन ही मन सोच रही है, "मुझे कौन याद कर रहा है? कहीं दादी माँ तो नहीं?"

बगल में उसके पिया काम कर रही है। वह गौरी की हिचकियों को सुन, एक नजर उसकी ओर देख कर बोली, "क्या बात है? लगता मैडम को कोई याद कर रहा है।"

फिर धीरे से वह बोली, "कहीं शिव सर तो नहीं?"

गौरी ने पिया को आँखें तरेर कर देखा। तो पिया हँसने लगी और वह दोनों हँसने लगे।

शिक्षा ने गौरी को फ़ोन कर सूचना दी की उसकी शादी होने वाली है। गौरी सुनकर खुशी से झूम गई और वह बोली, "कब, कहाँ? तू जल्दी बता, मैं आने को तैयार हूँ।"

शिक्षा बोली, "...गौरी, साँस तो ले ले, बताती हूँ।"

"अच्छा सुन, मुझे तू अपनी शादी में बावर्ची नहीं बनाएगी...।", गौरी ने कहा।

"क्या...सोचना भी मत। अगर तू मेरी शादी की बावर्ची होगी, तो शादी के मजे कैसे लेगी पगली?", शिक्षा बोली।

"चल पगली, मैं अपनी दोस्त के लिए कुछ भी बन सकती हूँ।", गौरी बोली।

"अच्छा...तो फिर जल्दी से दुल्हन बन जा।", शिक्षा ने शरारती अंदाज में कहा और यह कह वह जोर से हँसने लगी।

"मतलब खुद कूदो, तो दूसरे को भी कूदाओ। ये क्या मतलब है, शिक्षा जी?", गौरी बोली।

"अरे हुकुम, हम तो ऐसे ही हैं। अच्छा ये बता युवराज जी कैसे हैं?", शिक्षा ने कहा।

"कौन युवराज?", गौरी ने कहा।

"अरे दोस्त, तेरा युवराज...।", शिक्षा बोली।

"मेरा युवराज...? मेरा कोई युवराज नहीं है शिक्षा।", गौरी बोली।

"अच्छा, तो फिर वो कौन हैं, जिनके किस्से आप हमें सुनाती हैं?", शिक्षा बोली।

"वो शिव है, उनका नाम शिवादित्य है।", गौरी बोली।

"हाँ, वे ही...आपके सपनों के शिव, मेरी सिंडरेला।", शिक्षा बोली।

"तू मुझे सिंडरेला कहना बंद करेगी...।", गौरी बोली।

"सच बोलूँ या झूठ...।", शिक्षा बोली।

गौरी मौन रही।

"कभी नहीं बंद करूँगी, मैं तुझे हमेशा सिंडरेला बोलूँगी, मेरी प्यारी सिंडरेला।", शिक्षा बोली।

"हे माता रानी, मेरी दोस्त शिक्षा को सद्बुद्धि दें।", गौरी बोली।

"ओहो, मैं कितनी बुद्धिमान हूँ ये तो पूरा भारत जानता है।", शिक्षा बोली। उसकी यह बात सुनकर, वह दोनों जोर जोर से हँसने लगे।

"अच्छा सुन, शिक्षा, कार्ड भेज न मुझे मेरे नाम पर।", गौरी बोली।

"हाँ ठीक है, भेज दूँगी। अच्छा अभी के लिए सॉफ्टकॉपी को देख तू, मुझे कुछ काम है तो फिर दोस्त फ़ोन रखना पड़ेगा। रख दूँ?", शिक्षा बोली।

"हाँ, रख दे।", गौरी ने कहा।

"दोस्त, मन तो नहीं कर रहा है...।", शिक्षा बोली।

"अरे, तू रख दे...।", गौरी बोली।

"अच्छा, तू रख दे...।", शिक्षा बोली।

दोनों ने अपनी वार्ता को पूर्ण कर अपनी कॉल को समाप्त कर दिया। और शिक्षा अपने विवाह की तैयारियों में व्यस्त हो गई। एक महीने बाद उसका विवाह है। इधर, जिस महीने शिक्षा का विवाह है। उसी महीने गौरी को पेरिस जाना है, अंतरराष्ट्रीय प्रतियोगिता में भाग लेने के लिए।

कामिनी ने भारतीय प्रतियोगिता के आयोजकों को गौरी का नाम हटाकर किसी और को भेजने को कहा, और गौरी को अंतरराष्ट्रीय प्रतियोगिता के लिए अमान्य घोषित करने को कहा। कुछ आयोजक कामिनी के साथ सहमत हो गए। कामिनी ने उन्हें इस काम के लिए अच्छे रुपये पेश किए और वह मान गए।

शिवादित्य ने उन आयोजकों में एक जो उसका मित्र है, उस प्रतियोगिता के बारे में जानने को फ़ोन किया। उस समय उसे यह बात पता चल गई की गौरी का नाम पेरिस वाली सूची से हटा दिया गया है, यह कहकर कि वह अंतरराष्ट्रीय प्रतियोगिता के लिए अभी अनुभव में कमतर है। उसकी जगह द्वितीय स्थान वाली विजेता प्रतिभागी को भेजना उचित है। शिवादित्य ने अपने मित्र से इस बात की वजह माँगी। उसने शिवादित्य को पता कर बताया की किसी ने गौरी का नाम हटाने की पहल की है। शिवादित्य ने जानना चाहा, 'वह कौन है?'

तब उस मित्र ने शिवादित्य को बताया की उस शख़्स का नाम 'कामिनी देवी' है और वह किसी राजपरिवार से भी हैं। साथ ही उन्होंने इस काम के लिए धनराशि भी उन आयोजकों को दी है।

शिवादित्य ने कहा, "पर ये कैसे संभव है, विक्रम? वो लोग ऐसा कैसे कर सकते हैं? वह प्रथम विजेता प्रतिभागी का नाम कैसे हटा सकते हैं?"

"शिव, मैंने उन्हें बोला पर मैं इस मामले में ज्यादा पड़ना नहीं चाहता। आप जानते हैं मैं सह आयोजक जरूर हूँ, पर मेरी भागीदारी धनराशि उपलब्ध कराने तक ज्यादा है, और मामलों से मैं दूर हूँ। बाकी कोई बात हो तो आप मुझे बताइयेगा।", विक्रमजीत ने शिवादित्य से कहा।

"ठीक है। आपका बहुत बहुत धन्यवाद, विक्रम।", शिवादित्य बोला।

शिवादित्य ने अपनी दादी जी को यह सारी बात बताई, और साथ ही गौरी के बारे में जो उसे गौरी ने बताया, वह भी शिवादित्य ने दादी जी को बता दिया। दादी जी ने पूरी बात को ध्यान से सुना और स्थिति को समझकर शिवादित्य से कहा, "आप निश्चिंत रहें। हम देख लेंगे क्या करना है?"

दादी जी ने अपने छोटे भाई साहब को फ़ोन किया और उन्हें सारी बात कह सुनाई, और उनसे कहा की वह गौरी का नाम वापस ले आयें। वह बोले, "ठीक है।"

दादी जी के छोटे भाई साहब रेवा के पूर्व राजपरिवार से हैं। वह एक उच्च पद पर आसीन हैं और वह सब ठीक करने की पूरी शक्ति रखते हैं।

कामिनी को इस बात का भान जरा सा भी न था और न हुआ की कुछ ऐसा हो सकता भी है। यदि शिवादित्य ने फ़ोन न किया होता विक्रमजीत को तो वह यह सब न जान पाता।

विक्रमजीत उन सह आयोजकों में से एक हैं, जिन्हें कामिनी ने रुपयों के लिए संपर्क नहीं किया क्योंकि ये लोग इस तरह के कृत्यों के विरुद्ध हैं। परंतु फिर भी हर प्रणाली में हेराफेरी के बीज को बोने के लिए कुछ लोग बैठे ही रहते हैं जो सामने से खुद को दूध सा धुला दिखाते हैं, और मौका मिलते ही चौका मारते हैं यानि झटपट घूसखोरी का समर्थन करते हैं। यह वास्तव में गुपचुप चोर हैं।

शिवादित्य मन ही मन सबकुछ चलचित्र की तरह अपने दिमाग में घूमा रहा है और सोच रहा है, "इसका मतलब कामिनी आंटी गौरी की सौतेली माँ हैं और उन्हीं की वजह से गौरी ने घर छोड़ा है। वह गौरी को इस कदर ना पसंद करती हैं, यह तो मैं सोच भी नहीं सकता था। आखिरकार वह इतनी नफरत गौरी से क्यों करती हैं? वह उनसे इतना दूर चुपचाप यहाँ जोधपुर में रह रही है और वह उससे इतना दूर होते हुये भी उसे परेशान करना चाह रही हैं। यह वाकई गलत है।"

तब उसे वह भी याद हो आया जब गौरी का नाम प्रथम विजेता के तौर पर बुलाया गया और वह खुशी में ताली बजाने लगा था और कामिनी के चेहरे पर अजीब से भाव थे। उस समय वह उन भावों को नहीं समझ पाया, परंतु अब वह सबकुछ समझ गया है। और वह यह भी समझ गया की गौरी ने उसको किसी का भी नाम क्यों नहीं बताया। वह समझ गया की गौरी, कामिनी को यहाँ 'सिटी पैलेस' में देख चुकी है, और वह शिवादित्य को यह नहीं बताना चाहती थी की वह उसकी माँ हैं। वह सबकुछ अपने मन में विचारों की उधेड़बुन कर समझ चुका है। उसने निश्चय किया कि वह गौरी को इस बारे में कुछ नहीं बतायेगा।

"गौरी को अभी के लिए न बताना ही ठीक है, हम्म...।", शिवादित्य ने मन ही मन सोचा।

गौरी अपनी प्रतियोगिता की तैयारियों में व्यस्त है। उसे शिक्षा के विवाह का भी पूरा उत्साह है। वह दिल्ली शिक्षा के विवाह में भी शामिल हुई और दिल्ली से ही दो दिन बाद पेरिस को चली गयी। शिवादित्य ने गौरी के साथ आने को कहा, परंतु उसने मना कर दिया और वह अकेली ही पेरिस पहुँच गई। परंतु शिवादित्य कहाँ मानने वाला, वह भी दूसरी उड़ान से पेरिस पहुँच गया।

आज प्रतियोगिता का आयोजन है। अलग अलग देशों के बेहतरीन पाकशास्त्री आज यहाँ इस प्रतियोगिता का हिस्सा बनने आयें हैं। प्रतियोगिता प्रारंभ हो गई है। सभी जज भी अलग अलग देशों के हैं। प्रतियोगिता पूर्ण हो चुकी है और अब प्रतियोगिता के परिणाम घोषित होने जा रहे हैं। इस प्रतियोगिता का सीधा प्रसारण पेरिस के एक स्थानीय टीवी चैनल पर हो रहा है।

शिवादित्य दर्शकगणों में बैठा है।

प्रतियोगिता के परिणाम को सुनकर देखने व सुनने वाले खुशी से झूम गए। पिछले सत्रह साल बाद इस प्रतियोगिता का विजेता एक बार फिर एक भारतीय है।

"इस प्रतियोगिता की विजेता गौरी देवी हैं। उनके लिए जोरदार तालियाँ बजाएँ।", एंकर साहब के इन शब्दों को सुनकर चारों तरफ तालियों की गूँज छा गई, और दूसरे और तीसरे विजेताओं के नामों को फिर पुकारा गया।

गौरी ने जैसे ही अपने नाम को सुना, उसे समझ में ही नहीं आया की वह क्या कहे। वह पुनः अचंभित सी हो गई। उसने अपने विजेता होने की कल्पना भी नहीं की थी। यह था की वह चाहती थी कि वह विजयी

हो, किंतु वह ही विजयी हो गई, यह देख वह आश्चर्य से भर गई। उसने जीत की खुशी को धीरे धीरे महसूस किया और फिर वह खुशी स्वतः उसके चेहरे पर दिखने लगी।

विजेताओं को पुरस्कार के रूप में धनराशि प्राप्त हुई। गौरी को प्रथम विजेता के तौर पर भारतीय मुद्रा में नब्बे लाख जितनी धनराशि का चेक प्राप्त हुआ।

अध्याय 10

गौरी का शिवादित्य को... 'हाँ'

गौरी पहले ही मन बना कर आई है की प्रतियोगिता के अगले दिन वह पेरिस घूमेगी और फिर भारत लौट जाएगी। प्रतियोगिता समाप्त होते ही वह अपने होटल को लौटने लगी तो पीछे से शिवादित्य ने उसे आवाज दी। और जानी पहचानी आवाज पर वह सहसा पलट पड़ी और देखा तो सामने शिवादित्य खड़ा है।

"शिव सर, आप यहाँ? मैंने आपको तो मना किया था, फिर आप यहाँ क्या कर रहे हैं?", गौरी बोली।

"गौरी देवी, मैं आपका पीछा कर रहा हूँ।", यह कहकर शिवादित्य हँसने लगा। फिर वह बोला, "मेरा मन नहीं माना, सो मैं आ ही गया।"

"अच्छा...।", गौरी बोली।

"हाँ, और मुझे आपसे मेरे सवाल का जवाब भी चाहिए।", शिवादित्य ने कहा।

"कौन सा सवाल, शिव सर?", गौरी ने कहा।

"आप जानती हैं, अब अनजान बनने की कोशिश मत कीजिये। मैं शरारत आपकी आँखों में अच्छे से देख पा रहा हूँ।", शिवादित्य ने कहा। यह सुनकर गौरी, ठहाका लगाकर हँसने लगी और बोली, "क्षमा करें, शिव सर। वो बस आपको थोड़ा सा परेशान किया...।"

"हम्म...।", हल्की मुस्कान के साथ शिवादित्य ने प्रतिक्रिया की। वह गौरी को निहार रहा है। उत्तर के इंतजार में टकटकी लगाए देख रहा है।

"शिव सर, वैसे आप कहाँ थे? मेरा मतलब आप मुझे अंदर नहीं दिखे...।", गौरी ने कहा।

"दर्शक...मैं दर्शकों में था।", शिवादित्य बोला।

"अच्छा...।", गौरी बोली।

आखिरकार, गौरी ने शिवादित्य के चेहरे के भावों को देखकर, उन्हें समझते हुए कहा, "सर, लगता है आपने हाँ या ना सुनने का पूरा मन बना लिया है।"

"हम्म...।", शिवादित्य की प्रतिक्रिया।

"ठीक है। तो फिर मेरा जवाब हाँ है।", गौरी ने कहा। गौरी के मुख से 'हाँ' का उत्तर पाते ही शिवादित्य ने सहसा उसको आगे बढ़कर अपने गले लगा लिया।

"सर, आप ये क्या कर रहें हैं? छोड़िये मुझे।", गौरी ने कहा।

शिवादित्य ने गौरी की तरफ देखा और फिर उससे अलग हो बोला, "आपकी वजह से मेरी साँसे रुकी हैं और आप मुझे दूर भगाने की तरकीबें खोज रहीं हैं।" यह कहकर वह दूसरी तरफ मुख करके खड़ा हो गया।

"शिव सर, आप नाराज हैं...?", गौरी बोली।

"हाँ, बहुत नाराज...।", शरारत भरे भावों से शिवादित्य बोला।

"पर शिव सर, मैंने तो कुछ नहीं किया।", गौरी बोली।

"अच्छा, ठीक है, तो फिर मेरे गले लग जाइए।", शिवादित्य बोला।

"हम्म...ये किस तरह की बात है? ठीक है, आप नाराज रहिये मैं चली।", यह कहते हुए गौरी मुस्कुराते हुये जाने लगी। शिवादित्य, गौरी की शरारत भरी मुस्कान को देखकर मन ही मन बड़ा खुश है, और वह मुस्कुराने में व्यस्त है।

कुछ कदम बाद गौरी ने पीछे मुड़कर देखा और वह बोली, "शिव सर, मेरे ख्यालों से बाहर निकलकर मेरे बगल में आ जाइये।"

शिवादित्य मुस्कुराता हुआ, लंबे डगों के साथ उसके बगल में आकर खड़ा हो गया और बोला, "आज से आप और मैं हमेशा साथ हैं। अगल बगल में, ठीक है।"

"हम्म।", मुस्कुराते हुए गौरी ने प्रतिक्रिया की।

फिर वह बोली, "अच्छा शिव सर, आपने मुझसे तो हाँ पा ली है। क्या आपको सात फेरों का पता है...मेरा मतलब आप सात फेरों के सात वचन जानते हैं?"

शिवादित्य ने कहा, "हम्म...पाणिगृहण संस्कार या विवाह के सात वचन मुझे पता है, पर संस्कृत में नहीं। मैंने उन्हें मेरी भाषा में...मेरा मतलब है, सरल शब्दों में याद कर रखा है।"

"ठीक है।", गौरी बोली।

"क्या आप मुझसे सुनना चाहती हैं?", शिवादित्य बोला।

"शिव सर, आपने कहा आप जानते हैं। मुझे आप पर विश्वास है।", गौरी बोली।

"हम्म, आप मेरे हृदय में विराजमान हैं...हमेशा। सिर्फ आप और आप ही...पहला वचन हुआ।", शिवादित्य बोला। गौरी उसकी बात सुन हृदय प्रिय मुस्कान बिखेरने लगी।

वह आगे बोलता गया और बोला, "आप हर जगह हैं मेरे जीवन में... धर्म, कर्म आदि सबकुछ...दूसरा वचन हुआ। मान, सम्मान देना तो हमारे घराने की परंपरा है। हर किसी को, हमेशा...और आप तो मुझे मुझसे भी ज्यादा सम्माननीय और प्रिय हैं और जो कुछ आपसे जुड़ा है वह भी...तीसरा वचन हुआ। आप मेरा प्रेम हैं, आपका ख्याल रखना अब मेरी आदत है, हमेशा...चौथा वचन हुआ।"

"...हजार साल तक, शिव सर।", गौरी ने शिवादित्य को बीच में छेड़ते हुये कहा।

"तब मैं खुद को अनंत सौभाग्यशाली मानता हूँ और बहुत खुश...।", वह मुस्कुराते हुये बोला। गौरी हृदयपूर्ण मुस्कान बिखेरती रही और वह बोलता गया।

फिर वह आगे बोला, "परिवार का उत्तरदायित्व लेने की भावना को हमारे घरानों में प्रारंभ से ही सीखाया जाता है। अब आप मेरी जिम्मेदारी हैं...पाँचवा वचन हुआ। आप और मैं हमेंशा समान हैं। आप मेरे हर निर्णय में साथ हैं, सहयोगी हैं...छठा वचन हुआ। मुझे व्यक्तिगत तौर पर अच्छी आदतों का होना और सीखना ही पसंद है। धुम्रपान, मदिरापान आदि से मैं पूरी तरह मुक्त हूँ...सातवा वचन हुआ।"

शिवादित्य की बात पूर्ण हुई और गौरी ठहाका लगाकर हँस पड़ी। वह भी मुस्कुराने लगा। गौरी बोली, "अब तो मेरा मन कर रहा है। मैं आपको गले लगा लूँ।"

"तो फिर लगा लीजिये...।", शिवादित्य झट से बोला।

"नहीं...।", गौरी बोली।

"कोई नहीं देख रहा है...।", शिवादित्य बोला।

"तो...शंभू देख रहें हैं।", गौरी बोली।

"...वो तो सबकुछ देख रहें हैं।", शिवादित्य बोला।

"हम्म...।", गौरी ने शांत भाव में शिवादित्य को देखते हुए मुस्कुराते हुये प्रतिक्रिया की। और वे लंबे डग धर आगे बढ़ गये।

शिवादित्य और गौरी ने पेरिस का भ्रमण किया और फिर वह दोनों भारत लौट आए।

प्रतियोगिता की खबर पेरिस के समाचार पत्रों में भी छपी और भारत के समाचार पत्रों में भी। कामिनी ने जब उस खबर को देखा तो वह

आग बबूला हो गई। उसके क्रोधपूर्ण भावों को देखकर काव्या ने पूछा, "मॉम, क्या बात है? आप गुस्से में लग रही हैं।"

तब कामिनी ने अखबार की वह खबर काव्या के सामने रख दी। काव्या ने खबर पढ़कर कहा, "ये गौरी है...?"

कामिनी बोली, "हाँ, यह वही लड़की है।"

काव्या बोली, "मॉम, अब आप, गौरी को भूल जाइये। उससे अब नाराज होने का कोई मतलब नहीं है।"

"आप नहीं जानती हैं काव्या पर शिवादित्य गौरी से प्रेम कर बैठा है। जिस लड़के से मैं मेरी बेटी की शादी करना चाहती हूँ, उसके पीछे वह लड़की है।", कामिनी ने नाखुश अंदाज में कहा।

काव्या कुछ क्षण शांत रही। फिर वह बोली, "मॉम, अगर ऐसी बात भी है तो भी आप नाराज मत होइए।"

कामिनी को वास्तव में गौरी का नाम अंतरराष्ट्रीय प्रतियोगिता में पुनः शामिल किये जाने की बात काफी बाद में पता चली। तब तक बात उसके हाथ से जा चुकी थी।

शिक्षा को फ़ोन पर गौरी ने पेरिस प्रतियोगिता का परिणाम बता दिया। उसने गौरी को खूब बधाइयाँ दीं। शिक्षा विवाह उपरांत अपने पति के साथ अमेरिका को चली गई। वह दोनों वहीं कार्यरत हैं, एक बड़ी कंपनी में।

गौरी फिर अपने काम पर वापस आ चुकी है। वापस आने पर होटल की तरफ से उसे खूब सारी बधाइयाँ प्राप्त हुयीं।

गौरी की दादी जी काफी सालों से गौरी से रूबरू होने की ख्वाहिश में हैं, परंतु वह उससे अभी तक रूबरू नहीं हो पायीं हैं। आखिरकार, भगवान से उन्होंने प्रार्थना की, की वह ही उनकी पोती से उन्हें मिला दें।

गौरी को पेरिस वाली प्रतियोगिता से लौटे और यहाँ 'सिटी पैलेस' होटल में काम करते पूरे इक्कीस दिन बीत चुके हैं। और आज 'सिटी पैलेस' होटल में भव्य विवाहोत्सव समारोह का आयोजन है। इस समारोह में गौरी की दादी जी अपने बेटे गजेंद्र से जिद करके आयीं हैं। साथ ही उनके परिवार के सभी लोग इस विवाह में शिरकत करने आए हुये हैं।

साथ ही, शिवादित्य की नानी-नाना जी भी विवाह में आये हैं। शिवादित्य के नाना साहब सूर्यभान सिंह राजपिपला के पूर्व राजघराने से हैं और उसकी नानी साहिबा चंद्रिका देवी बड़ौदा के पूर्व राजपरिवार से आती हैं।

गौरी अपने काम में हमेशा की तरह ही व्यस्त है। उसका ध्यान मेहमानों पर कम और अपने काम पर ज्यादा है। गौरी की दादी जी जो की वहीं हैं और मन ही मन गौरी के बारे में सोच रही हैं, कि सहसा उनकी नजर गौरी पर गई। गौरी पर नजर जाते ही वह एकाएक बोल उठीं, 'गौरी', और उनके चेहरे पर मुस्कुराहट छा गई। उन्होंने अपने बेटे गजेंद्र की तरफ देखा और कहा, "गजेंद्र, वह उधर देखिए, वो हमें गौरी लग रहीं हैं।"

गजेंद्र ने कुछ रूखे मन से अपनी माँ से कहा, "कहाँ माँ सा?"

गौरी की दादी जी ने गजेंद्र की तरफ हल्के गुस्से से देखा और हल्की भारी आवाज में कहा, "उम्र हमारी ज्यादा है और नजर आपकी कमजोर हो गई है। गजेंद्र ध्यान से देखिए।"

गजेंद्र ने तुरंत अपनी तेज नजर दौड़ाई और फिर गौरी को देखकर वह बोले, "माँ सा, लग तो गौरी ही रही है...। ठीक है, हम उसके पास जा रहे हैं।" यह कह गजेंद्र गौरी की ओर बढ़ चले।

दादी साहिबा भी धीरे धीरे कदमों के साथ गौरी की तरफ बढ़ चलीं और तभी गजेंद्र ने देखा की उनकी माँ सा आ रहीं हैं, तो वह भी उनके पीछे जा धीरे धीरे चल पड़े। गजेंद्र ने दूर से ही गौरी को आवाज दी।

गौरी ने तुरंत आवाज पर मुड़कर देखा, तो देखा दादी जी मुस्कुराती हुई आ रहीं हैं, और उनके पीछे ताऊ जी। गौरी की खुशी का ठिकाना ही ना रहा। उसे ऐसा लगा जैसे मानो उसका 'मन मयूर' सा झूम गया हो।

वह दौड़कर दादी जी के पास जा पहुँची और उत्साह से ओतप्रोत हो बोली, "दादी माँ...।"

दादी जी ने उसे अपने गले लगा लिया और वह बोलीं, "मेरी गुड़िया, आप कहाँ चली गयी थीं, आपको दादी ने बहुत याद किया। कामिनी ने हमसे कहा आप विदेश पढ़ने गई थीं। बेटा सच सच बताओ आखिरकार हुआ क्या? हमें लगता है, बात कुछ और ही रही है।"

गौरी ने प्यार से दादी साहिबा की तरफ देखा और कहा, "दादी माँ, मैं आपको सबकुछ आराम से, फुर्सत में बताऊँगी।"

दादी साहिबा बोलीं, "हम्म, ठीक है।"

तभी, पीछे से शिवादित्य आ गया और वह भी मुस्कुराते हुये 'दादी जी' बोल धीरे से उनके गले लग गया। उसने सब दूर से ही देख और समझ लिया और वह लंबे डग धर आ पहुँचा। दादी साहिबा बोलीं, "बेटे, आप कौन हैं?"

शिवादित्य बोला, "दादी जी, मेरा नाम शिवादित्य है। मैं राजमाता भुवनेश्वरी देवी का पोता हूँ।"

यह सुनते ही दादी जी मुस्कुराईं, और उन्होंने शिवादित्य और गौरी के चेहरों को ध्यान से निहारा। फिर वह बोलीं, "हम्म, तो यह बात है। अब हम सब समझ गए। आप दोनों के बीच जो खिचड़ी पक रही है, वो हम अच्छे से समझ पा रहे हैं।"

"...दादी माँ।", गौरी कुछ शर्माते हुये बोली।

"अच्छा बेटे शिव, आपकी दादी जी कहाँ हैं?", गौरी की दादी जी ने शिवादित्य से पूछा।

"दादी जी, वहाँ...।", कहते हुये शिवादित्य ने इशारे में उन्हें उस ओर इशारा कर बताया।

"ठीक है...तो फिर राजमाता भुवनेश्वरी देवी से बात की जाए।", यह कहते हुए गौरी की दादी जी उस ओर बढ़ गयीं। उनके पीछे शिवादित्य और गौरी भी बढ़ चले।

गौरी की दादी जी, शिवादित्य की दादी जी के पास गयीं और बोलीं, "भुवना, आप कैसी हैं?"

वह बोलीं, "हम ठीक हैं दुर्गा, आप बताएँ। आखिरकार इतने दिनों बाद आपको हमारी याद आ ही गई।"

यह सुनकर गौरी की दादी जी, राजमाता दुर्गेश्वरी हँसने लगीं और राजमाता भुवनेश्वरी भी। उन दोनों को इस तरह हँसता देख, सभी हँसने

लगे। शिवादित्य ने अपनी दादी जी से पूछा, "दादी माँ, आप गौरी की दादी जी को जानती हैं?"

वह कुछ चकित हो, बोलीं, "कौन...दुर्गा?"

फिर वह गौरी की दादी जी से बोलीं, "दुर्गा, आप गौरी की दादी हैं। वह आपकी पोती हैं...।"

वह बोलीं, "हाँ भुवना, गौरी हमारे छोटे बेटे कुँवर मृगेंद्र और राजकुमारी कात्यायनी जो की चम्बा के राजा साहब की अकेली बेटी थीं, उनकी बेटी हैं। गौरी हमारे बेटे की अकेली बेटी हैं। परंतु गौरी की माँ के जाने के बाद उनका दूसरा विवाह हुआ राजकुमारी कामिनी से और दूसरे विवाह से उनके दो बेटियाँ और हैं।"

फिर वह धीरे से बोलीं, "वह (मृगेंद्र) भी चले गये।" यह कह वह कुछ उदास हो गयीं तो गौरी ने उन्हें धीरे से गले लगा लिया और वह मुस्कुराने लगीं।

राजमाता भुवनेश्वरी कुछ क्षण सोच में पड़ गयीं और फिर वह बोलीं, "इसका मतलब की कामिनी गौरी की दूसरी माँ हैं।"

"आप उन्हें जानती हैं...?", गौरी की दादी जी ने पूछा।

"हाँ, वे अपनी बेटी का रिश्ता हमारे यहाँ लाई थीं, परंतु बात नहीं बन पायी।", राजमाता भुवनेश्वरी बोलीं।

"हम्म...।", गौरी की दादी साहिबा की प्रतिक्रिया।

"चलिये, कोई बात नहीं। हमारे शिव और गौरी के रिश्ते के बारे में आपका क्या ख्याल है? शिव को गौरी पसंद है। गौरी को शिव पसंद

है। कुंडलियाँ शुभ हैं। हमारी तो हाँ है, दुर्गा।", राजमाता भुवनेश्वरी ने मुस्कुराते हुए कहा। यह सुन सभी ठहाका लगाकर हँस पड़े।

गौरी ने अपनी दादी जी से पूछा, "दादी माँ, पर आप लोग एक दूसरे को कब से जानते हैं? ये तो आप लोगों ने बताया ही नहीं।"

यह सुन राजमाता भुवनेश्वरी बोलीं, "बेटे गौरी, हम और आपकी दादी पहली बार एम.एस.डी (...महारानी सावित्री देवी कन्या विद्यालय) में मिले थे, और वहीं दोस्त बन गए। हम और आपकी दादी दोस्त भी थे और प्रतिद्वंदी भी। कभी वह प्रथम आतीं तो कभी हम, और यही चलता रहा, और फिर विद्यालय के दिन समाप्त हो गये। फिर पहले हमारा विवाह हो गया, फिर आपकी दादी साहिबा का और फिर हम दोनों अपने अपने परिवारों में व्यस्त हो गए।"

राजमाता दुर्गेश्वरी चुपचाप सुनती रहीं। फिर वह मजाकिया अंदाज में बोलीं, "बताओगी नहीं भुवना, की कैसे आप हमारे पेपर में ताक-झाँक करती थीं?" यह सुनकर सब हँसने लगे।

तभी शिवादित्य अपनी नानी जी को देख बोला, "नानी माँ कहाँ हैं...?"

वह चुपचाप वहीं बैठी सारी बातें सुन रही हैं और मुस्कुरा रही हैं।

"नानी माँ, आप खामोश कैसे हैं? आप तो धमाचौकड़ी करती थीं।", शिवादित्य ने कहा। उसकी नानी जी ने उसे कुछ अपने विद्यालय के किस्से सुनाएँ हैं। वह बोलीं, "बेटे, सच तो यह है हम तीनों या मैं कहूँ चारों, हम चारों बहुत धमाचौकड़ी करते थे। पर वह बचपन के दिन थे। वे बचपन की ही तरह थे, स्वच्छंद, उन्मुक्त, सरल, सहज। अब वे दिन कहाँ लौटकर आने हैं।"

"वैसे आप, हमारी सीनियर थीं एम.एस.डी में...।", गौरी की दादी जी बोलीं।

"हाँ, और आपने और भुवना ने हमें खूब चंद्राणी कहकर बुलाया, हमें याद है...।", शिवादित्य की नानी जी मुस्कुराते हुये बोलीं।

"पर आपने भी तो, कभी नहीं डाँटा।", गौरी की दादी जी बोलीं।

"क्या डाँटती? इससे पहले मैं डाँटती...चंद्रलेखा मुझे समझा देती थी।", शिवादित्य की नानी जी ने कहा।

"चंद्रलेखा...? नानी माँ चंद्रलेखा कौन थीं?", शिवादित्य ने अपनी नानी साहिबा से पूछा।

वह बोलीं, "वह मेरी सहपाठी और मेरी बहुत अच्छी दोस्त थीं। वह जम्मू के राजघराने से थीं और हमारे लिये उनके बागानों से खूब सेब, लीची... बहुत से फल आया करते थे।" यह कहकर उन्होंने एक गहरी साँस ली।

तभी, गौरी सहसा ही शिवादित्य की नानी जी को देख, उनसे बोल उठी, "नानी जी, मेरी नानी माँ का नाम भी चंद्रलेखा था और वह जम्मू के राजपरिवार की बेटी थीं और चम्बा राजपरिवार में ब्याही थीं।"

यह सुनकर गौरी की दादी जी बोलीं, "गुड़िया, आप सही कह रही हैं।"

उन्होंने चंद्रिका साहिबा की ओर देख कहा, "चंद्रिका...गौरी चंद्रलेखा की नातिन हैं।"

यह सुन चंद्रिका साहिबा बोलीं, "चंद्रलेखा की नातिन...।" स्वयं से यह कहते ही उनके चेहरे पर चमक सी आ गई। उन्होंने गौरी को ध्यान से देखा और फिर वह सहसा उठीं, आगे बढ़ीं और उन्होंने चुपचाप गौरी

को अपने गले लगा लिया। फिर वह बोलीं, "आपकी आँखें चंद्रलेखा की ही तरह हैं, एकदम मृग के नयनों की तरह। आपकी माँ की आँखें भी ऐसी ही थीं। हम उनसे मिल चुके हैं, बहुत पहले।"

राजमाता भुवनेश्वरी बोलीं, "हमने सोचा ना था, गौरी चंद्रलेखा बाई सा की नातिन होगीं और दुर्गा की पोती। अगर हमें यह पता होता तो हमने पहले ही चट मंगनी पट ब्याह करा दिया होता।"

यह सुनकर सब ठहाका लगाकर हँस पड़े।

आगे वह बोलीं, "अब सब लोग यहाँ मौजूद हैं तो विवाह की तारीखें निकलवा लेते हैं, पंडित जी से।"

राजमाता दुर्गेश्वरी बोलीं, "भुवना, आपने एकदम उचित सोचा, हम भी यही चाहते हैं।"

"दुर्गा...हम तो आपसे भी पहले से यही चाहते हैं। शिव को जाने कितनी बार बोल चुके हैं।", राजमाता भुवनेश्वरी बोलीं। सब एक बार फिर जोर से ठहाका लगाकर हँस पड़े। सूर्यभान साहब बोले, "चलो, मैं पंडित जी को बुलवाता हूँ।"

पंडित जी ने उसी समय विवाह की तारीख निकाल दी। भाग्यवश विवाह की तारीख अगले महीने की ही मिल गयी। कामिनी इस विवाहोत्सव में उपस्थित है। वह दूर खड़ी यह सब नजारा चुपचाप देख रही है। उसे यह सब देखकर बहुत बुरा लग रहा है। उससे रहा नहीं गया, और वह लंबे डग धरते हुये उन सब लोगों के पास पहुँच ही गई। कामिनी को देखकर राजमाता दुर्गेश्वरी बोलीं, "कामिनी, आप भी आयीं हैं। माफ करियेगा, आप हमें दिखी नहीं।"

कामिनी अंदर से आग बबूला होते हुये बोलीं, "जब आपके बेटे को मैं नहीं दिखी, तो आपको कहाँ से नजर आने वाली हूँ? आपके बेटे का ध्यान भी इसी लड़की पर था, और आपका भी। कभी आपने काव्या या काम्या की परवाह की है।"

"उनकी परवाह के लिए उनके पास उनकी माँ, यानी आप हैं कामिनी।", राजमाता दुर्गेश्वरी बोलीं। वह आगे बोलीं, "पर गौरी के पास न माँ हैं और न ही पिता। और आपको माँ बनने में दिलचस्पी ही कहाँ है?"

"माँ सा, आप नहीं जानती। यह लड़की घर से भाग गई थी। मैंने इसे बहुत खोजा पर यह कहीं नहीं मिली। मैंने आपको इसलिए नहीं बताया क्योंकि आप इसकी वजह से परेशान न हो। इसे अपनी माँ की या अपने परिवार की कोई परवाह नहीं है।", कामिनी ने कहा।

"कामिनी, आप चुप रहिये, और फिजूल की बातें मत कीजिये।", राजमाता दुर्गेश्वरी बोलीं।

"माँ सा, मैं सच कह रही हूँ। आप चाहें तो गौरी से खुद पूछ लें, क्या ये घर से नहीं भागीं?", कामिनी बोली। गौरी की दादी जी ने उसकी तरफ देखा और उससे कहा, "गौरी, कामिनी जो कह रहीं हैं वह सच है।"

वह बोली, "हाँ दादी माँ, यह सच है। कि मैंने घर को छोड़ा, पर उसकी मेरी अपनी वजह रही है।"

तब गौरी ने दादी साहिबा को सबकुछ सच सच बता दिया की वह आगे पढ़ना चाहती थी, परंतु माँ उसे सिर्फ घर में रहकर घरेलू कार्यों में ही लगाये रखती थीं...। वह कहती गई और सब सुनते गए। गौरी की सभी बातों को सुन, उसकी दादी जी ने कामिनी से कहा, "आप इसे माँ होना

कहती हैं...। अपनी बेटियों को विदेश भेजना पढ़ने के लिए और हमारे बेटे की बेटी को घर में नौकरानी की तरह रखना, वो भी उस घर में जो की उनके नाना-नानी का घर है। न की आपका और न ही हमारे बेटे और आपके पति का।"

"माँ सा, आप नहीं जानती ये बहुत शातिर लड़की है...।", कामिनी बोली। वह आगे कहने को हुई, तभी गौरी की दादी जी ने बीच में ही उनकी बात को काटते हुए कुछ सख्ती से कहा, "आप चुप रहिये। यहाँ शातिर कौन है और कौन नहीं, हमें अच्छे से मालूम है। आप हमें नासमझ समझने की भूल न करें।"

कामिनी चुप हो गयीं। फिर वह राजमाता भुवनेश्वरी से कुछ तीखे लहजे में बोलीं, "आप इस भगोड़ी लड़की को अपने घर की बहू बनाना चाहती हैं...।"

वह बोलीं, "नहीं कामिनी, हम उस लड़की को अपने घर की बहू बनाना चाहते हैं जो अपने सपनों में विश्वास रखती हैं, और अपनी मेहनत से उन्हें पूरा करना चाहती हैं।"

"लगता है, आप सबको मेरी हीरे जैसी बेटी की समझ है ही नहीं।", कामिनी ने कहा।

शिवादित्य जो स्वयं को पूरी तरह से रोके हुये है वह बोल ही पड़ा, "कामिनी आंटी, गौरी को यह बात मैंने नहीं बतायी, पर अब आप भी यहाँ हैं तो मुझे लगता है, मुझे बोल ही देना चाहिए। आपने आयोजकों को गौरी का नाम हटाने के लिए रुपए दिए, क्यों?"

"शिव सर, ये आप क्या कह रहे हैं?", गौरी चकित हो बोली।

"हाँ गौरी, कामिनी आंटी ने आपका नाम हटवा दिया था। वो मुझे सही समय पर यह बात पता चल गयी तो आपका नाम फिर से डलवा दिया गया। दादी माँ ने मदद की इसमें।"

कामिनी शख्त हो बोली, "हाँ, मैंने गौरी का नाम हटवाया क्योंकि मैं इस लड़की को बिल्कुल भी पसंद नहीं करती हूँ।"

"कामिनी, बस कीजिये। आप चुप हो जाइये।", गौरी की दादी जी ने कामिनी से कहा।

गौरी बोली, "माँ, मुझे नहीं पता आप मुझसे इतनी नफरत क्यों करती हैं। पर आप वास्तव में बुरी नहीं हैं।"

कामिनी बिना कुछ कहे गुस्से में चुपचाप वहाँ से चली गयीं।

अध्याय 11

गौरी और शिवादित्य का 'शुभ विवाह'

आज गौरी और शिवादित्य का विवाहोत्सव है। चारों तरफ खुशनुमा माहौल है। आखिरकार, जोधपुर राजघराने के युवराज शिवादित्य के विवाह का उत्सव जो ये है। देश, विदेश से लोग अतिथि रूप में विराजमान हैं, आज 'सिटी पैलेस' में। वह 'सिटी पैलेस' जो विवाहों के उत्सव में साजो सज्जित हो बार बार जगमगा उठता है, आज अपने युवराज के इस विवाह के उत्सव पर पुनः जगमगा उठा है। यह विवाहोत्सव कुछ ब्रह्मोत्सव सा मालूम होता है।

शिक्षा अपने पूरे परिवार के साथ विवाह में आ गई है। विराट भी आया है। सनम भी आई है। गौरी ने अपने पेरू के, इटली और पेरिस के दोस्तों को भी बुलाया है। वे सब भी विवाह में आये हैं।

शिक्षा ने धीरे से गौरी से कहा, "मेरी सिंडरेला, तो अब क्या कहती हो? प्रिंस मिल ही गया ना तुझे, तेरा प्रिंस।"

गौरी बोली, "हाँ शिक्षा जी, आप सही थीं।" यह कह, वह दोनों ही ठहाका लगा कर हँस पड़े।

सनम ने गौरी से कहा, "वैसे गौरी, तुम्हें मुझे खास शुक्रिया बोलना चाहिए, आखिरकार मिस्टर प्रिंस से मुलाकात मेरी वजह से ही हुई तुम्हारी।" यह बात सुनकर शिक्षा और हँसने लगी, और वह तीनों हँसने लगे।

गौरी मुस्कुराते हुये बोली, "इन दोनों ने तो मुझे घेर रखा है। दोनों सिंडरेला प्रिंस वाली हैं।" सनम और शिक्षा ने गौरी को दोनों तरफ से गले से लगा लिया।

देवराज अपनी मित्र मंडली में हैं और बहुत उत्साहित हैं। आखिरकार उनके चहेते छोटे भाई का विवाहोत्सव जो है। देवराज अपने मित्रों को शिवादित्य की ही कहानी सुना रहे हैं।

तभी, पीछे से आ शिवादित्य ने देवराज के मित्रों का अभिवादन किया और वह बोला, "भाई साहब, क्या कहानी चल रही है...?"

देवराज ने शरारत भरी दृष्टि से शिवादित्य को देखा और वह मौन रहा।

फिर देवराज ने अपने घनिष्ठ मित्र की ओर देखा और उस मित्र ने हल्की मुस्कान के साथ कहा, "शिव, आप तो देव को जानते ही हैं, यह आपको बहुत चाहते हैं। ये हमें आपके बॉलरूम डांस और जो भी हुआ, वह सब बड़े ही प्यार से सुना रहे हैं, और हम सब भी बहुत खुश हैं।"

"जी देव भाई साहब, मैं जानता हूँ, भाई साहब मुझे बहुत चाहते हैं... और इनकी शरारतें भी।", शिवादित्य मुस्कुराते हुए बोला। यह सुन सब हँस पड़े।

"वैसे देव भाई साहब, आप दोनों ही मेरे लिए देव भाई साहब हैं पर आपकी प्रकृतियों में, भिन्नता है और घनिष्ठ मित्रता है।", शिवादित्य ने देवराज के घनिष्ठ मित्र से कहा।

"...वो इसलिए छोटे भाई साहब क्योंकि हमारी मूल प्रकृतियाँ समान हैं।", तुरंत ही देवराज ने सौम्य भाव से शिवादित्य से कहा। शिवादित्य आगे बढ़ देवराज के गले लग गया और वह बोला, "धन्यवाद, भाई साहब। आप जैसे बड़े भाई का होना मेरे लिए सौभाग्य की बात है।"

"बस करिये, आप अकेले दीवाने दिलवाले नहीं हैं। हम सभी ऐसे ही हैं, और अगर आप और गंभीर हुये तो सच कह रहा हूँ, अगले एक महीने तक रोज सुबह मैं आपके गले लगूँगा। सोच लीजिये...।", देवराज बोला। यह सुन सब ठहाका लगाकर हँस पड़े।

देवराज के घनिष्ठ मित्र 'देवकृतंजय सिंह', टेहरीगड़वाल के पूर्व राजघराने से हैं।

शिवादित्य के नाना साहब यह विवाहोत्सव देखकर मन ही मन बड़े आनंदित हो रहे हैं। शिवादित्य का विवाह देखने का उनका बड़ा मन था और आज वह उनका स्वप्न पूरा हो रहा है। उनकी नजरें शिवादित्य और गौरी पर टिकी हैं...।

वह धीरे धीरे एक पुरानी याद में जा रहे हैं। बहुत साल पहले.....

शिवांगिनी और उनके माता-पिता एक विवाह समारोह में गये थे। उस समय शिवांगिनी इक्कीस वर्ष की थीं। उनकी नजर उसी समारोह में एक 'शख्स' पर पड़ी और उन्हें उससे पहली दृष्टि में ही प्रेम हो गया।

शिवांगिनी चुपचाप उस 'शख़्स' को दूर से निहार रही है। वह उस 'शख़्स' को नहीं जानती है। उस 'शख़्स' की नजर भी शिवांगिनी पर पड़ी। उसे भी शिवांगिनी पहली ही दृष्टि में भा गई। इससे पहले वह कुछ और सोच पाती या कह पाती। उन्होंने पाया की उनके हाथ की अँगूठी गायब है। यह एक लाल रंग की सुंदर खानदानी, पुश्तैनी अँगूठी है। यह उनके पिता साहब ने उन्हें दी है। वह बहुत परेशान हो गयी अँगूठी को अपनी अंगुली में ना पाकर। वह चारों तरफ उस अँगूठी को ढूंढ़ने लगी, परंतु वह उन्हें नहीं मिली।

शिवांगिनी ने अपने पिता साहब को भी बताया की अँगूठी खो गई है, और नहीं मिल रही है। वह बोले, "शिवा...आप परेशान मत होइए, वह मिल जाएगी।"

शिवांगिनी बोली, "पापा, मुझे समझ नहीं आ रहा की वह अचानक से कहाँ चली गयी।"

सूर्यभान साहब बोले, "शिवा, आपको वह कहानी याद है जो हमने आपको सुनाई थी...।"

शिवांगिनी बोली, "हाँ पापा, वह कहानी मुझे याद है पर मैं वैसी कहानियों में विश्वास नहीं करती...।"

सूर्यभान साहब बोले, "ठीक है, कोई बात नहीं।"

वह 'शख़्स' दूर से ही शिवांगिनी को देखता रहा...।

थक हार कर शिवांगिनी ने अँगूठी पर से ध्यान हटा लिया, और वह सहेलियों के साथ व्यस्त हो गयी। समारोह से जाने का समय आ गया। शिवांगिनी ने अपने पिता साहब से कहा, "मुझे बहुत बुरा लग रहा है।

वह हमारी खानदानी अँगूठी थी और मैंने अपनी लापरवाही में उसे खो दिया।"

तभी एक 'युवक' धीरे से उसके पीछे से आया और वह उससे बोला, "सुनिए, शायद ये आपकी है। मैंने कुछ तलाशते हुये देखा आपको, और जब मेरी इस पर नजर गयी तो मैं समझ गया की यह आपकी ही होगी।"

शिवांगिनी ने धीरे से उस 'युवक' के हाथ की तरफ देखा। उसके हाथ में वही अँगूठी है, जिसके लिए वह इतना परेशान हो रही थी। शिवांगिनी ने मुस्कुराते हुए उस अँगूठी को उस 'युवक' से ले लिया और उसे धन्यवाद कहकर वह चल पड़ी। वह 'युवक' चुपचाप धीमे कदमों से आगे बढ़ चला। सूर्यभान साहब से शिवांगिनी ने कहा, "पापा, अँगूठी मिल गई।"

उन्होंने तुरंत पूछा, "यह आपको कहाँ मिली, कैसे मिली?"

शिवांगिनी बोली, "एक 'युवक' को मिली। उन्होंने मुझे ये लौटा दी।"

सूर्यभान साहब यह सुनते ही खिल उठे और बोले, "कौन सा 'युवक' बेटी? आप मुझे भी उसे दिखाएँ।" शिवांगिनी ने इशारे से उन्हें बताया।

शिवांगिनी का पूरा परिवार विवाह समारोह से वापस राजमहल लौट आया। परंतु शिवांगिनी के जेहन से वह 'शख्स' नहीं गया, और महाराज साहब के जेहन से वह 'युवक' जिसने अँगूठी उनकी बेटी को लौटयी थी। उन्होंने उस 'युवक' का पता लगवाया और फिर शिवांगिनी से कहा, "शिवा, मैं सोच रहा हूँ। वह लड़का जिसने आपको अँगूठी लौटाई है, उससे आपका विवाह करा दिया जाए। मैंने उसके बारे में पता किया है। वह बहुत अच्छा लड़का है और बहुत अच्छे राजपरिवार से भी है।"

शिवांगिनी ने अपने पिता जी से कहा, "पापा, परंतु मुझे उस 'शख्स' से प्रेम हो गया जिसे मैं चुपचाप देख रही थी। मैं उसी से विवाह करना चाहती हूँ।"

सूर्यभान साहब ने शिवांगिनी को समझाया और कहा, "शिवा, उस अँगूठी को लौटाने वाले युवराज से ही आपको विवाह करना चाहिये। वही आपकी नियति है। उसे आपके लिए स्वयं माता रानी ने चुना है। उस दूसरे लड़के को आप भूल जाइये।"

महाराज सूर्यभान की वह बात सुन शिवांगिनी उदास हो गई, और वह बोली, "पापा, मैं माता रानी के फैसले का सम्मान करती हूँ। पर मैं उस 'शख्स' से प्रेम कर बैठी हूँ, मैं उसे नहीं भुला पाऊँगी। यदि मेरा विवाह होगा तो उससे ही, वरना मैं विवाह नहीं करूँगी। यह आप जान लीजिये।"

"शिवा, आप जिद मत करिए।", सूर्यभान साहब बोले।

शिवांगिनी अपनी जिद पर अड़ी रही। महाराज साहब, महारानी साहिबा ने उन्हें बहुत समझाया, परंतु वह नहीं मानी। तब वह उस 'शख्स' के बारे में पता लगा, उसके यहाँ रिश्ता लेकर गए। वह 'शख्स' विक्रमादित्य थे, शिवादित्य के पिता साहब...। वह उस समय विदेश से पढ़ाई कर भारत लोटे ही थे।

शिवांगिनी का विवाह अंत में विक्रमादित्य से ही हो गया। वह 'युवक' जिसने वह अँगूठी शिवांगिनी को लौटाई थी। वह मृगेंद्र थे, गौरी के पिता साहब...।

आखिरकार, उन पुरानी यादों से बाहर आ सूर्यभान साहब मन ही मन सोच रहे हैं, "यह कैसी माया है? मेरी बेटी का विवाह जिससे माता रानी ने नियत किया था। उसकी बेटी और मेरी बेटी का बेटा, आज साथ हैं। शायद उस दिन यदि शिवा ने मृगेंद्र से विवाह किया होता, तो वह आज जीवित होतीं, और यह कहानी कुछ अलग होती। मेरी शिवा ने विक्रम को चुना इसलिए आज शिव और गौरी साथ हैं। माता रानी ने एक बार फिर अपना फैसला सुना दिया। पर इस बार सब ठीक हुआ है। वह जो एक दूसरे के लिए नियत हैं, वे ही साथ हैं।"

सूर्यभान साहब ने आँखें बंद कर माता रानी को धन्यवाद किया और अपनी प्यारी बेटी को भी धन्यवाद किया। शिवादित्य का मन गौरी से नहीं भटका और न ही गौरी का, वरना यह कहानी अधूरी सी रह जाती। परंतु इसे पूरा होना ही था।

शिवादित्य की माँ 'शिवांगिनी' और गौरी की माँ 'कात्यायनी' शिवपुरी से अपनी संतानों को आशीर्वाद दे रही हैं। वह दोनों ही शिवगौरी धाम में निवास करती हैं।

सूर्यभान साहब की आँखों से अश्रु बह रहे हैं। उनकी पत्नी साहिबा बोलीं, "महाराज, कितना रोयेंगे, बस भी कीजिये। हमारी बेटी ठीक है और अब सब ठीक है। आप परम संतोष को अपने हृदय में महसूस कीजिये।"

उन्होंने उनकी तरफ मुस्कुराते हुए देखा और कहा, "देवी, आप तो सब जानती हैं।" वह हँसने लगीं। वे दोनों हँसने लगे। सूर्यभान साहब ने अपने अश्रु पोछ लिये और वह आनंद में खो गये।

गौरी और शिवादित्य का विवाह संपन्न हो गया। सभी लोग अपने अपने धामों को लौट गए।

विवाह उपरांत गौरी और शिवादित्य, दोनों चम्बा, 'चंद्रमहल' आए। उनका खूब स्वागत किया गया। उनके स्वागत के इंतजाम गौरी की दादी जी ने कराए। गौरी कुछ चार साल बाद अपने घर को वापस आयी है। घर आकर वह बहुत खुश है। उसे नाना जी का पुस्तकालय कक्ष याद आ गया। वह चुपचाप पुस्तकालय कक्ष में गयी और उन किताबों को निहारने लगी, और अपनी पुरानी यादों में खो गई।

अचानक उसकी नजर उस किताब पर गयी, जिस पर चंद्रमा का चिह्न बना है। उस किताब पर उसकी नजर चार साल पहले भी गयी थी, जब वह 'चंद्रमहल' से चुपके से जा रही थी। पर तब उसने उसे खोला नहीं।

आज उसने धीरे से आगे बढ़कर उस किताब को उठाया और उसने उसे खोला। वह किताब 'चंद्रमहल' और चम्बा राजपरिवार के ऊपर उसके नाना जी ने लिखी थी। उसे उसमें एक चाबी रखी हुई मिली। वह उस चाबी को ध्यान से देखने लगी। तभी उसे कुछ याद हो आया और वह लंबे डग धरते हुए, 'चंद्रमहल' में बने मंदिर में जहाँ वह, उसकी माँ, उसके नाना-नानी पूजा किया करते थे, वहाँ जा पहुँची।

उसकी नजर वहाँ पर रखे एक छोटे बक्से पर गई। वह दूर से देखने में पुराने जमाने का सुपारी वाला बक्सा सा दिखता है। उसने उसे उठाया और ध्यान से देखा। फिर उसने उस चाबी को उसमें लगाया, और उस चाबी से वह बक्सा खुल गया। उसने बक्से को खोला तो उसमें उसे कुछ कागज मिले। जब उसने उन कागजों को ध्यान से देखा तब उसे पता चला की, उसके नाना जी ने वसीयत की मूल प्रति यहाँ पर रख

रखी थी। और उसमें उन्होंने यह साफ साफ लिखा की उनकी सारी संपत्ति उनके और उनकी पत्नी के मरने के बाद उनकी बेटी की बेटी के नाम स्वतः चली जाएगी। उन कागजों को पढ़ने के बाद गौरी उन्हें लेकर शिवादित्य के पास गई।

शिवादित्य शांत भाव से दीवार पर लगी उस सुंदर तस्वीर को निहार रहा है। गौरी के उसके बगल में पहुँचते ही वह सहसा बोला, "एक ऐसी ही तस्वीर हमारे यहाँ भी है, और नानी माँ के यहाँ भी, और मुझे पूरा विश्वास है आपकी दादी जी के यहाँ भी होगी।"

शिवादित्य की बात सुन गौरी मुस्कुराई और उस तस्वीर की तरफ देखते हुये बोली, "हम्म, अगर प्रेम प्रशंसनीय है, तो शायद मित्रता उससे भी ज्यादा...।"

"हम्म...।", शिवादित्य ने मुस्कान के साथ प्रतिक्रिया दी।

यह सुंदर तस्वीर, उन सरल, सुंदर मुस्कुराहटों को बिखेर रही है, जो उनके चेहरों पर बिखरी है...चंद्रलेखा, चंद्रिका, भुवनेश्वरी, दुर्गेश्वरी। यह तस्वीर उनके विद्यालय के सुंदर दिनों की एक सुंदर तस्वीर है।

फिर, गौरी ने शिवादित्य को उन कागजों को दिखाया। उन कागजों को ध्यान से देख वह बोला, "यह आपके नाना जी की असली वसीयत है।"

उसने उस वसीयत की एक प्रति न्यायालय को भिजवा दी ताकि कानूनी रूप से सबकुछ गौरी के नाम हो जाये।

कामिनी को जैसे ही उस वसीयत का पता चला, वह चौंक गई। उसने सारी संपत्ति को अपने नाम करा लिया था। वसीयत की बात से वह हिल सी गयी।

न्यायालय ने सारे कागजों को देखने के बाद यह पाया की वास्तव में कामिनी ने कागजों की हेराफेरी कर, मृगेंद्र के जाने के बाद उस संपत्ति का स्वयं को मालिक दिखाया है। जबकि मृगेंद्र वास्तव में रखवाले और प्रबंधक ही थे। कोई भी संपत्ति उनके नाम नहीं थी।

न्यायालय ने गौरी को कानूनी रूप से संपत्ति का वारिस बताते हुये, संपत्ति का आधिकारिक नियंत्रण दे दिया। साथ ही कामिनी पर धोखाधड़ी के चलते एक साल की सजा और जुर्माना लगाया गया।

गौरी के कहने पर कामिनी को जेल जाने से राहत मिल गई, परंतु उन्हें 'चंद्रमहल' को खाली करना पड़ा। न्यायालय के आदेश के अनुसार कामिनी अपने सामान के साथ 'चंद्रमहल' से चली गई। वह अपने घर वापस लौट गई।

वह जो कानूनन गौरी का था, वह उसे प्राप्त हो गया। यही गौरी के नाना साहब चाहते थे।

गौरी ने भैरव जी को पुनः 'चंद्रमहल' बुला लिया और वह लौट आये। अब 'चंद्रमहल' को निज निवास के साथ साथ विरासत होटल भी बना दिया गया है।

अध्याय 12

"...छतरी..."

गौरी अब शिवादित्य के साथ उसके घर में है, जो अब उसका घर भी है। शिवादित्य ने गौरी को अपने व्यवसाय में कुछ कार्यभार सौंप दिये हैं जिसमें विशेष रूप से होटल का रसोई अनुभाग और पारिवारिक धर्मार्थ न्यास के कार्य शामिल हैं।

'चंद्रमहल' से लाये कुछ सामान को गौरी अपने कक्ष में लगाने में व्यस्त है, और शिवादित्य चुपचाप बैठा फ़ाइलों से जूझ रहा है। तभी उसे सामान में एक 'नन्हा सा' सामान मिला। उसे देख वह एक पुरानी याद में चली गई। वास्तव में वह याद काफी धुँधली है।

वह उस 'नन्हे से' सामान को हाथ में पकड़े कुछ सोच ही रही थी कि शिवादित्य ने धीरे से नजर उठा उसे देखा और उसे सोच में देख वह तुरंत बोल उठा, "गौरी, आप क्या सोच रही हैं, और वह आपके हाथ में क्या है?"

गौरी ने धीरे से शिवादित्य की तरफ देखा और वह बोली, "...ये एक ब्रोच है।"

"दिखाइए मुझे...।", शिवादित्य बोला।

गौरी वह ब्रौच ले शिवादित्य के पास जा पहुँची और उसने वह शिवादित्य की ओर बढ़ा दिया। शिवादित्य ने उसे अपने हाथ में लिया और ध्यान से देखा और वह मुस्कुराते हुए बोला, "गौरी देवी, यह तो मेरा है...। यह हमारे राजपरिवार का शाही ब्रौच है। ऐसा ब्रौच जब मैं छोटा था, तब माँ मुझे बुलाकर बड़े प्यार से लगाती थीं। अब मैं ब्रौच नहीं लगाता...।"

उस दिन, उस दशहरे मेले में छह साल का शिवादित्य चार साल की गौरी से मिला था.....

कात्यायनी और मृगेंद्र मेले में हैं। गौरी, मृगेंद्र की गोद में है। नन्ही गौरी ने मृगेंद्र से गोदी से उतरने की जिद की। कात्यायनी के कहने पर मृगेंद्र ने धीरे से मुस्कुराते हुए गौरी को जमीन पर उतारा और उसकी अंगुली पकड़ ली और वह पुनः चल पड़े। कुछ ही क्षण पश्चात मृगेंद्र ने पाया कि नन्ही गौरी नहीं है। वास्तव में नन्ही गौरी की नजर दूर एक खिलौने पर जा पड़ी और वह धीरे से अपने पापा की अंगुली छुड़ा अपने नन्हे कदमों से दौड़ गई।

नन्ही गौरी उस खिलौने को निहार रही है। तभी एक आदमी ने धीरे से उसे एक तौफी दिखा अपनी तरफ बुलाना चाहा। नन्ही गौरी ने उसे तरेरती हुई नजरों से देखा और मुँह फेर लिया। वह आदमी चारों ओर देख रहा है और अनुमान लगा रहा है कि इस नन्ही बच्ची के साथ कौन है। वह समझ गया की मेले की भीड़ में वह नन्ही बच्ची 'गौरी' अपने परिवार से अलग हुई है। वह आदमी धीरे से नन्ही गौरी की तरफ बढ़ा और उसने पुनः वह तौफी उसकी ओर बढ़ाई।

नन्हा शिवादित्य दूर से यह सब देख रहा है। वह सरपट दौड़ा और नन्ही गौरी के पास जा खड़ा हुआ।

जैसे ही वह दौड़ा विक्रमादित्य बोले, "देख रहीं हैं आप शिवा, ये बहुत शरारती हैं।"

शिवांगिनी मुस्कुराते हुए बोली, "विक्रम, आप निश्चिंत रहें। वे अभी लौट आयेंगे।"

जैसे ही नन्हा शिवादित्य नन्ही गौरी के पास पहुँचा। उसने नन्ही गौरी का हाथ पकड़ लिया और उसने उस आदमी को घूर कर देखा। नन्ही गौरी ने उसे मुस्कुरा कर देखा। वह भी हल्का मुस्कुराया। वह आदमी तुरंत बोला, "तुम कौन हो...? तुम इसके साथ हो...?"

नन्हा शिवादित्य उस आदमी से कुछ नहीं बोला। वह नन्ही गौरी से बोला, "चलो उधर चलें...।" और वह दोनों अपने नन्हे कदमों से दौड़ गए।

वह आदमी उन्हें जाते देखता रहा।

जैसे ही वह दोनों रूके। नन्हे शिवादित्य ने पीछे मुड़ देखा, उस आदमी को देखने के लिए और नन्ही गौरी ने धीरे से अपनी फ्रॉक की जेब से नन्ही चॉकलेट निकाली और मुस्कुराते हुए नन्हे शिवादित्य की ओर बढ़ा दी, तो उसने चॉकलेट ले मुस्कुराते हुए अपना नन्हा ब्रौच गौरी की ओर बढ़ा दिया। गौरी ने उसे मुस्कुराते हुये ले अपनी फ्रॉक की जेब में रख लिया। उधर, मृगेंद्र और कात्यायनी नन्ही गौरी को ही ढूंढ़ रहे हैं और तभी उनकी दृष्टि नन्ही गौरी पर जा पहुँची और वह उस तक पहुँच गए। मृगेंद्र ने नजदीक पहुँचते ही झट से नन्ही गौरी को गोद में लिया। कात्यायनी ने नन्हे शिवादित्य को देखा और उससे बड़े प्यार से पूछा, "बेटे, आपका नाम क्या है?"

वह बोला, "आंटी, शिव...।"

वह मुस्कुराई और बोली, "शिव, आपके माता-पिता कहाँ हैं?"

उसने अंगुली से इशारा कर बताया और फिर वह बोला, "बाय...बाय...।" और यह कह वह अपने नन्हे कदमों से सरपट दौड़ गया।

उसे जाता देख, कात्यायनी ने कहा, "बहुत ही प्यारा बच्चा है।"

"हम्म...और होशियार भी।", मृगेंद्र ने कहा। और वह सब आगे बढ़ गए।

शिवांगिनी की दृष्टि नन्हे शिवादित्य पर ही है, और वह दृष्टि दूर तक देखने में सक्षम भी है।

"आ गये आप...।", शिवांगिनी ने कहा।

"हाँ, माँ...।", नन्हा शिवादित्य बोला।

"शिव, आपका ब्रौच कहाँ हैं?", विक्रमादित्य ने नन्हे शिवादित्य से पूछा।

"...वो...डैड, मैंने दे दिया।", नन्हा शिवादित्य बोला।

विक्रमादित्य ने एक गहरी साँस ले कहा, "...ठीक है, अब चलते हैं।"

शिवांगिनी चुपचाप मुस्कुराती रही। और वह सब भी आगे बढ़ गए।

वास्तव में इस तरह के मेले बहुत आनंद प्रिय और रोमांचकारी होते हैं। सबके मन को भाते हैं, किंतु सतर्कता की पूर्ण आवश्यकता भी होती है। क्योंकि, कुछ न अच्छी सोच को रखते हुए लोग भी यहाँ आ भटकते हैं, ये बच्चा चोर, जेब कतरा...कुछ भी हो सकते हैं। अच्छी सोच

को अंगीकार कर हमें अपनी और सबकी रक्षा, सुरक्षा करनी चाहिए अथवा करने का प्रयास करना चाहिए।

"...शिव, ये आपका ब्रौच है। इसका मतलब उस दिन मेले में आप थे...। आपने मुझे बचाया था।", गौरी ने मुस्कुराते हुए कुछ चौंक कर कहा।

शिवादित्य बोला, "हम्म...कमाल है, शंभू का...। आप और मैं एक होने के लिए ही बने हैं।"

फिर वह धीरे से बोला, "मैं हमेशा ही मेरी क्षमता में सबकी मदद करने की कोशिश करता हूँ। माँ की सिखाई हुई बात है...।"

"हम्म...अब तो मुझे आप पर और प्यार आ रहा है।", गौरी ने अलमारी की तरफ जाते हुए धीरे से कहा।

शिवादित्य चुपचाप उसे देख मुस्कुरा रहा है।

अगले दिन।

"आप क्या सोच रहे हैं शिव...?", धीरे से गौरी ने शिवादित्य से पूछा।

वह अपने कक्ष की बालकनी में चुपचाप खड़ा बादलों को निहार रहा है। वह बोला, "कुछ नहीं गौरी, बस एक दृश्य याद आ गया...।"

"हम्म...क्या?", बड़े प्यार से गौरी ने पूछा।

वह उसे धीरे से बताने लगा.....

वह चुपचाप पलंग पर लेटी है। वह जानती है, उसके पास कुछ क्षण ही बचे हैं इहलोक में।

कहते हैं, प्रेम चाहे कितना भी सुख...परम सुख क्यों न दे। सत्य तो यह भी है कि इसी प्रेम से उत्पन्न...विरह, परम दुख भी देती है। अगर विक्रमादित्य, शिवांगिनी का सच्चा प्रेम है...तो शिवांगिनी भी तो विक्रमादित्य का सच्चा प्रेम है। वह जानती है, उसका जाना विक्रमादित्य को अत्यंत दुख देगा...और नन्हा शिवादित्य?

वह अपने पुत्र को बहुत चाहती है। यूँ माँ का जाना उसको भी अत्यंत दुख ही देगा...वह जानती है। परंतु उसने पुनः चुनाव किया है। वैसे ही, जैसे उसने उस दिन विक्रमादित्य को चुना...देवी माँ के चुनाव के विपरीत।

अचानक ही, वह मेले वाला दृश्य उसकी आँखों के सामने से गुजर गया। उस दिन...मेले में शिवांगिनी यह जान गयी थी कि वह नन्ही सी गुड़िया जो की नन्ही गौरी थी, देवी माँ द्वारा उसके बेटे के लिये चुनी गयी है। वह मन ही मन सोचने लगी, 'यदि उसके पुत्र ने भी उसी की तरह चुनाव किया तो क्या...? वह एक और ऐसा अंत नहीं चाहती है...।'

उसने मन ही मन महादेव से विनती की, कि उसके पुत्र के साथ वैसा न हो, जो उसके साथ हुआ।

तभी, सहसा उसकी दृष्टि उसकी प्यारी छतरी पर गई...। वह छतरी जो उसे बहुत प्रिय है, और विशेष रूप से कारीगरों के द्वारा उसकी पसंद अनुसार बनाई गयी है। उसकी छतरी पर दृष्टि पड़ते ही, उसकी आँखों के समक्ष एक दृश्य दौड़ गया...और वह दृश्य था, गौरी का शिवादित्य को अँगूठी देना और शिवादित्य का गौरी को छतरी देना...। उसने एक हृदयपूर्ण मुस्कान बिखेरी और वह समझ गयी की उसे क्या करना है।

अपने विचारों से निकल, दस वर्ष के शिवादित्य को शिवांगिनी ने धीरे से बड़े प्यार से अपने पास बुलाया।

"बेटे शिव, यहाँ आएँ...।", शिवांगिनी ने शिवादित्य से कहा।

वह चुपचाप शिवांगिनी के पास जा पहुँचा और बोला, "माँ, आपको क्या हुआ है...?"

"बेटे, मैं ठीक हूँ। मैं आपको कुछ देना चाहती हूँ।", यह कहते हुए शिवांगिनी ने अपनी प्यारी छतरी नन्हे शिवादित्य की ओर बढ़ा दी।

फिर आगे वह बोली, "बेटे, ये मेरी छतरी है। ये मुझे बहुत प्रिय है। आप इसे संभाल कर रखें, पर अगर कभी आपका हृदय इसे किसी को देने को करे, तो बिना एक भी क्षण सोचे इसे दे दीजियेगा। शिव, आप हमेशा याद रखें सबकुछ प्रिय होते हुये भी, कुछ भी प्रिय नहीं है... आपके हृदय के सरल, सहज भावों के सामने। आपके हृदय के सरल, सहज भाव ही सबसे प्रिय हैं, इस क्षणिक संसार में।"

"ठीक है, माँ...।", नन्हे शिवादित्य ने धीमे स्वर शांत भावों से कहा।

फिर शिवांगिनी ने धीरे से अपनी सुंदर आँखें मूँद लीं, और वह शिवपुरी को चली गई।

गौरी से इस याद को साझा कर, शिवादित्य शांत भाव से बोला, "वह छतरी, मुझे वास्तव में बहुत प्रिय है। माँ के जाने के बाद, मैं धूप में भी उसे साथ ले जाता और बारिश में भी...। मैं उसे हर समय अपने साथ रखता...और उस दिन जब मुझे आप मिलीं। तब मुझे आपको उसे देने का दिल किया, और मुझे माँ की बात याद आ गई...। प्रेम छतरी से कहीं ज्यादा उन भावों से होता है। आपका छतरी के साथ बारिश में

नाचना...मेरी माँ की तरह...वो सरल भाव। वो भाव ही इस छतरी को विशेष बनाते हैं, और हर चीज को विशेष बनाते हैं। वह भाव है प्रेम का...सरल, सहज प्रेम का।"

गौरी ने शिवादित्य को धीरे से गले से लगा लिया। वह बोली, "शिव, आप सही हैं। प्रेम ही वह भाव है, और मुझे तो लगता है, वो माँ ही थीं जो ये बारिशें करा रहीं थीं...।"

"अच्छा, और आपको कैसे पता...?", शिवादित्य बोला।

"...क्योंकि मुझे बारिश पसंद है, और क्योंकि माँयें ऐसी ही होती हैं...। वह हमेंशा अपने बच्चों के हित के बारे में ही सोचती हैं।", गौरी ने कहा।

"हम्म...।", शिवादित्य ने प्रतिक्रिया की और वह दोनों कुछ क्षण यूँ ही गले लगे रहे।

शिवादित्य और गौरी खुशी खुशी 'सिटी पैलेस', जोधपुर में निवास करते रहे। गौरीशंकर की कृपा से उन्हें दो जुड़वा पुत्र हुयें। उनके नाम रखे गए, विजयादित्य और देवादित्य।

सभी परम सुख और संतोषपूर्ण जीवन व्यतीत करते रहे...।

"ॐ नमः शिवाय शुभम् शुभम् कुरू कुरू शिवाय नमः ॐ॥"